WILDE IRISCHE KÄMPFERIN

GEHEIMNISVOLLE BUCHT: BUCH 11

TRICIA O'MALLEY

LOVEWRITE PUBLISHING

WILDE IRISCHE KÄMPFERIN
Die Geheimnisvolle Bucht-Serie
Band 11

Copyright der deutschsprachigen Ausgabe © 2025 Lovewrite Publishing
Copyright der englischen Originalausgabe unter dem Titel „Wild Irish Renegade"
© 2022 Lovewrite Publishing

Übersetzt aus dem Englischen von Literary Queens
Deutsches Lektorat: Annette Glahn, Annette's Blue Pencil

Lovewrite Publishing: 382 NE 191st, st#24553, Miami, FL, USA, 33179-3899

»Traut den Träumen, denn in ihnen ist das Tor zur Ewigkeit verborgen.«
— Khalil Gibran

KAPITEL EINS

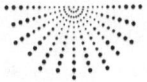

»V orsicht!«, rief Niamh Kearney, aber es war zu spät. Wie in einem Horrorfilm, in dem plötzlich alles in Zeitlupe ablief, beobachtete sie schockiert, wie die Tasse Kaffee – die ihr zudem nicht gehörte – umkippte und der Inhalt auf ihrem uralten Laptop verteilt wurde. Dass sie ihre Kräfte nicht eingesetzt hatte, um das Umkippen der Tasse zu verhindern, bevor der Kaffee ihren Computer zerstörte, zeigte nur, wie abgelenkt sie von der Anwesenheit des Kaffeeverschütters war, der kein Geringerer als William *Mac* MacGregor selbst war. Der Laptop, auf dem das Projekt abgespeichert war, das sie nächste Woche ihrem Professor für eine Studie über die Wissenschaft und die Mythen der Telekinese vorlegen sollte. Das Projekt, das zu ihrer Dissertation führen würde, mit der sie ein Jahr früher ihren Abschluss an der Universität machen würde.

»Oh, verdammt, jetzt habe ich ein ziemliches Chaos angerichtet, nicht wahr?« Mac schnappte sich ein paar Servietten und begann, den Tisch abzuwischen, während um sie herum die Blitzlichter der Kameras aufleuchteten. Niamh spürte, wie ihre Wangen heiß wurden, und wandte sich schnell von den

Kameras ab, weil sie wusste, dass ihre sehr helle Haut sofort knallrot anlaufen würde. Sie wünschte, sie wäre eine dieser Frauen, die wütend oder verärgert sein konnten, ohne dass man es ihrem Gesicht ansah, aber leider gehörte das nicht zu ihren Gaben. Das Letzte, was sie wollte, war, dass ihr wütendes, knallrotes Gesicht in allen Klatschmagazinen zu sehen war.

Denn eines war sicher – wohin Mac auch ging, die Paparazzi folgten ihm. Er war Irlands Rugby-Star. Die Männer beteten ihn an, die Frauen träumten von ihm, aber für Niamh war er im Moment nichts weiter als ein Ärgernis. Sie wollte ihn, seinen falschen, zerknirschten Gesichtsausdruck und seine Kameras loswerden – *sofort*.

»Hör einfach auf!«, zischte Niamh, als er ihren Laptop unbeholfen mit einer kaffeetriefenden Serviette abtupfte. »Du hast meinen Laptop ruiniert, und ich hatte wichtige Dokumente darauf.«

»Kannst du diese Dokumente nicht einfach aus einer Cloud abrufen?«, fragte Mac und zuckte zusammen, als sie ihn finster anstarrte.

»Dieser Laptop ist nicht mit meiner Cloud verbunden. Er ist uralt. Aber er ist zuverlässig. Zumindest war er das, bis du gekommen bist, um für die Kameras zu posieren und offensichtlich beschlossen hast, ihn lahmzulegen.«

»Autsch«, sagte Mac und legte sich eine Hand auf die Brust. Seine sehr muskulöse Brust, der Niamh keine Beachtung schenken wollte. Der Mann war gebaut wie ein Panzer. Groß, mit breiten Schultern und einem sehr muskulösen Körper, strahlte Mac gleichermaßen einen gewissen Charme und eine unglaubliche Kraft aus. Die Leute gingen ihm instinktiv aus dem Weg, wenn er einen Raum betrat, und drehten sich sofort wieder um, wenn sie erkannten, wer er war. Das gesamte Café, einschließlich der Frauen, die stehen geblieben waren, um Fotos mit ihm zu machen, beobachtete das Debakel mit angehaltenem Atem.

Niamh liebte ihr kleines Café an der Ecke, das *Bee & Bun*, denn es hatte eine lange Tradition, moderne Ästhetik mit den Annehmlichkeiten des Hauses zu verbinden. Sie verbrachte viele Stunden hier, versteckt hinter der kleinen Nische im Hinterzimmer, und starrte ins Feuer, während sie die eine oder andere komplizierte Hypothese in ihrem Kopf durcharbeitete.

»Verschwinde einfach. Ich muss das aufräumen.« Niamh lächelte James, dem Mitbesitzer des Cafés, kurz zu, als er ihr mehrere trockene Tücher brachte.

»Ich würde den Laptop schnell in eine Tüte mit Reis legen«, riet James und warf Mac einen verärgerten Blick zu, bevor er zum Tresen zurückkehrte.

»Warum solltest du ihn in Reis legen?«, fragte Mac und griff nach einem der Tücher, bevor Niamh ihn aufhalten konnte. Er begann, jede einzelne Taste ihrer Tastatur abzuwischen, und einen Moment lang war Niamh wie gebannt von seinen kräftigen Händen und wie sie sanft über die Tasten strichen. Würde er bei einer Frau auch so sanft sein?

Kopfschüttelnd blickte sie zu ihm auf, während sie mit einem anderen Tuch versuchte, ihre Hose zu trocknen.

»Der Reis soll die Feuchtigkeit aufsaugen. Es ist keine Garantie, um Elektronik zu retten, aber manchmal funktioniert es. Ich kann nicht glauben, dass du davon noch nie gehört hast. Ist dir denn noch nie dein Handy ins Wasser gefallen?«

»Doch, aber dann kaufe ich einfach ein neues.« Mac zuckte mit den Schultern, als wäre das die einfachste Sache der Welt.

»Wie wunderbar. Leider kann es sich nicht jeder von uns leisten, seine Elektronik jede Woche zu ersetzen, so wie du.« Als ein paar von Macs weiblichen Fans zu kichern begannen, erhob sich Niamh von ihrem Platz am Tisch. Sie wollte sich nicht wie eine Bedürftige fühlen, weil sie auf die Dinge achtgab, die ihr wichtig waren. »Hör einfach auf. Ich kümmere mich darum.«

»Hey, es tut mir wirklich leid. Das Mindeste, was ich tun kann, ist, dir einen neuen Laptop zu kaufen.« Mac legte eine Hand auf sein Herz und schenkte ihr ein sanftes Lächeln, was er mit einem Hundeblick kombinierte. Diese Kombination war höchst effektiv, und Niamh konnte sich vorstellen, dass sie im Laufe der Jahre bei Tausenden von Frauen funktioniert hatte. Mit seinem goldbraunen Haar, den funkelnden blauen Augen und dem breiten Grinsen war Macs Gesicht wie geschaffen für Zeitschriften, weshalb er auch der Liebling der Paparazzi war. Seine Fotos verkauften sich gut, und Millionen von Frauen lasen jede Woche in den Klatschspalten über seine Eskapaden.

»Du kannst mich einfach in Ruhe lassen. Du hast mir für heute schon genug Ärger bereitet.« Niamh warf ihm einen herausfordernden Blick zu. Der Moment zwischen ihnen zog sich in die Länge, während er sie musterte und erkannte, wie aufgebracht sie war.

»Ich verstehe. Nochmals, es tut mir wirklich leid.«

Einen Moment lang sah Niamh hinter sein Äußeres und erkannte den Mann in seinem Inneren. Sie hatte mit einigen ihrer übersinnlichen Gaben genug über das Lesen von Menschen gelernt, um zu wissen, dass er nicht log. Diesem Mann *tat* es leid. Dennoch konnte er nicht aus seiner eigenen Haut – er war ein stinkreicher und unglaublich berühmter Rugby-Star. Für solche Leute war das Leben nun einmal einfacher; ihnen standen alle Türen offen, und neue Laptops gab es wie Sand am Meer.

Wir leben in vollkommen verschiedenen Welten, dachte Niamh, als sie ihren Laptop in die Tücher wickelte und in ihre Tasche steckte. Aber nur weil sie aus verschiedenen Welten kamen, hieß das nicht, dass er von Natur aus ein schlechter Mensch war – nur ein ungeschickter.

»Mach dir keine Mühe. Ich kümmere mich schon darum.«

»Darf ich dich dann wenigstens auf einen Kaffee einladen oder so?«, fragte Mac, als sie an ihm vorbeigehen wollte. Niamh hielt inne. Er war zwar nicht außergewöhnlich groß, aber Niamh war auch nicht gerade mit Größe gesegnet. Als sie gezwungen war, zu ihm aufzusehen, schüttelte sie nur den Kopf.

»Nein, Mac. Ich brauche absolut nichts von dir.«

»Das weiß ich. Ich weiß, dass du der Typ Frau bist, der sich um sich selbst kümmert. Aber vielleicht *willst* du ja eine Tasse Kaffee mit mir trinken? Ohne es zu müssen?« Da war wieder der unbeschwerte Charme, der, da war sich Niamh sicher, schon unzählige Male bei anderen Frauen funktioniert hatte. Er versuchte, sie dazu zu verführen, sich einen Moment mit einem der berühmtesten Männer Irlands zu nehmen, aber sie widerstand.

»Ich brauche oder will keinen Kaffee mit dir trinken. Ich will nur sehen, ob ich meinen Laptop reparieren kann, bevor ich das verliere, woran ich gearbeitet habe.«

»Das verstehe ich. Sagst du mir dann wenigstens deinen Namen?«

»Wenn ich dir meinen Namen sage, wirst du mir dann aus dem Weg gehen?«

Mac wich sofort zur Seite, und Niamh war überrascht, ein leichtes Aufblitzen von Verlegenheit in seinen Augen zu sehen.

»Ich wusste nicht, dass ich dir im Weg stehe. Das tut mir ebenfalls leid.«

»Mein Name ist Niamh. Ich muss jetzt wirklich gehen.«

»Viel Glück mit dem Laptop, Niamh. Hier ist meine Privatnummer, falls er nicht funktioniert. Ruf mich an und ich besorge dir einen neuen. Das verspreche ich.« Niamh zögerte beim Anblick der Karte, die er ihr hinhielt, aber da sie sich nicht wie ein Miststück verhalten wollte, nahm sie sie entgegen und steckte sie in ihre Tasche.

»Ich werde dich nicht anrufen. Aber ich weiß die Geste zu schätzen.« Damit schritt Niamh an den Frauen vorbei, die sie nun mit großen Augen anstarrten, nachdem sie gesehen hatten, wie Mac ihr seine Karte gereicht hatte, und wandte den Kopf von den Kameras ab, die auf sie gerichtet waren. Immerhin war Niamh an diesem Tag nicht in Sportleggings und Schlabberpulli ins Café gekommen, dafür war sie in diesem Moment wirklich dankbar. Da sie wusste, dass sie später ein Meeting hatte, hatte sie stattdessen Lederleggings, gemütliche Wildledestiefel und einen schwarzen Pullover mit goldenen Reißverschlüssen an den Armen angezogen. Mode war Niamhs große Leidenschaft, aber sie kaufte ihre Kleidung fast ausschließlich Secondhand. Obwohl ihre Eltern darauf bestanden, dass sie ihr während des Studiums helfen könnten, wollte Niamh es allein schaffen. Es war schön, zu wissen, dass sie bei Bedarf Unterstützung hatte, aber es war ihr wichtig, unabhängig zu sein.

Das bedeutete jedoch auch, dass sie auf ihre mageren Ersparnisse zurückgreifen musste, falls sie den Laptop nicht reparieren konnte. Seufzend verließ sie das Bee & Bun und zückte ihr Handy, um nach der nächsten Computerwerkstatt zu suchen.

Das würde ein langer Tag werden.

KAPITEL ZWEI

Am nächsten Morgen kehrte Niamh früh ins Bee & Bun zurück, um sich ihren Lieblingsplatz in der Nische neben dem kleinen Kamin zu sichern. Sie würde mehrere Espressi brauchen, um die Menge an Arbeit zu erledigen, die heute auf sie wartete. Es stand noch nicht fest, ob ihr Laptop einen weiteren Tag überleben würde, aber der Techniker war so freundlich gewesen, ihre Dokumente von der Festplatte zu retten, und sie hatte ihre wissenschaftliche Abhandlung ausgedruckt. Jetzt musste sie ihre Notizen von Hand machen und sich später etwas Zeit im Computerraum nehmen, um das Ganze fertigzustellen.

Niamh versuchte wirklich, nicht zu wütend über das Ende ihres Laptops zu sein. Es war nicht so, dass sie dem Gerät nachtrauerte, denn der Computer war in die Jahre gekommen. Sie war eher aufgeregt und nervös zugleich, wie ihr Professor auf das Projekt reagieren würde, an dem sie unablässig gearbeitet hatte. Sie hatte Glück gehabt, einen aufgeschlossenen Mentor zu finden, der bereit war, die Wissenschaft hinter bestimmten parapsychologischen Phänomenen, insbesondere der Telekinese, zu erforschen. Niamh hatte noch nicht den

Mut aufgebracht, zuzugeben, dass sie diese besondere Fähigkeit tatsächlich besaß. Ihr Ziel war es, eine Studie mit sich
selbst als Versuchsperson durchzuführen und ihrem Professor
über verschiedene Messwerte zu berichten, wobei sie die Iden-
tität der Versuchsperson anonym halten würde. Niamh war
sich nicht sicher, wie ihr Professor auf die Anonymität der
Versuchsperson reagieren würde, aber in der wissenschaftlichen Gemeinschaft war dies keine verpönte Taktik. Sie würde
dem Probanden einfach einen Zahlencode zuweisen und mit
ihrer Bewertung fortfahren. Der Grund, warum sie die
Forschung abseits des Campus durchführen wollte, war
einfach – Niamh wollte nicht, dass jemand ihre Experimente
beobachtete.

Während ihrer Kindheit hatte sie oft genug das Gefühl
gehabt, nirgendwo dazuzugehören. Sicher, sie hatte eine
liebevolle Familie und ein paar enge Freundinnen, und das
war im Grunde mehr, als ein Mädchen sich wünschen
konnte. Aber sie hatte gelernt, dass der Hauch des Andersseins, der ihr anhaftete, manche Leute in ihrer Nähe
unruhig machte. Niamh versuchte, das zu kompensieren,
indem sie übermäßig freundlich war, was in ihrer Branche
manchmal ein Problem sein konnte. Ungeachtet der Tatsache, dass die Kurse, die sie an der Uni besuchte, von
Männern dominiert wurden, versuchte Niamh nie, ihr
Aussehen herunterzuspielen oder sich vor der Beantwortung
einer Frage zu drücken. Mit ihrem üppigen kastanienbraunen Haar, den außergewöhnlichen grauen Augen und
ihren vollen Lippen hatte man sie schon alles Mögliche
genannt, von einer Sirene bis zur Verführerin. Sie war sich,
auf einer intellektuellen Ebene, bewusst, dass sie schön war,
aber mehr bedeutete es ihr nicht. Ihr Gesicht war ihr
Gesicht und ihr Körper war ihr Körper, aber es gab viel
interessantere Dinge, über die man reden konnte, als
darüber, wer am schönsten war. Zum Beispiel, warum

manche Menschen Auren um Personen herum sehen konnten und andere nicht?

»Sieht sie heute Morgen nicht wieder reizend aus?« James kam mit einem warmen Scone und einem Schälchen mit Clotted Cream, das sich auf einem kleinen Teller befand, dessen Farbe an das Blau eines Rotkehlchen-Eis erinnerte, an ihren Tisch.

»Oh? In diesem alten Ding?« Niamh streckte dramatisch ihren Arm aus, und beide bewunderten die Fransen, die von den Ärmeln ihres Bohème-Kleides im Stil der Siebzigerjahre herabfielen, das sie mit einem dicken Ledergürtel und klobigen Stiefeln im Militärstil kombiniert hatte. »Eigentlich ist es wirklich ein ziemlich altes Ding. Ich hatte Glück, als ich es in dem Vintage-Laden hier in der Nähe gefunden habe.«

»Manchmal findet man in solchen Läden die besten Sachen. Habe ich dort nicht auch diese Lederbomberjacke im Stil der Achtzigerjahre ergattert?«

»Das hast du. Ein tolles Stück.«

»Hör zu, Liebes. Ich tue das nur ungern, aber ich möchte, dass du es von mir erfährst.« Ein kurzer Blick des Mitgefühls huschte über James' Gesicht und Niamh versteifte sich. Sie bemerkte erst jetzt, dass er etwas hinter seinem Rücken verbarg.

»Gib schon her.« Niamh streckte ihre Hand aus, obwohl sie bereits wusste, was auf sie zukommen würde.

»Immerhin steht er in einem einigermaßen schlechten Licht da, weil er deinen Laptop zerstört hat.«

»Ich sehe furchtbar aus, stimmt's?«

»Du siehst reizend aus, wie immer. Nur ein bisschen wütend. Ich glaube, die Presse genießt es, wenn eine Frau sich nicht einfach von Mac umgarnen lässt, das ist alles.«

»Dubliner Schönheit weist Mac zurück, nachdem er ihren Laptop zerstört hat«, las Niamh laut vor. Als sie das Foto und ihren eiskalten Gesichtsausdruck sah, der sie an Medusa erin-

nerte, zuckte sie kurz zusammen, bevor sie sich daran erinnerte, dass sie Wissenschaftlerin war und kein It-Girl. Niamh
überflog den Artikel schnell und blickte dann wieder zu
James auf.

»Das ist gute Werbung für dich, James. Sie haben das Café
erwähnt.«

James, der erleichtert war, dass sie nicht verärgert schien,
nickte zufrieden. »Es tut mir wirklich leid, weil ich weiß, dass
du hier nicht gern auffällst, aber für das Café ist es toll. Apropos, ich muss jetzt zurück an die Theke. Wink einfach, wenn
du was brauchst. Der Scone geht auf mich, Süße.«

»Danke. Bei deiner nächsten Runde würde ich noch
einen Espresso nehmen.«

»Alles klar.«

Niamh seufzte und riss eine Ecke des Scones ab, tunkte
ihn in die Clotted Cream und kaute nachdenklich darauf
herum. Sie hatte wirklich keine Lust, noch länger über den
dummen Klatschartikel nachzudenken. Und was hatte James
überhaupt gemeint, als er sagte, dass sie nicht gern auffiel?
Dessen war sich Niamh nicht einmal bewusst gewesen. Sie
kam einfach nur her, um ihre Arbeit zu erledigen und ihren
Tag hinter sich zu bringen. Zugegeben, sie musste sich oft den
Gesprächen der Männer stellen, die häufig an ihrem Tisch
vorbeikamen, also war es vielleicht das, worauf James ange-
spielt hatte? Kopfschüttelnd nahm sie ihren Stift in die Hand
und ließ ihn sofort fallen, als jemand an ihrem Tisch erschien.
Eine sehr große und unwillkommene Person.

»Guten Morgen, Niamh. Ich hatte gehofft, dich heute
wiederzusehen.« Mac, der heute ein Paar einfache Jeans und
einen leuchtend blauen Pullover trug, der seine Augen zum
Strahlen brachte, lächelte breit, als er neben ihr stehen blieb.
Er hielt ein paar Meter Abstand, mit einer Tasche in der einen
Hand, während er vorsichtig die andere Hand hob. »Ich

bleibe einfach hier drüben stehen, damit ich nicht aus Versehen etwas anderes von dir zerstöre.«

Niamh drehte sich um und schaute im belebten Café umher, nur um festzustellen, dass wieder alle Augen auf sie gerichtet waren. Zum Glück waren keine Paparazzi da. Es war wohl noch zu früh für sie, wahrscheinlich lagen sie noch im Bett. Sie war tatsächlich etwas überrascht, dass Mac so früh auf war, immerhin hatte er den Ruf, ein wilder Partylöwe zu sein.

»Das ist vermutlich das Beste. Du könntest sogar noch ein paar Schritte zurückgehen, und dann noch ein paar mehr, bis du vor der Tür stehst.« Niamh lächelte ihn sanft an, damit sie trotz ihrer Worte nicht ganz so unfreundlich wirkte.

»Autsch, du verletzt mich. Darf ich?« Mac deutete auf den Stuhl ihr gegenüber.

»Mac, ich bin wirklich beschäftigt.«

»Ich verspreche, dass ich nicht mehr als … fünfzehn Minuten deiner Zeit in Anspruch nehmen werde. Ich werde sogar einen Timer einstellen.«

Seufzend dachte Niamh darüber nach. Der Mann hatte eindeutig ein schlechtes Gewissen wegen des gestrigen Tages, und sie fragte sich, ob er so lange auftauchen würde, bis er alles wiedergutgemacht hatte, was nötig war, um sich nicht mehr schuldig zu fühlen. Und vielleicht genoss sogar ein kleiner Teil von ihr seinen Anblick.

»Na gut.«

»Ich habe den Timer eingestellt.« Mac hielt sein Handy hoch, zeigte es ihr und legte es auf den Tisch, bevor er sich in den Bistro-Stuhl fallen ließ. Niamh konnte ein Kichern kaum unterdrücken. Er war so groß, dass es aussah, als säße er an einem Tisch, an dem ein kleines Mädchen Teeparty spielte.

»Was ist denn so lustig?«

»Ich … Ich habe gerade darüber nachgedacht, dass die Welt wohl nicht für Männer deiner Größe gemacht ist.«

»Das ist wahr, und es ist nicht immer bequem, das gebe ich zu.« Mac grinste und sah sich im Raum um. Sie fragte sich, ob er überhaupt noch merkte, wie die Leute ihn beobachteten. »Deshalb habe ich mir einen riesigen, bequemen Sessel für mein Wohnzimmer gekauft. Darin kann ich mich am Ende eines langen Tages entspannen und muss nicht befürchten, dass er kaputtgeht.«

Niamh war ein wenig schockiert darüber, dass sie sich vorstellte, wie sie sich auf seinem Schoß in dem bequemen Sessel zusammenrollte. Sie verdrängte den Gedanken schnell und setzte ein höfliches Lächeln auf.

»Was kann ich denn für dich tun?«

»Ich bin gekommen, um mich bei dir zu entschuldigen und dir ein Geschenk zu bringen. Ich hoffe, du nimmst es an, damit ich nicht das Gefühl habe, ich hätte das, woran du gearbeitet hast, ruiniert ...«

»Das hast du nicht.« Niamh deutete auf die Seiten, die vor ihr auf dem Tisch lagen. »Der Techniker konnte meine Unterlagen für mich retten.«

»Na, das ist doch eine Erleichterung, oder?« Mac stieß einen schweren Seufzer aus, als ob er tatsächlich die ganze Nacht darüber gegrübelt hätte.

»Deshalb brauchst du mir auch nichts zu schenken.«

»Ich würde mich freuen, wenn du es trotzdem annehmen würdest.«

Niamh seufzte und streckte dann ihre Hand nach der Tasche aus. In ihr befand sich eine schmale Schachtel mit einem nagelneuen Laptop darin. Sie starrte mit offenem Mund darauf, bevor sie ihren Blick fragend zu Mac hob.

»Mac, das kann ich unmöglich akzeptieren.«

»Du musst. Ich habe dir nicht einmal das neueste oder das schickste Modell gekauft, siehst du? Ich habe mir gedacht, dass du jemand bist, der Dinge eine Zeit lang behält und gut auf seine Sachen achtgibt. Der Verkäufer hat mir versichert, dass dies ein guter, robuster Arbeitslaptop sei. Angeblich hält er jahrelang ... vorausgesetzt ungeschickte Sportler wie ich schütten keinen Kaffee darüber.«

Bei seiner Wortwahl hob Niamh die Augenbrauen. Sie hatte ihn für einen dummen Sportler gehalten, der sich mehr für Sport und leichte Mädchen interessierte als für Bildung. Vielleicht würde sie ihre Meinung über ihn revidieren müssen.

Niamhs Blick fiel wieder auf den Artikel, der vor ihr lag.

»Du machst das doch nicht nur, damit du in der Presse gut dastehst, oder?«

Ein schockierter Ausdruck ging über Macs Gesicht und er sah sie mit offenem Mund an. Er war wirklich geschockt – das konnte Niamh sehen.

»Wegen dieser Arschlöcher? Sie verfolgen mich ständig. Der Pressesprecher meines Teams liebt es und sagt mir, ich solle nett zu ihnen sein. Aber sie machen mich wahnsinnig. Deshalb bin ich heute früher gekommen. Ich dachte mir, dass keiner von ihnen so früh wach ist und ich ganz privat mit dir sprechen kann.« Mac sah sich in dem überfüllten Café um und als er bemerkte, dass ihn alle Gäste anstarrten, schüttelte er den Kopf. »Nun ja, so privat wie möglich, nehme ich an.«

Niamh wusste nicht so recht, was sie tun sollte. Einerseits brauchte sie wirklich einen Laptop, und Mac war derjenige, der ihren beschädigt hatte. Auf der anderen Seite war sie eine starke, unabhängige Frau, die auf sich selbst aufpassen konnte. Und als sie auf das Computermodell hinunterblickte, wusste sie, dass sie sich einen so schönen Laptop nicht würde leisten können – ganz zu schweigen davon, dass er für ihre Experimente wirklich hilfreich sein würde. Mit einem kleinen Lächeln begegnete Niamh seinem Blick.

»Nun gut. Vielen Dank. Ich sollte diesen Laptop wirklich nicht annehmen, aber er wird mir für mein Studium sehr nützlich sein.«

»Ich würde gern mehr über dein Studium erfahren. Vielleicht hast du ja Lust, mir bei einem Abendessen davon zu erzählen?« Mac beugte sich vor, neigte den Kopf zur Seite und sah sie mit großen Augen und einem hoffnungsvollen Lächeln an.

»Oh, ich bin mir sicher, dass dieser eingeübte Blick bei dir schon tausendmal funktioniert hat.« Niamh stieß ein lautes Lachen aus, sodass Mac sich beleidigt zurücklehnte.

»Das war kein eingeübter Blick. Es ist einfach mein Blick.«

»Oh, es *ist* ein eingeübter Blick. Komm schon, Mac. Mir kannst du nichts vormachen. Ich erkenne dein kleines Playboy-Gehabe aus einer Meile Entfernung.« Niamh lachte immer noch und verstummte erst, als sie einen Anflug von Verletzlichkeit in seinen Augen sah. »Ich veräpple dich nur ein bisschen.«

»Ich weiß, ich verstehe. Alle denken, dass ich nur darauf aus bin, zu punkten. Sowohl auf dem Spielfeld als auch bei den Frauen.«

»War es etwa nicht das, was du hier vorhattest?«, fragte Niamh.

»Ich habe dich zum Essen eingeladen. Nicht ins Bett. Das eine bedeutet nicht automatisch das andere. Dazwischen gibt es eine Menge Schritte, die passieren müssen.« Mac schüttelte den Kopf, und Niamh erkannte, dass er tatsächlich verärgert war.

»Okay, verstanden. Du hast recht, du hast mich gerade zum Essen eingeladen. Ich hätte nicht so voreilig sein sollen. Es ist nicht richtig, Vermutungen anzustellen.«

»Danke.« Dieses Mal war das Lächeln, das Macs Gesicht erwärmte, echt, und Niamh spürte, wie ihre Entschlossenheit nachließ.

»Und deswegen werde ich mit dir zu Abend essen.«

»Ach ja?« Macs Augen leuchteten auf, als der Timer seines Handys ertönte. Er schaltete ihn sofort aus und stand auf, offensichtlich darauf bedacht, sich an ihre Abmachung zu halten.

»Der Timer ist abgelaufen. Ich schlage vor, du gehst, bevor du mich weiter von meiner Arbeit ablenkst und ich keine Zeit mehr habe, mit dir zu Abend zu essen.«

»Ich bin schon weg. Du hast ja meine Nummer. Schreib mir später einfach eine Nachricht, damit wir alles Weitere besprechen können.« Mit diesen Worten verließ Mac das Café, und alle drehten sich um, um ihm nachzusehen. In Sekundenschnelle war James mit einem weiteren Espresso und weit aufgerissenen Augen an ihrem Tisch.

»Den wollte ich dir schon die ganze Zeit bringen, aber das Gespräch sah intensiv aus. Hat er ...« James' Blick fiel auf die Laptop-Schachtel. »Hat er dir einen neuen Laptop gekauft?«

»Ja, das hat er. Dieser Mistkerl«, sagte Niamh leichthin.

»Ein absoluter Mistkerl«, stimmte James zu und presste die Lippen fest aufeinander, während er den Espresso auf den Tisch stellte und ihr auf die Schulter klopfte.

»Ich werde mit ihm zu Abend essen.«

»Natürlich wirst du das. Du wärst eine Idiotin, wenn du es nicht tätest.«

KAPITEL DREI

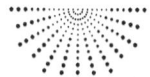

Als es Zeit für das Abendessen war, hatte Niamh kaum genug Zeit, um sich für ihr Date fertig zu machen. Da Mac ihr so gut wie keine Informationen darüber gegeben hatte, wohin sie gingen oder was sie vorhatten, griff sie auf ihr idiotensicheres Standard-Outfit für eine abendliches Verabredung zurück. Nicht, dass sie besonders oft ausging. Niamh versuchte, sich an ihr letztes Date zu erinnern, als sie eine figurbetonte Lederhose, ein kastanienbraunes Oberteil mit seidigem Rundhalsausschnitt und hochhackige Stiefel anzog. Zudem zog sie große Ohrringe an, schminkte ihre Augen leicht und ließ ihr Haar wild über die Schultern fallen. Oh natürlich, sie war mit dem Typen aus ihrem Psychologiekurs ausgegangen. *Er war ... na ja, ganz in Ordnung*, dachte sie. Aber bei ihr war der Funke nicht übergesprungen, und sie hatte sich am Ende des Abends seinen Avancen widersetzt.

Niamh schnappte sich ihre alte verblichene Lederjacke, eine schlichte Handtasche, verließ ihre kleine Einzimmerwohnung und eilte die Treppe hinunter. Sie hatte Glück gehabt, dass sie diese Wohnung gefunden hatte, und das zu einem Mietpreis, den sie sich von ihrem Gehalt als Teilzeitkraft in der

Bibliothek leicht leisten konnte. Die Wohnung im obersten Stockwerk eines vierstöckigen Gebäudes in der Nähe der Universität bot ihr die Einsamkeit, nach der sie sich sehnte, und sie hatte sich dort eine kleine Wohlfühl-Oase geschaffen. Niamh liebte es, die Natur nach drinnen zu holen, und daher sorgten eine Fülle von Pflanzen und frischen Blumen, kombiniert mit eklektischen Lampen und alten Filmpostern, dafür, dass ihre Wohnung einladend wirkte. Außerdem konnte sie hier in relativer Ruhe ihre Kräfte ausüben, während sie daran arbeitete, einen Weg zu finden, wie sie ihre Fähigkeiten wissenschaftlich erfassen konnte.

Ihre Familie würde sagen, dass es Magie war. Es war durch ihr Blut weitergegeben worden, vom Wasser der magischen Bucht, das von ihrer Vorfahrin Grace O'Malley verzaubert worden war. Niamh hatte diese Geschichte immer einfach akzeptiert, aber eigentlich wollte sie herausfinden, ob es einen Weg gab, Magie so zu definieren, dass man sie verstehen oder sogar nachahmen konnte. Vielleicht war es ein unmögliches Unterfangen, wie, als würde man versuchen, einen Blitz in einer Flasche einzufangen, aber der Gedanke faszinierte sie.

Niamh blieb vor dem auffälligen Porsche, der vor ihrem Haus geparkt war, stehen. Der Wagen war orange. Mac lehnte lässig an der Motorhaube und gab Autogramme, während er auf sie wartete. Als er Niamh sah, erhellte ein Lächeln sein Gesicht und er richtete sich auf und drängte sich durch die Menge, um zu ihr zu gelangen. Ein paar Leute hielten ihre Handys hoch, um Fotos zu machen, und Niamh ärgerte sich sofort darüber, dass sie nicht mehr Zeit in ihr Haar und ihr Make-up gesteckt hatte.

Nein, dachte Niamh. *Denk gar nicht erst darüber nach. Überzeuge mit deinem Verstand, nicht mit deinem Aussehen.*

»Du siehst umwerfend aus«, sagte Mac. Er streckte die Hand aus und hakte sich bei ihr unter. Er schien zu spüren, dass sie sich inmitten der Menge, die sich versammelt hatte, unwohl fühlte, und führte sie schnell hindurch. Er öffnete ihr die Beifahrertür, stieg daraufhin selbst ein und ließ den Motor aufheulen, bevor er sich schnell vom Bordstein entfernte.

»Passiert das überall, wo du hingehst?«, fragte Niamh und drehte sich um, um die Menge zu beobachten, die Fotos von seinem Auto machte, als sie wegfuhren.

»So gut wie.« Die Art, wie er es sagte, klang, als erwartete er, dass sie beeindruckt sein müsste, und Niamh fragte sich sofort, ob es ein Fehler war, sich mit ihm zu verabreden. Sie drehte sich um und betrachtete sein Profil, während er souverän durch die belebten Straßen Dublins fuhr. Heute Abend trug er eine dunkelgraue Hose, einen gut sitzenden schwarzen Pullover und eine Lederjacke. Er sah selbstbewusst, elegant und ein wenig gefährlich aus. Diese Kombination hätte eigentlich nicht anziehend auf Niamh wirken dürfen, und doch stieg ihr ein Hauch von Hitze in die Wangen. Sie wandte sich ab und blickte aus dem Fenster.

»Das muss ziemlich nervig sein.«

»Ja, das ist es. Und andererseits auch nicht.« Mac hielt inne, als er über seine Worte nachdachte. »Für meine Fans nehme ich mir gern die Zeit. Als Vorbild habe ich eine Verant-wortung. Ohne die Fans sind wir im Grunde nichts. Wenn ich mich also mit jemandem unterhalte, der Rugby liebt, weil es ihn vom Alltag ablenkt, oder mit einem kleinen Jungen, der hofft, eines Tages selbst Spieler zu werden, dann ist es mir das wert. Aber wenn ich Leute treffe, die nur in der Nähe eines Prominenten sein wollen ... nein, das ist nervig. Außerdem vergessen viele Leute, dass ich ein Mensch bin.«

»Was meinst du damit?«, fragte Niamh lachend.

»Nun ja, stell dir mal Folgendes vor. Wie würdest du dich fühlen, wenn du einfach die Straße entlang spazierst und jemand mit einem Handy in der Hand vor dich springt, um ein Selfie zu machen, ohne dich vorher um Erlaubnis zu fragen?«

»Ich würde ... na ja, sicher würde ich mich darüber aufregen, oder nicht?« Niamh dachte über das Szenario nach.

»Genau. Die Leute halten nicht an, um zu fragen, ob ich ein Foto von mir machen lassen will. Ich kann nicht einfach in den Laden um die Ecke gehen, um mir ein Eis zu kaufen. Man denkt ständig darüber nach, was man trägt oder was man tut. Was man liest ... welche Marke man trägt ... das bringt mich manchmal ganz schön durcheinander.«

»So habe ich das noch nie gesehen. Auf all den Fotos, die ich von dir gesehen habe, scheinst du dich so wohlzufühlen.«

Mac lenkte den Wagen auf den Parkplatz eines Restaurants. Das Gebäude bestand fast vollständig aus schimmerndem Glas und war hell erleuchtet. Niamh fragte sich, ob dies eines dieser Lokale war, in denen winzige Portionen auf riesigen Tellern serviert wurden. Sie hoffte es nicht, denn nach ihrem anstrengenden Tag war sie ausgehungert. Sie bedankte sich lächelnd bei dem Parkwächter, der ihr die Tür öffnete, und wartete, bis Mac das Auto umrundet hatte und sich wieder bei ihr einhakte.

Seine Nähe beunruhigte Niamh. Er hatte eine so starke Präsenz – sowohl physisch als auch charismatisch –, dass sie sich von ihm fast ein wenig überwältigt fühlte. Wenn er in der Nähe war, schoss eine Welle des Bewusstseins durch Niamh hindurch und sie war sich nicht sicher, was sie genau damit anfangen sollte.

»Mr. MacGregor, Ihr Tisch ist bereit.« Der Empfangschef, der eine schicke grüne Anzugjacke trug, nahm ihnen die Jacken ab und führte sie durch das Restaurant in einen privaten Raum im hinteren Teil. Im Restaurant gab es spitze Kronleuchter, durchsichtige Acryltische und riesige Pop-Art-Kunstwerke, die an den Wänden hingen. Es war sehr modern und flippig, fand Niamh, aber es fehlte die Wärme, die sie in einigen ihrer Lieblingsrestaurants schätzte. Die durchsichtigen Stühle und Tische waren eine gewagte Wahl, aber Niamh erkannte, dass dies ein Ort war, an dem die Leute gerne sehen und gesehen werden wollten. Gab es eine bessere Möglichkeit, das Outfit einer anderen Frau zu begutachten, als es durch einen Tisch hindurchzusehen?

»Guten Abend.« Ein Kellner tauchte an ihrem Tisch auf, und Niamh erschrak, als er ihr eine Serviette auf den Schoß legte. Mac zwinkerte ihr zu, und sie errötete, weil sie dadurch zu erkennen gegeben hatte, dass sie nicht oft in schicken Lokalen wie diesem hier aß.

»Champagner für die Dame?« Der Kellner hob eine Flasche an. Niamh kannte sich nicht mit Champagner-Marken aus, aber sie nahm an, dass dieser hier lächerlich teuer war und dass sie, wenn sie die Flasche öffneten, für die ganze Flasche bezahlen mussten. Stattdessen schüttelte sie leicht den Kopf.

»Yellow Spot Whiskey, bitte. Ohne Eis.«

Mac zog eine Augenbraue hoch, aber der Kellner lächelte nur.

»Natürlich und für Sie, Sir?«

»Mineralwasser mit Limette, bitte.«

»Trinkst du keinen Alkohol?«, fragte Niamh ihn, nachdem der Kellner gegangen war.

»Nicht, wenn ich fahre. Und ich habe morgen früh Training. Dafür brauche ich einen klaren Kopf.«

»Ah, das überrascht mich. Ich nehme an, ich sollte nicht alles glauben, was ich über dich gelesen habe.« Niamh sah auf und nickte dankend, als der Kellner ihre Getränke brachte.

»Der erste Gang wird in Kürze serviert.«

»Oh ... gibt es etwa keine Speisekarte?« Niamh sah sich um.

»Sie bieten ein Fünf-Gänge-Menü an. Es schien von allem ein bisschen dabei zu sein, also dachte ich, dass man damit nichts falsch machen kann. Wenn du irgendetwas nicht magst, kannst du dir natürlich gern etwas anderes bestellen.«

»Oh, klar, das klingt großartig.« Warum sollte sie es nicht zumindest einmal probieren? Es ärgerte sie zwar ein wenig, dass er sie nicht hatte bestellen lassen, aber wenigstens hatte er nicht nur ein Gericht für sie ausgesucht, sondern ihr mehrere Optionen zur Auswahl gestellt.

»Du hast also Dinge über mich gelesen?« Mac lächelte sie an, und Niamh versuchte, sich zu erinnern, worüber sie gerade gesprochen hatten.

»Oh, du meinst die Artikel in der Klatschpresse? Ich meine, es ist schwer, nichts davon mitzubekommen, oder? Es fühlt sich an, als ob es jeden Tag etwas über dich zu berichten gibt. Über ausgelassene Partys, viele Frauen, deinen verschwenderischen Lebensstil ...« Niamh schaute sich in dem Restaurant um, in dem sie saßen, und zuckte mit den Schultern.

»Du solltest nicht alles glauben, was du liest, Niamh. Die Presse will Fotos, von denen sie glauben, dass sie sich an die Zeitschriften verkaufen lassen. Das ist alles. Es ist nicht immer ein wahres Abbild meines Lebens.«

»Okay ... dann erzähl mir von dir. Wie sieht dein Leben aus? Denn bis jetzt ...« Niamh deutete mit ihrem Whiskeyglas in der Hand auf das Restaurant. »Bis jetzt scheint dein Leben dem zu entsprechen, was in den Zeitschriften steht. Du weißt schon ... schicke Restaurants, die winzige Portionen servieren. Solche Dinge.«

»Was stimmt denn mit diesem Restaurant nicht?« Mac sah sich verwirrt um.

»Ich habe nicht gesagt, dass irgendetwas nicht stimmt.« Niamh verstummte, als der Kellner mit ihrem ersten Gericht zurückkam – etwas, das aussah wie ein einzelnes, kleines Stück Käse mit einer Walnuss und etwas Soße darauf.

Beide schauten auf ihre Teller und dann einander an, bevor sie in Gelächter ausbrachen.

»Ich glaube, jetzt hast du mich erwischt, Niamh. Sag

mir ... worauf hast du wirklich Lust?« Mac beugte sich über den Tisch, wobei seine Augen belustigt aufblitzten.

»Ich hätte Lust auf einen Cheeseburger und Pommes.«

Mac stand auf und verließ den Raum, sodass Niamh einen Moment Zeit hatte, ihre Gedanken zu sammeln. Er war ein guter Verlierer, stellte sie fest, und er hatte keine Angst, das Kommando zu übernehmen, wenn es nötig war. Sie speicherte diese Fakten ab und lächelte ihm zu, als er zurückkam.

»Der Chefkoch hat dir für heute Abend den besten Cheeseburger in Dublin versprochen. Ich glaube, er hat sich sogar sehr über die Anfrage gefreut.«

»Er ist wahrscheinlich daran gewöhnt, dass nur Models herkommen, die in seinem Essen herumstochern.« Niamh lachte.

»Ich muss dir etwas gestehen ...« Mac sah sich um und beugte sich dann vor. »Jedes Mal, wenn ich hier esse, muss ich auf dem Heimweg noch an einer Pommesbude anhalten«, flüsterte er.

»Skandalös!« Niamh musste erneut lachen.

»Ich bin ein großer Junge, ich brauche viel zu essen.«

»Sag mal, was machst du eigentlich den ganzen Tag, außer viel zu essen?« Niamh entspannte sich in ihrem Stuhl, froh darüber, dass etwas Richtiges zu essen auf dem Weg zu ihnen war, und sah zu Mac hinüber. Sie wollte ihn besser einschätzen können, und sie ließ ihre Gedanken ein wenig schweifen, sodass sie nur die schwachen Schatten seiner Aura um ihn herum sehen konnte.

»Während der Saison? Da bin ich sehr beschäftigt. Ich trainiere, gebe Pressekonferenzen, arbeite mit der Mannschaft an Spielzügen, reise ...«

»Und wenn keine Saison ist?« Er hatte eine schöne blaue Aura mit hübschen goldenen Flecken, stellte Niamh überrascht fest. Vielleicht war er doch nicht so egoistisch, wie sie zuerst angenommen hatte.

»Da trainiere ich auch, denn ich will natürlich in Form bleiben. Aber ich habe generell mehr Zeit. Dann habe ich auch ein Sozialleben, arbeite an Sponsorendeals, reise an Orte, die ich gern besuchen *möchte* ... solche Dinge eben.«

»Sponsorendeals? Klingt cool.«

»Sie können lukrativ sein. Es ist eine weitere Möglichkeit, mit einer zeitlich begrenzten Karriere Geld zu verdienen.« Ein undefinierbarer Blick huschte über Macs Gesicht, bevor er ihr wieder ein Lächeln schenkte. Niamh fragte sich, ob er sich Sorgen machte, wie sein Leben nach seiner Rugbykarriere aussehen würde.

»Du schmiedest das Eisen also, solange es heiß ist?«, fragte Niamh. In diesem Moment kam der Kellner mit ihren Tellern herein, als würde er die besten Gerichte des Landes präsentieren. Niamh stellte erfreut fest, dass ihr Teller mit perfekt zubereiteten Pommes frites und einem riesigen Burger überquoll. Vor Vorfreude lief ihr das Wasser im Mund zusammen.

»Na, das ist doch schon viel besser.« Mac schien sich ebenso sehr auf etwas Richtiges zu essen zu freuen. »Lass uns reinhauen.«

Einen Moment lang aßen sie in kameradschaftlichem Schweigen, und Niamh stellte erfreut fest, dass der Koch wirklich wusste, was er tat. Als ihr Hunger gestillt war, lehnte sie sich zurück und prostete Mac mit ihrem Whiskey zu.

»Das war wirklich gut.«

»Das werde ich ab jetzt jedes Mal bestellen, wenn ich herkomme.« Mac grinste sie an. »Sag mal, Niamh – woran hast du gearbeitet, als ich deinen Laptop zerstört habe?«

Niamh beschloss, ihn ein wenig zu testen, um zu sehen, wie skeptisch er war, sah ihm direkt in die Augen und öffnete ihre Sinne, um ihn besser lesen zu können.

»An einem Projekt für eine Studie über Parapsychologie. Insbesondere Telekinese, aber auch andere parapsychologische

Phänomene. Ich möchte wissen, ob es wissenschaftliche Methoden gibt, um die Energie zu messen, die bei dem besagten Phänomen erzeugt wird, und ob es anderswo repliziert werden kann.«

Mac verstummte, und Niamh war schockiert, als sie einen Anflug von Verletzlichkeit über den Tisch hinweg spürte. *Das ist ... merkwürdig*, dachte Niamh. Mac verdrängte die Emotion jedoch schnell und hob die Augenbrauen.

»Das klingt intensiv. Aber auch äußerst faszinierend. Du machst also deinen Uniabschluss?«

»Ja, meinen Master.«

»Was fängt man denn mit einem solchen Abschluss an ... wie siehst du deine berufliche Zukunft?«

»Idealerweise? Am liebsten würde ich Kindern helfen, die solche Phänomene erleben. Ich möchte ihnen dabei helfen, diese zusätzlichen Fähigkeiten zu verstehen oder sich an sie zu gewöhnen. Es kann beängstigend für sie sein, aufzuwachsen und nicht zu verstehen, woher diese Kräfte kommen.«

»Aber ... das heißt, du glaubst, dass diese übersinnlichen Fähigkeiten nicht nur real sind, sondern dass es genügend Menschen gibt, die sie erleben, sodass du eine Karriere darauf aufbauen könntest?«

»Auf jeden Fall.« Niamh begegnete seinem ungläubigen Blick direkt. »Schon mal was von Spezialisierung gehört? Meine Dienste werden sehr gefragt sein, daran habe ich keinen Zweifel.«

»Ich bin ... nun ja, ich bin fasziniert, das muss ich zugeben. Es klingt wie Magie.«

»Das mag schon sein«, erwiderte Niamh lachend, lehnte sich zurück und trank einen weiteren Schluck ihres Whiskeys. »Aber ich möchte zumindest die Chance haben, es auf andere Weise zu definieren oder zu messen.«

»Dann wünsche ich dir viel Glück. Ich bin gespannt, wie es damit weitergeht.«

Nach dem Essen und auf dem Weg aus dem Restaurant wurde Niamh ein wenig ungeduldig, denn Mac wurde an jedem Tisch angehalten, um Hände zu schütteln, ein Autogramm zu geben oder über das eine oder andere Treffen zu sprechen. Wusste der Mann nicht, wie man Nein sagte? All die warmen Gefühle, die sie ihm gegenüber aufgebaut hatte, lösten sich schnell in Luft auf, als sie ins Blitzlichtgewitter der Paparazzi-Kameras hinaustraten. Niamh hob die Hand, um ihre Augen abzuschirmen, als die hellen Lichter sie in der Dunkelheit der Nacht blendeten. In diesem Moment wurde ihr klar, dass, egal wie charmant Mac beim Abendessen gewirkt hatte, dies nicht das Leben war, nach dem sie sich sehnte. Es war zu schnell, zu schick und viel zu öffentlich für die Arbeit, der sie nachgehen wollte. Sie seufzte, denn einen Moment lang hatte sie die Vorstellung, dass die ruhige und fleißige Niamh mit einem berühmten Rugby-Star zusammen sein könnte, genossen, doch nun wusste sie, dass sie in die Realität zurückkehren musste.

»Sollen wir ...« Mac sah zu ihr hinüber, als sie im Auto saßen, und erlaubte ihr damit, den nächsten Schritt zu machen.

»Bitte bring mich nach Hause, Mac. Ich hatte einen langen Tag, und morgen habe ich einen noch längeren.«

»Natürlich.« Niamh spürte zwar den Anflug von Enttäuschung, aber sie war sich sicher, dass er mit der nächsten langbeinigen Blondine, die sich ihm an den Hals warf, darüber hinwegkommen würde. Allein im Restaurant hatte es mindestens fünf solcher Frauen gegeben, die sich gerne um die Rolle beworben hätten.

Als er vor ihrer Wohnung anhielt, stieg er sofort aus und öffnete ihr die Tür, nachdem er die Motorhaube umrundet hatte.

»Oh, das musst du nicht ...« Niamh verstummte, als er ihre Hand nahm.

»Es ist dunkel draußen. Ich möchte dich wirklich gern zu deiner Tür bringen.«

»Danke.« Als sie die Stufen zur Eingangstür ihres Wohnhauses hinaufgestiegen waren, drehte sich Niamh um und sah zu ihm auf. Die Nacht war frisch, und sie fröstelte ein wenig in ihrer Jacke – obwohl sie sich nicht sicher war, ob es an seiner Nähe oder an der Kälte lag.

»Kann ich dich wiedersehen? Das würde ich gern, falls du Interesse hast.« Macs Augen blickten sie hoffnungsvoll an.

»Danke für das tolle Essen, Mac. Es ... Es tut mir leid, aber ich glaube wirklich, es ist das Beste, wenn wir nur Freunde sind.« Die Traurigkeit, die in seinen Augen aufblitzte, ließ ihr Herz schmerzen. Sie beugte sich vor und drückte ihm einen sanften Kuss auf die Wange, obwohl ihr Herz sie drängte, mehr zu tun. »Nochmals vielen Dank für den besten Cheeseburger, den ich seit Langem gegessen habe.«

»Ja, natürlich. Du willst also nur befreundet sein? Bist du sicher?« Mac hob eine Augenbraue.

»Ja, ich bin mir sicher.«

»Bis bald, Niamh. Du kannst mich jederzeit anrufen, wenn du etwas brauchst.« Mac drehte sich um und machte sich auf den Weg zu seinem Auto. Niamh konnte sich vorstellen, dass viele Frauen auf sein Angebot eingegangen wären, aber sie gehörte nicht dazu.

»Fahr vorsichtig ...« Mit diesen Worten schloss Niamh die Tür hinter sich und lehnte sich einen Moment lang einfach dagegen. Ihr Herz hämmerte wie wild in ihrer Brust, und in ihrem Kopf schwirrten diverse Was-wäre-wenn-Fragen herum. Die, die am meisten Platz einnahm, war diese: Was, wenn sie gerade etwas wirklich Großartigem den Rücken gekehrt hatte?

KAPITEL VIER

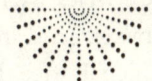

»Na, langsam wird es wirklich unheimlich.« Niamh warf Mac einen Blick zu, als er am nächsten Morgen an ihrem Tisch im Bee & Bun auftauchte.

»Ich dachte, du hast gesagt, wir könnten Freunde sein?« Mac lächelte, auf seinem Gesicht lag ein hoffnungsvoller Ausdruck. Er trug Sportkleidung und sie nahm an, dass er gerade von dem Training kam, von dem er ihr gestern erzählt hatte.

»Würde ein Freund mir nicht vielleicht eine Nachricht schreiben und fragen, ob wir uns auf einen Kaffee treffen wollen?«

»Vielleicht. Aber ich komme gerade vom Training und muss noch ein paar Verträge durchsehen, während ich so viel Essen wie möglich in mich hineinschaufle. Ich habe gehört, das Essen hier ist gut. Woher sollte ich wissen, dass du wieder hier sein würdest? Es sei denn, du kommst jeden Tag hierher?«

»Nein, ich komme nicht jeden Tag hierher. Nur, wenn ich viel zu tun habe oder bevor ich arbeiten gehe.« Niamh atmete tief durch, ignorierte das leichte Kribbeln, das sie vor lauter

Freude darüber verspürte, ihn zu sehen, und deutete mit einer Hand zu dem Stuhl, der ihr gegenüber stand. »Na, dann komm. Fühl dich wie zu Hause.«

»Siehst du? Wir sind einfach Freunde.« Mac strahlte sie an und schenkte James dann dasselbe Lächeln, als dieser mit einem kompletten irischen Frühstück bei ihnen am Tisch ankam. Beim Anblick von Macs Lächeln ließ James fast den Teller fallen und sah Niamh fragend an.

»Ich nehme noch einen Kaffee, bitte. Und einen Zimt-Scone, falls noch einer da ist.«

»Kein Problem.« James warf ihr einen Blick zu, der versprach, dass sie später darüber reden würden, und Niamh verkniff sich ein Lächeln.

Mac stürzte sich mit Begeisterung auf sein Essen, und Niamhs Herz begann auf seltsame Weise höherzuschlagen, während sie ihn beobachtete. Wie würde es wohl sein, jeden Tag mit diesem Mann zu frühstücken?

»Wie war das Training?«

»Ah, es war gut. Ich bin noch nicht ganz fit, weil ich mir vergangene Woche einen Oberschenkelmuskel gezerrt habe, aber ich werde es überstehen.« Mac zuckte mit den Schultern. »Das Einzige, was beim Rugby sicher ist, ist, dass man sich immer verletzt, so oder so. Du solltest mal meine blauen Flecken während der Saison sehen. Dann sehe ich aus wie ein Schlägertyp.«

»Ich bin mir sicher, du siehst immer noch gut aus ...« Niamh lehnte sich zurück und betrachtete ihn. Er sah auf jeden Fall aus wie ein Mann, der ein paar blaue Flecken vertragen konnte, aber sie konnte sich auch vorstellen, dass die wiederholten Schläge, die er einstecken musste, ihm auf Dauer zusetzten. »Hast du irgendwelche bleibenden Verletzungen oder konntest du dich immer auskurieren?«

»Toi, toi, toi.« Mac klopfte leicht auf den Tisch. »Bis jetzt bin ich gut davongekommen. Aber das wird nicht immer so bleiben, vor allem dann nicht, wenn ich älter werde.«

»Beenden Rugbyspieler oft aufgrund von Verletzungen ihre Karriere? Oder eher wegen des Alters? Wann ist man überhaupt zu alt für Rugby? Ich muss gestehen, dass ich nicht wirklich viel über diesen Sport weiß ...« Niamh lachte, als Mac sie schockiert ansah. »Was? Hast du etwa noch nie jemanden getroffen, der kein Rugbyfan ist?«

»Nicht in Irland, nein. Was machst du denn dann in deiner Freizeit?«

»Ähm, du weißt schon, dass es noch andere Dinge im Leben gibt als Sport?« Niamh hob eine Augenbraue und lachte, als Mac so tat, als würde ihn die Frage verwirren.

»Das kann ich nicht behaupten ... Nein.« Niamh blinzelte, als Mac sein Frühstück beendete. *Das muss ein neuer Rekord sein*, dachte sie. Der Mann war hungrig. Sie bedankte sich lächelnd bei James, der mit ihrem Kaffee und dem Gebäck zurückkam.

»Der Scone sieht wirklich gut aus. Ich nehme auch einen, wenn noch einer da ist.«

»Klar doch, Mac«, sagte James ein wenig atemlos, und Niamh verdrehte die Augen.

»Hast du diese Wirkung auf jeden, den du triffst?«

»Welche Wirkung?« Mac blickte auf, als er einen Ordner aus seiner Tasche holte.

»Siehst du das wirklich nicht? Die Art und Weise, wie die Leute um dich herum nervös werden oder wie sie dich ... anhimmeln?«

»Ein bisschen schon. Aber ich versuche, es nicht zu sehen. Ich bin einfach ich, Niamh. Ich bin nur zufällig sehr gut in einer Sportart, mit der man eine Menge Geld verdienen kann. Das scheinen die Leute irgendwie faszinierend zu finden.«

»Hmm ...« Niamh sah auf ihr Handy, das auf dem Tisch

lag und vibrierte. Sie hob kurz einen Finger und Mac nickte, damit sie den Anruf entgegennehmen konnte.

»Hi, Mum, wie geht's dir?«

»Stimmt es, dass meine Tochter mit einem berühmten Mann zusammen ist? Dein Vater ist kurz davor, einen Anfall zu kriegen. Ich bin mir allerdings nicht sicher, ob es daran liegt, dass er ein Footballer ist, oder daran, dass er sich Sorgen um dich macht.«

»Er ist Rugbyspieler, Mum.« Niamh grinste, als Mac sich mit einem verletzten Gesichtsausdruck die Hand auf die Brust hielt. »Willst du mit ihm sprechen? Er ist gerade hier.«

»Sag mir nicht, dass du mit ihm im Bett bist ...« Niamh verschluckte sich an ihrem eigenen Lachen, als die Stimme ihres Vaters die ihrer Mutter ersetzte.

»Sag mir ja nicht, dass du gerade mit Mac im Bett bist.«

»Hallo, mein brillanter und liebevoller Vater. Und danke, dass du dich nach meinem Sexualleben erkundigst, aber leider trinke ich gerade nur eine Tasse Kaffee mit ihm.«

»Oh. Ähm ...« Niamh konnte praktisch sehen, wie die leuchtende Röte über die Wangen ihres Vaters kroch. »Das tut mir leid. Es ist nur ... Er ist ziemlich berühmt, weißt du.«

»Das habe ich gehört. Wusstest du, dass du berühmt bist, Mac?« Niamh grinste ihn an.

»Ich? Ist das so?« Mac lachte und streckte seine Hand nach ihrem Handy aus. Niamh beschloss, mitzuspielen, und reichte es ihm, ohne ihren Vater zu warnen.

»Hallo, Sir.« Erst jetzt fiel Niamh auf, dass er ihren Nachnamen nicht kannte.

»Mr. Kearney«, flüsterte Niamh.

»Mr. Kearney. Es ist mir ein Vergnügen, mit Ihnen zu plaudern. Ihre Tochter ist eine sehr freundliche und nachsichtige Frau.«

Niamh spürte, wie sich ihr Inneres erwärmte, als Mac mit

dem Kopf nickte, denn sie war sich sicher, dass ihr Vater Mac einen Vortrag halten würde.

»Natürlich, Sir. Leider hat mir Niamh gesagt, dass wir nur Freunde sein können, also denke ich nicht, dass Sie sich in dieser Hinsicht Sorgen machen müssen. Aber ich nehme sie beim Wort. Ich könnte eine gute Freundin gebrauchen.«

Seine Worte brachten ihr Herz ein wenig zum Schmelzen. Sie vermutete, dass es bei einem Mann wie ihm viele Menschen gab, die das wollten, was er zu bieten hatte – aber sich nicht darum kümmerten, was er brauchte.

»Auf jeden Fall. Ja, natürlich. Das werde ich ganz sicher tun. Ah, natürlich, dieser Spielzug ist sehr knifflig. Ich werde ihn beim nächsten Training üben. Ja, gut. Das klingt schön. Nein, ich war noch nie in Grace's Cove.«

Niamhs Augen weiteten sich, und sie forderte Mac auf, ihr das Handy zurückzugeben, aber er grinste sie nur an.

»Sie kommt also bald nach Hause? Für ein paar Monate? Nun, vielleicht wäre es schön, sie zu besuchen. Ich war noch nie in dieser Gegend. Sie haben einen tollen Pub im Ort, sagen Sie? Da kann man ja kaum widerstehen. Danke für die Einladung, Mr. Kearney. Ich werde Ihnen Bescheid geben, falls ich es schaffe.«

Niamh riss ihm das Handy aus der Hand, aber ihr Vater hatte bereits aufgelegt.

»Er scheint nett zu sein. Er sorgt sich sehr um dich.« Mac musterte sie mit seinen auffallend blauen Augen. In seinen Worten schwang eine seltsame Sehnsucht mit.

»Meine Eltern sind großartig. Das sind sie wirklich. Ich habe großes Glück, dass ich sie habe.«

»Das muss sehr schön sein.« Mac lächelte dankbar, als James mit einem Zimt-Scone zurückkam. Niamhs Neugierde war geweckt.

»Hast du ein enges Verhältnis zu deiner Familie?«

»Nein. Ich habe nur noch meinen Vater. Meine Mutter

habe ich schon früh verloren. Meinen Vater kümmert es eigentlich nur, wie viel Geld ich ihm gebe, damit er ins Wettbüro gehen kann.«

»Tut mir leid, das zu hören.« Das meinte Niamh vollkommen ehrlich. Sie konnte sich nicht vorstellen, nicht von ihrer Familie unterstützt zu werden. »Du hast also keine Schwestern oder Brüder?«

»Nein, nur ein paar Cousins, die meinen Namen benutzen, wenn es ihnen passt.« Mac ging nicht näher darauf ein, aber Niamh begann, sich ein Bild zu machen. Jeder wollte ein Stück von Mac, aber niemand schien ihm etwas zurückzugeben. Obwohl sie nicht an seinem öffentlichen Leben teilhaben wollte, wusste Niamh bereits, dass sie ihm helfen wollte. Natürlich nur als Freundin. Der Mann war eindeutig einsam.

»Du musst niemandem etwas geben, das weißt du doch, oder? Du bist niemandem etwas schuldig.«

»Das ist schon in Ordnung. Es ist, wie es ist. Erzähl mir von Grace's Cove. Warum gehst du für so lange zurück?« Niamh bemerkte den Themenwechsel, sagte aber nichts dazu.

»Nun ja, wenn meinem Professor das Projekt gefällt, werde ich die Forschung in einem Labor dort durchführen.« Niamh wollte nicht näher darauf eingehen, warum, aber Mac war anscheinend nicht dumm.

»Du kennst dort jemanden mit übersinnlichen Fähigkeiten, nicht wahr?«

»Vielleicht«, sagte Niamh.

»Vielleicht könnte ich dir bei deinen Forschungen helfen? Ich könnte eine Auszeit von der Stadt gebrauchen. Immerhin hat dein Vater mich praktisch eingeladen.«

»Wirklich? Und wie genau willst du mir helfen?« Niamh lachte. Ein seltsamer Blick blitzte in Macs Augen auf, und er öffnete den Mund, um zu sprechen, schloss ihn dann aber wieder. »Ich glaube, ich komme schon zurecht, Mac. Ich bin mir nicht sicher, ob es meinen Probanden recht wäre, wenn eine berühmte Person in die Studie einbezogen würde. Viele Menschen sind in solchen Dingen sehr zurückhaltend.«

»Natürlich, das verstehe ich. Kein Problem.« Mac zuckte mit einer Schulter, aber die Energie, die er ausstrahlte, passte nicht zu seinen Worten. Warum sollte er ihr bei ihrer Arbeit helfen wollen? Vielleicht war er einsamer, als sie dachte.

»Welche Verträge siehst du dir heute an?« Jetzt war Niamh an der Reihe, das Thema zu wechseln. Sie warf einen Blick auf die Uhrzeit auf ihrem Handy – sie musste ihre Notizen wirklich bald fertigstellen, bevor sie zur Arbeit ging.

»Zwei weitere Sponsorendeals. Ich bin mir nicht sicher, ob ich sie abschließen soll.«

»Warum nicht?« Trotz ihres Zeitlimits neigte Niamh ihren Kopf fragend zu ihm.

»Weil es bei dem einen Deal um eine Dating-App geht und beim anderen um Kondome.«

»Ah ...« Niamh dachte einen Moment lang darüber nach. »Aber die Dating-App scheint doch gut zu passen, oder?«

»Und Kondome nicht?« Mac lachte, als Niamh errötete.

»Damit wollte ich nur sagen ... du hast viele Dates.«

»Ich brauche keine App, um ein Date zu bekommen«, sagte Mac, und Niamh verdrehte die Augen.

»Nein, natürlich nicht. Die Frauen liegen dir zu Füßen.«

»Hättest du es lieber, dass ich lüge oder laut protestiere?«, fragte Mac mit einem verschmitzten Grinsen im Gesicht.

»Du bist wirklich unmöglich. Na gut. Dann gehe eben keinen Deal mit den Machern der App ein, und nimm stattdessen den Kondom-Deal an.«

»Das könnte aber unangenehm werden. Will ich in der Öffentlichkeit wirklich über mein Sexualleben sprechen?«

»Ein großer Teil davon wird schon öffentlich besprochen ...«, sagte Niamh.

»Das schreiben nur die Klatschblätter, Niamh. Ich schlafe

nicht mit jeder Frau, die ich zum Essen einlade.« Mac sah sie eindringlich an, und sie errötete erneut.

»Und das ist gut für uns. Denn es klingt so, als würdest du fast jede Frau haben können. Ich bin nicht daran interessiert, Teil deines Buffets zu sein.« Niamh warf ihm einen bösen Blick zu und sah dann auf ihre Notizen hinunter. »Ich muss das wirklich zu Ende bringen.«

»Gut, ich auch.«

Stille legte sich über den Tisch, während sie beide an ihren Notizen arbeiteten, aber Niamh fiel es besonders schwer, sich auf etwas anderes zu konzentrieren als auf Macs Anwesenheit. Seine Energie schien den ganzen Raum zu erfüllen, und sie konnte nicht aufhören, daran zu denken, dass ein Kondom in der Nacht zuvor sehr hilfreich gewesen wäre, wenn sie sich auf ihn eingelassen hätte. Tatsächlich hatte sie einen ausgesprochen unanständigen Traum mit Mac gehabt, und jetzt spielten sich diese Bilder in ihrem Kopf ab. All diese Muskeln ... eine Menge nackter Haut ...

Sie klappte ihr Notizbuch zu und stand abrupt auf, woraufhin Mac sie überrascht ansah.

»Ist alles in Ordnung?«

»Ich muss gehen. Jetzt«, sagte Niamh etwas unbeholfen, während sie ihr Notizbuch in ihre Tasche steckte.

»Aber du hast deinen Scone nicht aufgegessen.«

»Iss du ihn. Bis dann, Mac. Ich muss jetzt zur Arbeit. Viel Glück mit deinen Kondomen und deinen Dates.« Niamh verzog das Gesicht und rannte aus dem Café, ohne sich zu trauen, sich nochmal zu ihm umzudrehen.

»Gott, ich bin eine solche Idiotin ...«, murmelte Niamh.

KAPITEL FÜNF

Später am Tag ging Mac in seinem Penthouse-Apartment, das sich in einer ruhigeren Straße in Dublin befand, auf und ab. Er hatte heute viel zu viel Energie ... eigentlich fühlte er sich so unruhig, seit Niamh die Bemerkung über Kondome und andere Frauen gemacht hatte und dann mehr oder weniger aus dem Café gerannt war. Am Ende hatte er ihre Rechnung bezahlt, obwohl James gesagt hatte, es wäre kein Problem, da sie Stammgast im Bee & Bun sei.

Er konnte nicht anders, als sich zu fragen, ob er sie vielleicht doch nicht so kaltließ, auch wenn sie etwas anderes behauptete. Sie ließ ihn auf gar keinen Fall kalt. Niamh war ... sie war wie eine Rose, die nach dem Regen erblüht. Ihr Gesicht verbarg ihre Gefühle kaum, und Mac genoss die Röte, die ihre helle Haut überzog, wenn sie verlegen oder wütend war.

Oder erregt.

Es war unmöglich gewesen, nicht zu bemerken, wie ihre ausdrucksstarken grauen Augen an diesem Morgen auf ihm verweilt hatten. Er hatte sie fragen wollen, worüber sie wirklich nachgedacht hatte, als sie vom Tisch aufgesprungen und weggestürmt war. Mac war sich nicht sicher, warum es ihn so sehr interessierte, was Niamh über ihn dachte – aber es war nun mal so. Sie war anders als all die anderen Frauen, mit denen er je ausgegangen war. Vielleicht war sie anders, weil sie ihn abgewiesen hatte, aber das war nicht der Grund, warum er sich zu ihr hingezogen fühlte. Es war, als hätte sie gesehen, wer er wirklich war, zumindest so viel, wie er ihr zu zeigen bereit war.

Es gab Dinge über ihn, die er mit niemandem teilte.

Nun fragte er sich, ob sie diejenige sein würde, der er seine Geheimnisse anvertrauen konnte. Vielleicht ... aber wahrscheinlich nicht. Sehr schnell superberühmt zu werden, hatte Mac viele Lektionen gelehrt, wobei die wichtigste darin bestand, dass er wirklich niemandem vertrauen konnte. Die Paparazzi liebten eine gute Story, und Mac wusste, dass man für einen gewissen Preis jeden kaufen konnte. Deshalb zeigte er der Welt nur das, was er zeigen wollte. Mac würde seinen Ruhm vielleicht nicht zu schätzen wissen, wenn er nicht auch etwas Gutes mit sich gebracht hätte. So wie das Geld und die Möglichkeit, seinen geheimen Traum zu verwirklichen: einen gemeinnützigen Rugby-Verein für bedürftige Kinder zu gründen. Rugby hatte ihn vor Einsamkeit und Vernachlässigung bewahrt, und daher war ihm bewusst, welchen Unterschied ein Sport, den manche vielleicht als albern bezeichneten, für das Leben eines Kindes bedeuten konnte. Er war noch nicht ganz so weit, das Programm zu starten, da es noch einige Details zu klären gab, aber Mac war dennoch froh, dass er zumindest den Ball ins Rollen gebracht hatte.

Trotzdem lief er unruhig im Haus umher. Als sein Handy vibrierte und ihm sagte, dass er eine Nachricht bekommen hatte, dachte er zuerst an Niamh.

Hey Kumpel, wir gehen in den Club. Mit ein paar kroatischen Models, die wegen eines Shootings hier sind.

Einen Moment lang zögerte Mac. Normalerweise würde

er sich seinen Teamkollegen anschließen und die Nacht durch-
feiern. Aber er konnte einfach nicht aufhören, an Niamh zu
denken und daran, wie gern er zu ihrer Wohnung fahren
würde, gemeinsam etwas kochen und über alles und nichts zu
reden. Aber Mac wusste, dass er sie nicht anrufen konnte.
Auch wenn sie sagte, sie seien Freunde, wäre es ein bisschen zu
stalkerhaft, wenn er ihr nachstellte. Die arme Frau brauchte
etwas Abstand von ihm, und sie war sicherlich nicht auf
Abruf verfügbar.

Kommst du mit?

Seufzend ging Mac in sein Zimmer, um sich umzuziehen.
Er hatte zu viel Energie, um heute Abend zu Hause zu sitzen,
also konnte er genauso gut in den Club gehen, tanzen und
sich von anderen Dingen ablenken – wie etwa Niamh. Mac
zog sich dunkle Jeans und ein einfaches langärmeliges
schwarzes Shirt an, verließ seine Wohnung und ging zu Fuß
zum Club. Einer der Vorteile des Lebens in Dublin war, dass
er nirgendwo hinfahren musste, wenn er nicht wollte, aber er
liebte es, seinen Porsche in der Stadt zu haben. An manchen
Tagen, wenn er eine ähnlich rastlose Energie verspürte, fuhr er
stundenlang durch die Gegend ... einfach nur an der Küste
entlang. Manchmal hielt er auch in kleinen Dörfern auf dem
Weg an. Das Fahren half ihm dabei, sich zu konzentrieren, und
wenn er ein Problem hatte, fand er so zumindest ab und zu
eine Lösung.

Mac lächelte den Leuten zu, die ihm auf dem Bürgersteig
zuwinkten, ging aber weiter, da er heute Abend nicht in der
Stimmung war, Autogramme zu geben. Als er den Club
erreichte, winkte ihn der Türsteher an der Menschenschlange
vorbei, die sich um die Ecke schlängelte, sodass er direkt reingehen konnte. Die Musik pulsierte durch seinen Körper, er
spürte den Bass in seinem Magen und atmete tief ein, bevor er
ein breites Lächeln aufsetzte und zu seinen Teamkollegen
ging. Nein, er war heute Abend wirklich nicht in der richtigen

Stimmung, und sein Bauchgefühl sagte ihm immer wieder, dass er nach Hause gehen sollte.

»Kumpel! Wir haben gerade Shots bestellt.« Craig, einer seiner Teamkollegen und im Allgemeinen ein guter Kerl, klopfte ihm auf die Schulter und reichte ihm einen Tequila. Obwohl die Presse ihn gern als wilden Partylöwen darstellte, trank Mac selten mehr als ein paar Drinks an einem Abend. Er mochte es nicht, die Kontrolle zu verlieren.

Er wusste nicht, was passieren würde, wenn dem so wäre.

Doch jetzt nahm er den Shot einfach und genoss es sogar, wie der Tequila eine heiße Spur in seiner Kehle hinterließ und sein Inneres erwärmte. Mac drehte sich um und lehnte sich an die Bar, während er sich im Club umsah.

»Die Models sind gerade auf die Toilette gegangen. Was machen die da drinnen nur zusammen?« Craig sprach so laut, dass er trotz der Musik zu hören war und lehnte sich neben ihn an die Bar.

Wahrscheinlich koksen sie, dachte Mac.

»Über Männer lästern, natürlich. Hast du schon eine angemacht?«, fragte Mac stattdessen.

»Nein, ich warte noch ein wenig. John war etwas zu eifrig und hat sofort einen Korb bekommen.«

»Natürlich hat er das.« Mac lachte. John war neu im Team. Er hatte ein freundliches, jungenhaftes Aussehen, das ihm bei den Frauen oft einen Vorteil verschaffte, aber eben nicht immer.

»Fintan ist hier. Mit Kristie.« Craig nickte dezent in die Richtung, in der sich ihr Mannschaftskapitän gerade mit seiner Freundin in der Ecke stritt. Als sie sich ihre Handtasche schnappte und zur Toilette stürmte, drehten sich die Männer wieder zur Bar um, bevor Fintan sehen konnte, dass sie ihn angestarrt hatten.

»Scheint ja wirklich gut bei ihnen zu laufen«, sagte Mac und hob den Finger, um eine Runde Bier zu bestellen. Er wusste, dass Fintan wahrscheinlich schon auf dem Weg zu ihnen war.

»Ich denke, dass er ihr einen Antrag machen wird.« Craig zuckte mit den Schultern.

»Wird er das? Das wäre ... eine eindeutige Entscheidung, denke ich.«

»Was wäre eine eindeutige Entscheidung?«, fragte Fintan, der plötzlich hinter ihnen stand.

»Mir eine Ledercouch für mein Wohnzimmer zu kaufen«, sagte Mac eilig und drehte sich zu Fintan um, um ihm ein Lächeln zu schenken. Sie hatten sich nie wirklich nahegestanden, aber sie waren nett zueinander. Fintan hatte etwas an sich, eine gewisse Dunkelheit, die Mac auf Abstand hielt. Vielleicht sah er sogar etwas von sich selbst in dem anderen Mann, aber Mac war nicht daran interessiert, mehr Zeit damit zu verbringen, sich mit Fintans Problemen auseinanderzusetzen. Er hatte so schon genug eigene Wunden.

»Leder ist sehr widerstandsfähig«, sagte Fintan. Er nickte dankend, als Mac ihm eine Flasche Bier reichte.

»Aye, das ist es.«

»Aber nicht, wenn du einen Hund haben willst. Er könnte das Leder zerkratzen«, erwiderte Craig.

»Nee, die Kratzer bekommt man einfach raus«, argumentierte Fintan.

»Ich werde mir keinen Hund anschaffen«, sagte Mac und trank einen Schluck von seinem Bier. In diesem Moment kamen die Models von der Toilette zurück. Oder zumindest die Frauen, von denen Mac annahm, dass sie Models waren. Sie waren dünn, hatten falsche Brüste und wischten sich heimlich die Nasen ab. Mac wünschte sich wirklich, die Welt wäre freundlicher zu Frauen – vor allem, wenn es um ihre Körper ging. Er mochte kurvige, weibliche Körper ... wie den von Niamh.

»Warum nicht?«, fragte Fintan und Mac verdrängte die Gedanken an Niamh schnell.

»Warum was?«

»Warum solltest du dir keinen Hund anschaffen wollen?«

»Ein Hund braucht einen Garten. Außerdem bin ich oft unterwegs. Was wäre das für ein Leben für einen Welpen?«

»Wenn du eine Freundin hättest, könnte sie für dich auf den Hund aufpassen«, meinte Craig. Für eine Weile betrachteten sie alle die Models, die sich auf die Tanzfläche begeben hatten, um ihre Körper dem Publikum zu präsentieren.

»Wenn ich schon keine Zeit habe, mich um einen Hund zu kümmern, warum glaubst du dann, dass ich Zeit habe, mich um eine Frau zu kümmern?« Mac lachte. »Beides klingt nach viel mehr Verantwortung, als mir lieb ist.«

»Frauen sind verdammt anstrengend«, schimpfte Fintan. Er verdrehte die Augen und sah zu Kristie, die am Rande der Tanzfläche stand, und sich umsah. »Wir sehen uns später.«

»Viel Glück.« Craig zuckte zusammen, als Fintan ihm auf den Arm schlug.

»Komm schon, Mac. Willst du mein Wing-Man sein?« Craig sah ihn hoffnungsvoll an.

»Klar, warum nicht?« Vielleicht würde ein bisschen Tanzen zumindest seine Unruhe vertreiben. Gemeinsam gingen sie über die Tanzfläche zu der Gruppe von Models.

Stunden später fühlte sich Mac endlich entspannt und hatte das Gefühl, etwas von der Angst abgebaut zu haben, die sich den ganzen Tag in ihm angestaut hatte. Nachdem er mit jedem Model und dann noch mit ein paar anderen Frauen auf der Tanzfläche getanzt hatte, war er verschwitzt und fühlte sich dank der paar Drinks, die er getrunken hatte, etwas lockerer. Das war sein Zeichen, dass es Zeit war zu gehen, denn er zog es vor, sich mit einem fröhlichen Schwips nach Hause treiben zu lassen.

Er bahnte sich seinen Weg zur Bar und nickte dem

beschäftigten Barkeeper zu, der grüßend die Hand hob. Einmal im Monat bezahlte Mac hier seine Rechnung und gab den Barkeepern dabei jedes Mal ein großzügiges Trinkgeld. Als er einen Blick auf die lange Schlange warf, die an der Eingangstür wartete, beschloss Mac, dass er keine Lust auf andere Leute hatte.

»Ich nehme den Hinterausgang«, rief Mac dem Barkeeper zu. Es war nicht ungewöhnlich, dass sich Prominente durch den Hinterausgang schlichen, wenn vorn zu viel los war. Der Barkeeper nickte noch einmal. Mac quetschte sich an der Bar vorbei und bog links in den Gang zu den Toiletten ab. Dort ging er durch eine weitere Doppeltür und dann durch den Hinterausgang, der ebenfalls von einem Türsteher überwacht wurde, der ihm nur zunickte.

Draußen in der schwach beleuchteten Gasse atmete Mac die kühle Nachtluft mit einem Atemzug ein. Die Musik dröhnte noch immer dumpf von drinnen, und die Menge vor dem Gebäude war laut. Er drehte sich um und wollte gerade in die andere Richtung gehen, als er innehielt und stehenblieb.

»Kristie, was machst du denn hier draußen?«

»Ich warte auf dich. Ich weiß, dass du manchmal den Hinterausgang nimmst.« Kristie, eine rehäugige, brünette Schönheit, klimperte mit ihren Wimpern und sah zu ihm auf.

»Hör zu ... wenn es um Fintan geht, kann ich dir nicht weiterhelfen. Wir stehen uns nicht sonderlich nahe. Du musst das wirklich mit ihm klären.« Mac behielt einen gewissen Abstand zu ihr. Das Licht der Straßenlaterne glitzerte im Tränenschimmer in ihren Augen, und ihm rutschte das Herz in die Hose. Er hasste es, Frauen weinen zu sehen.

»Er hasst mich.« Eine Träne lief ihr über die Wange.

»Nein, das tut er nicht. Er hasst es nur, sich mit dir zu streiten, da bin ich mir sicher. Das sind zwei verschiedene Dinge.«

»Alles, was er tut, ist, andere Frauen anzuschauen.«

»Ich glaube nicht, dass das stimmt. Hey, hör zu. Du musst einfach mit ihm reden.« Obwohl er es eigentlich nicht wollte, machte Mac einen Schritt auf sie zu und klopfte ihr unbeholfen auf die Schulter. »Das wird schon klappen.«

»Ich will einfach nur, dass er mich sieht.« Er konnte den grimmigen Tonfall in ihrer Stimme hören.

»Ich schwöre dir, das tut er.«

»Vielleicht hat er es bisher nicht getan, aber jetzt wird er es tun.« Mit diesen Worten drehte sich Kristie um, schlang ihre Arme um Macs Hals und küsste ihn auf den Mund.

Um sie herum leuchteten die Blitzlichter auf, und Mac wurde sofort schrecklich übel.

Sie hatte ihm eine Falle gestellt – und jetzt hatte er ein Problem.

KAPITEL SECHS

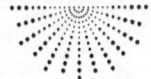

Niamh war gerade von einer Arbeitsschicht in der Bibliothek nach Hause gekommen, als sie eine Nachricht auf ihr Handy bekam.

Ich muss unbedingt mit dir reden. Kann ich vorbeikommen?

Mac. Niamhs Herz machte einen kleinen Salto, und für einen Moment schloss sie die Augen und überlegte, ob es klug war, ihn in ihre Wohnung einzuladen. Ihr Instinkt sagte ihr jedoch, dass er sie brauchte, und sie erinnerte sich daran, dass alle immer nur von Mac nahmen – er bat selten um Hilfe. Zumindest nach allem, was sie bisher über ihn erfahren hatte.

Klar, wann genau?

Niamh zuckte zusammen, als es an ihrer Wohnungstür klingelte. Er musste wirklich damit aufhören, einfach da aufzutauchen, wo sie war. Hastig sah sie sich in der Wohnung um, um zu sehen, ob irgendetwas Belastendes herumlag, schnappte sich einen Spitzen-BH vom Bett, schob ihre Nachttischschublade zu und warf einen kurzen Blick in den Spiegel, um sich zu vergewissern, dass sie nicht ganz schrecklich aussah. Sie hatte sich bereits eine lockere Pyjamahose mit Karomuster und ein weiches Fleece-Oberteil angezogen, also blieb ihr nicht viel anderes übrig, als auf den Türöffner zu drücken und Mac hereinzulassen.

»Hi«, sagte Niamh, als sie die Tür öffnete. »Wolltest du nicht weniger gruselig sein?«

»Hey, immerhin habe ich dir dieses Mal zuerst eine Nachricht geschickt, oder nicht?« Aber in Macs Stimme lag kein neckischer Ton, und sie konnte sehen, dass seine Schultern unter seiner Trainingsjacke vollkommen steif waren. Seine Anspannung war deutlich zu spüren.

»Mac, was ist los? Komm rein.« Niamh trat zurück und deutete ihm an, einzutreten. Mac hielt inne, sah sich um, nickte einmal, als würde er zustimmen, und drehte sich dann so, dass er sie direkt ansehen konnte. Seine Augen leuchteten finster in seinem hübschen Gesicht auf.

»Du hast es also noch nicht gehört?«

»Was soll ich gehört haben?« Niamh schloss die Tür hinter sich und verriegelte sie, bevor sie durch den Raum ging, um den Teekessel auf ihren kleinen Herd zu stellen. »Tee?«

»Bitte. Deine Wohnung ist schön.«

»Danke.« Niamh lachte. »Ich bin mir sicher, dass sie vollkommen anders ist als deine, aber sie passt zu mir.«

»Sie fühlt sich warm und gemütlich an, das gefällt mir. Sie fühlt sich wie ein richtiges Zuhause an.«

Niamh drehte sich um und sah, wie er, ein großer, muskulöser Mann, in der Mitte ihrer Wohnung stand, und ging auf ihn zu.

»Sag mir, was ich nicht gehört habe.« Niamh überraschte sich selbst, als sie ihre Hand ausstreckte und seinen Arm tätschelte. »Du scheinst aufgebracht zu sein.«

»Das bin ich.« Mac sah sich wieder um, und als er ihren kleinen Fernseher entdeckte, ging er darauf zu und schaltete ihn mit der Fernbedienung ein. Er zappte durch die Kanäle, bis er bei einem Nachrichtensender innehielt und auf den Bildschirm zeigte.

»William *Mac* MacGregor wurde gestern Abend beim Knutschen mit der Freundin von Mannschaftskapitän Fintan Holister vor dem *Club Eleven* fotografiert, was einem unserer Lieblings-Rugbyspieler einen schweren Schlag versetzte. Wird sich das Team davon erholen können, oder werden die Bande, die es zusammenhält, zerbrechen ...«, sagte der Nachrichtensprecher, wobei er etwas schadenfroh klang. Mac schaltete den Fernseher aus und drehte sich mit verzerrtem Gesicht wieder zu Niamh um.

»Es ist überall«, sagte Mac.

»Oh, Mac.« Niamh kehrte zum Herd zurück und kippte das heiße Wasser in zwei Tassen. »Jetzt hast du dich wirklich in Schwierigkeiten gebracht.«

»Ich ... ich kann nichts ...« Mac hielt inne und sah sie nur an, als sie ihm eine Tasse brachte. Niamh wies mit einer Geste auf den zierlichen Zweisitzer, aber Mac warf nur einen Blick darauf und ließ sich stattdessen auf ein Kissen auf dem Boden davor fallen.

»Hast du mit Fintan gesprochen? Was wirst du jetzt tun?«

Mac blickte nur kurz zu ihr auf, und sie spürte, wie sich die Luft um ihn herum veränderte ... und war überrascht darüber, dass es ihr vorkam, als würde er ihre Reaktion einschätzen und als würde sie ihm nicht gefallen. War das Enttäuschung, die sie in seinen markanten, blauen Augen sah?

»Er will nicht mit mir sprechen. Eigentlich will das niemand. Es scheint, dass ich verurteilt und für schuldig befunden worden bin.«

»Aber ... ich meine ... das Foto ist eindeutig«, fügte Niamh leise hinzu, obwohl sie sich im nächsten Moment darüber ärgerte. Auf dem Bild schmiegte sich die dünne Brünette leidenschaftlich an Mac, und er schien sich nicht dagegen zu wehren.

»Glaubst du wirklich, dass ... ach, vergiss es. Hör zu, ich muss einfach mal eine Weile hier raus. Solche Geschichten passieren hin und wieder, und es ist dann gut, aus der Stadt rauszukommen. Irgendwann vergessen die Leute, dass es passiert ist.«

»Damit hast du vermutlich recht. Es gibt immer einen neuen Skandal«, sagte Niamh. Sie pustete auf ihren Tee und nahm dann einen vorsichtigen Schluck, während sie gleichzeitig versuchte, die seltsame Energie zu verstehen, die in ihrer Wohnung herrschte, ganz zu schweigen von ihren eigenen wirren Gefühlen. Hatte er sie nicht gerade erst zum Essen ausgeführt? Und zwei Tage später hatte er eine andere Frau geküsst. *Oh, das würde auch für sie nicht gut aussehen,* wurde Niamh klar. »Bist du hier, um mich vor der Presse zu warnen? Da ich die letzte Frau war, mit der du ein Date hattest?«

»Es ist gut möglich, dass sie eine Stellungnahme von dir wollen«, sagte Mac.

»Ich soll also untertauchen?«

»Wenn du keine Lust hast, von der Presse belagert oder als eifersüchtige Ex-Freundin hingestellt zu werden, ja, wahrscheinlich. Verdammt, ich hasse diesen Teil des Ruhms. Das tue ich wirklich.«

Niamhs Herz verkrampfte sich schmerzhaft seinetwegen. Nicht, dass sie es gutheißen würde, die feste Freundin seines Kumpels zu küssen, aber jeder machte Fehler. Es war sicher nicht spaßig, wenn die ganze Welt dabei zusah. Und sie beschloss, ihm das zu sagen.

»Hör zu, jeder macht Fehler. Es ist nicht leicht, unter einer solchen Beobachtung zu stehen, wie du. Ich kann mir vorstellen, dass es wirklich schwierig sein muss, damit umzugehen.«

»Alle glauben ohnehin, was sie glauben wollen ...«, sagte Mac.

»Mac ...«

»Hör zu, dein Vater hat mich nach Grace's Cove eingeladen. Glaubst du, dieses Angebot steht noch?«

»Warte, was ...?« Niamh starrte ihn mit offenem Mund an. »Du willst nach Grace's Cove fahren?«

»Klar, warum nicht? Klingt doch nett. Ich habe gehört, dass es eine kleine Stadt mit einem tollen Pub ist. Wahrscheinlich gibt es dort nicht viele Paparazzi.«

»Die Klatschtanten aus der Gegend sind sicher genauso schlimm«, murmelte Niamh und brachte Mac zum ersten Mal seit seiner Ankunft zum Lächeln.

»Scheiß drauf. Ich habe alle Zeit der Welt, und kann überall trainieren. Das wird mir guttun und ich kann diesem ganzen Schlamassel entfliehen.«

Ein Schlamassel, in den du dich selbst gebracht hast, fügte Niamh gedanklich hinzu.

»Mac, ich weiß nicht einmal, ob ich nach Grace's Cove zurückkehren werde. Ich habe mein Proposal erst heute Morgen eingereicht ...« Niamh blickte auf ihr Handy, als es erneut vibrierte, wobei es dieses Mal eine E-Mail-Benachrichtigung war. Als sie sah, dass sie von ihrem Professor stammte, hob sie ihr Handy hoch. »Na, wenn das kein gutes Timing ist ...«

»Hat dir dein Professor geschrieben?«, fragte Mac.

»Ja. Lass mich kurz nachsehen ...« Niamh öffnete die E-Mail und überflog sie, bevor sie einen kleinen Jubelschrei ausstieß. »Er hat es genehmigt! Ich kann mit meinen Forschungsarbeiten beginnen!«

»Das ist großartig, Niamh. Ich freue mich wirklich für dich. Wann würdest du denn fahren?«

»Wahrscheinlich dieses Wochenende. Die Bibliothek hat sich bereits um einen Ersatz für mich gekümmert, der gerade eingearbeitet wird. Ich muss nur noch meine Pflanzen und ein paar andere Dinge einpacken – ich habe sogar schon einen potenziellen Untermieter, der dieses Semester meine Wohnung übernimmt. Theoretisch kann ich also gleich loslegen.«

»Ich kann dir beim Packen helfen.« Macs Tonfall war hoffnungsvoll und sie seufzte.

»Versuchst du, dich vor der Welt zu verstecken, Mac?« *Und vor deinen Taten*, dachte Niamh, versuchte dann aber, die verurteilende Stimme in ihrem Kopf zu verdrängen. *Menschen machen Fehler*, sagte sie sich, *besonders nach ein paar Drinks*. In ihren ersten Jahren an der Universität hatte sie einige gemacht.

»Genau das ist mein Plan. Hör zu, ich habe ein großes Auto. Warum packen wir nicht deine Sachen zusammen und fahren gemeinsam nach Grace's Cove? Es sei denn, du hast ein eigenes Auto?«

»Nein, ich habe keins.« Und so würde Mac schon wieder ein Problem für sie lösen und ihrem Vater die Reise nach Dublin und zurück ersparen.

»Also? Lass mich dein Umzugswagen und dein Packesel sein. Ich kann wirklich hervorragend Kartons tragen.« Mac ließ einen Muskel für sie spielen und Niamh lächelte.

»Und was dann? Wir fahren nach Grace's Cove und du hängst mir den ganzen Tag an den Fersen? Ich habe dir doch gesagt, dass ich arbeiten muss, oder nicht? Meine Forschung ist sehr empfindlich.«

»Ich weiß, ich weiß. Der berühmte Kerl darf deine Experimente nicht stören. Es mag dich überraschen, Niamh, aber ich bin nicht vollkommen inkompetent. Ich kann mich sehr gut selbst beschäftigten.«

»Ich wollte damit nicht andeuten, dass du das nicht … ich … es fällt mir einfach schwer, dich in einem Dorf zu sehen, weit weg von all dem Trubel der Stadt.« Niamh lachte und schob ihre Füße unter sich. »Dort gibt es kein wirkliches Nachtleben, weißt du. Aber ein paar anständige Restaurants. Es ist ein Dorf für Arbeiter. Fischer. Bauarbeiter. So etwas in der Art.«

»Klingt gut. Ich bin dabei. Wann können wir los?«

»Und ...« Niamh ergriff das Wort und versuchte zu verhindern, dass der Zug aus den Gleisen geriet. »Wo willst du schlafen? Du kannst nicht bei mir schlafen. Wir kennen uns kaum.«

»Ich wette, dein Vater wird einen Schlafplatz für mich finden.«

Niamh verdrehte nur die Augen, und er lachte leise.

»Ich werde mir einfach irgendwo in Grace's Cove ein Zimmer mieten. Darüber habe ich mich schon informiert. Dein Dorf scheint im Sommer ein beliebter Touristenort zu sein. Ich glaube nicht, dass ich Probleme haben werde, einen Platz zum Schlafen zu finden.«

Niamh kannte mindestens ein Dutzend einheimischer Frauen, die Mac nur zu gern einen solchen Platz anbieten würden. Sie verdrängte eilig ihre Verärgerung darüber, holte tief Luft und warf Mac einen finsteren Blick zu.

»Warum habe ich das Gefühl, dass du dich bereits entschieden hast, mitzukommen?«

»Wenn du Nein sagst, werde ich das respektieren.« Als Mac ihr direkt in die Augen sah, konnte sie spüren, dass er es ernst meinte. »Ich ... du bist meine Freundin. Im Moment könnte ich wirklich gut einen Freund gebrauchen.«

»Na gut«, sagte Niamh lächelnd, sodass sich sein Gesicht sofort aufhellte. »Ich bin mir zwar nicht sicher, ob du für Grace's Cove bereit bist oder ob Grace's Cove für dich bereit ist ... aber meinetwegen kannst du mitkommen. Allerdings habe ich ein paar Regeln!«

»Schieß los.«

»Störe mich nicht, wenn ich gerade an etwas forsche. Ich nehme meine Arbeit sehr ernst.«

»Verstanden. Du wirst mich während deiner Arbeitszeit nicht sehen.«

»Schlafe nicht mit meinen Cousinen, meiner Familie oder sonst jemandem.«

»Die einzige Person, mit der ich schlafen möchte, bist du.« Die Worte waren schneller ausgesprochen, als ihm lieb war, und für ein paar Sekunden hingen sie in der Luft zwischen ihnen.

»Ich ...« Niamh fächelte sich Luft zu und lachte. »Du hast wirklich ein Talent dazu, Frauen zum Schmelzen zu bringen, nicht wahr?«

»Macht das einen Teil meines Charmes aus?«, fragte Mac hoffnungsvoll, wobei er seiner Stimme einen spielerischen Klang verlieh, woraufhin sie den Moment, der ihre zerbrechliche neue Freundschaft gefährdet hatte, hinter sich ließen.

»Nach den jüngsten Ereignissen und den Gerüchten, die du erwähnt hast, werde ich ein braver Chorknabe sein, das verspreche ich. Du wirst nichts Schlechtes über mich hören.«

»Warum habe ich das Gefühl, dass dir der Ärger folgt, ob du es willst oder nicht?«

»Das ist nicht meine Schuld! Zumindest nicht ausschließlich. Einiges davon ist der Preis des Ruhmes.«

»Da hast du nicht unrecht, nehme ich an. Okay, wir werden es versuchen.«

»Sind das deine einzigen Regeln? Dich nicht bei der Arbeit zu stören und nicht herumzuvögeln?«

»Soll ich mehr aufstellen?« Niamh warf ihm einen fragenden Blick zu.

»Nein. Mit klaren Anweisungen kann ich gut umgehen. Danke.« Das letzte Wort klang so aufrichtig, dass Niamh eine wohlige Wärme durchströmte. Warum hatte dieser Mann nicht mehr Freunde? Er brauchte eindeutig jemanden, der sich um ihn sorgte. Hatten die Leute ihn einfach schon immer nur ausgenutzt? Fest entschlossen, nicht die Person zu sein, die ihn jemals so ausnutzen würde, lächelte Niamh.

»Weißt du was, Mac? Ich glaube, das wird großartig für dich. Ich bin froh, dich dabeizuhaben.«

»Das weiß ich wirklich zu schätzen.«

KAPITEL SIEBEN

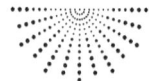

Niamh musste sich mindestens ein Dutzend Mal davon abhalten, ihre Telekinese-Fähigkeiten einzusetzen, um ihr beim Packen zu helfen, während Mac da war. Die Gabe war äußerst nützlich, aber sie hatte sich wohl etwas zu sehr darauf verlassen, da sie nun schon eine ganze Weile allein lebte. Es dauerte nicht lange, ihre Sachen zu sortieren, obwohl Niamh Mac mit Gewalt davon abhalten musste, ihre Unterwäscheschublade zu leeren. Bald hatte sie ein paar Reisetaschen, ihre Pflanzen und mehrere Kartons mit Büchern und Laborausrüstung auf einer Seite ihrer Wohnung aufgestapelt. Den Rest ihrer persönlichen Gegenstände, die sie dem Untermieter nicht zumuten wollte, packte sie in zwei große Plastikkisten, die Mac in den Lagerraum im Keller stellen würde.

»Ich denke, das war alles. Mac ... es ist schon spät.« Niamh gähnte und sah auf ihre Uhr. Es war kurz vor drei Uhr morgens. Der Mann hatte darauf bestanden, dass sie sofort mit dem Packen anfingen, auch wenn sie eigentlich keine Eile hatten, nach Grace's Cove zu fahren.

»Vertrau mir einfach ...« Mac stand neben ihrer Tür, die Autoschlüssel in der Hand. »Ich bin heute mit meinem Truck gefahren, weil die Fotografen nur meinen knallorangen Porsche kennen. Wenn wir ihn jetzt beladen, können wir wahrscheinlich jegliche Berichterstattung vermeiden.«

»Ich ... wow, klar. Du lebst wirklich in einer ganz anderen Welt als ich, nicht wahr?« Niamh schüttelte den Kopf.

»Ja, leider.«

»Und was, wenn wir ihn beladen haben? Musst du nicht noch zu dir nach Hause, um deine Sachen zu holen?«

»Ich habe eine Tasche dabei. Ich habe immer eine im Auto, weil ich so viel reise.«

Niamh blinzelte ihn müde an.

»Du bist also einfach jeden Moment bereit, auf unbestimmte Zeit zu gehen?«

»Ja.«

»Hm. Ich schätze, bei dir gibt es keine Pflanzen zu gießen oder Tiere zu versorgen?«

»Nein. Eigentlich wollte ich immer einen Hund haben. Aber das wäre sinnlos.«

»In Grace's Cove gibt es jede Menge Hunde, mit denen du spielen kannst. Ich glaube, jedes meiner Familienmitglieder hat einen.« *Und manche Leute, die ich kenne, können sogar mit ihnen sprechen*, dachte Niamh und erinnerte sich an Kira und ihr besonderes Talent, mit Tieren zu kommunizieren.

»Grace's Cove hört sich immer besser an.«

Niamh sah ihn nur einen Moment lang an, bevor sie das Wort ergriff. »Mac ... bist du sicher, dass das die richtige Entscheidung ist? Solltest du nicht hierbleiben und die Dinge mit deinen Teamkollegen klären? Steht nicht vielleicht deine Karriere auf dem Spiel?«

»Nein, meine Karriere nicht. Ich habe einen wasserdichten Vertrag. Die Probleme mit meinen Mannschaftskameraden ... nun, wir werden sehen, was die Zeit bringt. Es mag dich überraschen, Niamh, aber viele dieser Männer verhalten sich weitaus schlechter als ich. Letzten Endes müssen wir uns damit abfinden. Wenn wir erst einmal auf dem Spielfeld sind, dann sind solche Themen nicht mehr wichtig. Dann ist es an der Zeit, das Spiel zu spielen.«

»Es kommt mir einfach nur ein wenig so vor ... als ... ich weiß nicht. Als würdest du vor deinen Problemen weglaufen?«

»Ich würde nicht sagen, dass ich davor weglaufe. Ich schiebe den Umgang mit ihnen nur auf. Wenn ich jetzt hierbleibe, wird die Presse ihren großen Tag haben. Es ist für alle Beteiligten besser, wenn ich eine Weile verschwinde. Das kannst du mir glauben.«

»Na gut, wenn du dir sicher bist ...« Niamh sah sich um und seufzte. Sie könnte wirklich ein paar Stunden Schlaf gebrauchen. »Ich schätze, wir können uns auf den Weg machen. Auch wenn es mitten in der verdammten Nacht ist.«

»Keine Sorge, Niamh. Ich werde fahren. Du kannst dich ausruhen.« Mac schnappte sich zwei ihrer Taschen, die, wenn er sie trug, so leicht wie Federn wirkten, und verließ ihre Wohnung. Niamh war sich nicht sicher, wie sie es fand, neben Mac im Auto zu schlafen. Sie kannte ihn immer noch nicht wirklich gut ... es fühlte sich einfach zu intim an.

Das Packen des Autos verlief reibungslos, und weniger als eine Stunde später fuhren Niamh und Mac in seinem schnittigen schwarzen Geländewagen die Straße hinunter. Niamh blinzelte Mac im Licht des Armaturenbretts schläfrig an und fragte sich, wie sie ausgerechnet hier gelandet war.

»Warum schließt du nicht die Augen? Ich habe das Navi eingeschaltet.« Mac schaute zu ihr und lächelte sie an. »Keine Sorge, ich bin ein guter Fahrer. Ich mache oft lange Fahrten, um den Kopf freizubekommen. Dann höre ich Musik, schalte mein Handy aus und versuche etwas Abstand zum Alltag zu bekommen.«

Niamh fragte sich, wie es wohl wäre, in ein Auto zu steigen und das Handy auszuschalten, um zur Ruhe zu kommen. Je mehr sie mit Mac zu tun hatte, desto mehr lernte sie, dass der Druck, den der Ruhm auf ihn ausübte, sehr groß war.

»Ich bin mir nicht sicher, ob ich schlafen kann. Dafür bin ich zu aufgedreht. Ich habe noch nicht einmal meine Eltern benachrichtigt.«

»Dafür ist auch morgen früh noch genug Zeit.«

»Hast du Lieblingsstrecken?« Niamh versuchte, ein Gähnen zu unterdrücken und kuschelte sich in den weichen Sitz.

»Lieblingsstrecken? Für die Fahrten, die ich unternehme, um den Kopf freizubekommen?«

»Ja.«

»Natürlich, aber ich wechsle sie gern nach Belieben. Manchmal bin ich in der Stimmung, schnell zu fahren. Ein anderes Mal möchte ich einfach nur ein wenig die Natur genießen. Und sehen, wohin mich die Straße führt.« Macs Stimme wurde immer leiser, und Niamh schloss die Augen.

———

ALS NIAMH AUFWACHTE, setzte sie sich aufrecht hin und sah sich panisch um – ihr Herz hämmerte wie wild in ihrer Brust.

»Es ist alles gut, du hast nur eine Weile geschlafen.«

Niamh blinzelte Mac an, als sich ihre Gedanken langsam wieder fokussierten.

»Ich … wie lange …« Ihre Stimme war heiser und sie griff nach ihrer Wasserflasche. Wie lange hatte sie geschlafen? Hatte sie geschnarcht? Hatte sie … irgendetwas anderes gemacht? Etwa ihre Wasserflasche durch die Luft schweben lassen? Das war einer der Gründe, warum Niamh lieber allein lebte. So musste sie keine Angst davor haben, potenzielle Mitbewohner zu verschrecken oder peinliche Erklärungen für Situationen abzugeben, die sie nicht wirklich erklären konnte. Das war auch der Grund, warum sie noch nie bei einem Mann übernachtet hatte.

Das Risiko war einfach zu groß.

»Eigentlich den größten Teil der Fahrt. Wir müssten bald da sein.«

Niamh rieb sich den Schlaf aus den Augen und schaute aus dem Fenster. Die Sonne war bereits aufgegangen, und sie näherten sich dem Ortsrand von Grace's Cove – Niamh erkannte den Wegweiser zur Farm der Bronsans. Mac musste durchgefahren sein, ohne einmal anzuhalten.

»Ich bin eine schreckliche Beifahrerin«, sagte Niamh. »Ich hätte wach bleiben und dir Gesellschaft leisten sollen, damit du nicht wegdöst.«

»Das ist wirklich kein Problem, meine Liebe. Ich habe dir gesagt, dass ich gern fahre. Außerdem bin ich seit dem Vorfall zu sehr mit Adrenalin vollgepumpt, als dass ich schlafen könnte.«

»Dann sollte ich wohl langsam meine Eltern anrufen.« Niamh griff nach ihrer Handtasche.

»Ist das denn so wichtig? Sieht ganz so aus, als wären wir nur noch Minuten entfernt. Das ist wirklich ein schönes Fleckchen Erde.«

Niamh hielt inne und beobachtete, wie der Geländewagen über die Spitze eines Hügels fuhr und sich das hübsche kleine Grace's Cove unter ihnen auftat. Es war ein kleines Hafenstädtchen mit bunten Häusern und Geschäften, die sich in den Straßen entlang des Wassers aneinanderreihten und von großen grünen Hügeln umgeben waren. Die Sonne spielte mit der Wasseroberfläche und färbte sie an diesem Morgen in ein stimmungsvolles Graublau. Die Boote der Fischer hatten den Hafen schon längst verlassen.

»Das ist es. Ich war lange nicht mehr zu Hause. Es ist schön, wieder hier zu sein.« Niamh wurde ganz warm ums

Herz, und sie merkte, wie sehr sie sich darauf freute, ein paar Monate in Grace's Cove zu verbringen. Sie liebte die Universität und ihr Studium, aber das Leben in der Stadt gefiel ihr nicht besonders gut. Da sie in der Nähe der Hügel aufgewachsen war, übte die Natur immer noch mehr Reiz auf sie aus, als Nachtclubs und Bars.

»Wir müssen da lang.« Niamh deutete auf eine Straße außerhalb des Stadtzentrums und Mac lenkte das Auto darauf zu. Sie folgten schweigend der kurvigen Straße, bis sie auf ein hübsches weißes Häuschen im Bauernhausstil stießen. Es war nicht übermäßig prunkvoll, aber auch nicht klein. Es passte einfach zu ihrer Familie, und obwohl ihr Vater schon oft vorgeschlagen hatte, es zu vergrößern, liebte Niamhs Mutter das Haus, und daher hatte sich bis heute nichts daran verändert.

»Es ist wirklich schön.« Mac brachte den Geländewagen in der kleinen Einfahrt vor dem Haus neben zwei Autos zum Stehen. Niamh sah, wie einer der Vorhänge am vorderen Fenster bewegt wurde, und atmete tief ein. Sie hatte noch nie einen Mann mit nach Hause gebracht und hatte wirklich keine Ahnung, wie das ankommen würde. Schnell sprang sie aus dem Auto und umrundete die Motorhaube, aber die Haustür war bereits geöffnet.

»Niamh!« Morgan, Niamhs Mutter, sah nach Niamhs Meinung nicht einen Tag älter als zwanzig aus. Auch wenn sie es nicht zugeben wollte, hoffte sie, dass sie ihr diese Gene vererbt hatte. Innerhalb von Sekunden standen die beiden Frauen in der Einfahrt, umarmten sich und wiegten sich in den Armen der anderen hin und her.

»Ich habe dich vermisst«, sagte Niamh.

»Und ich dich. Du hättest anrufen sollen. Dann hätten wir Frühstück vorbereitet.«

»Es war eine ziemlich spontane Entscheidung.«

Ein besorgtes Augenpaar, das genauso aussah wie ihres, sah sie an.

»Irgendetwas stimmt nicht.«

»Nein, es ist alles in Ordnung. Nun, zumindest bei mir, glaube ich. Mein Projekt wurde bewilligt, also bin ich bis auf Weiteres hier. Wenn auch ein wenig früher, als erwartet.«

»Und das muss der Footballer sein.« Morgan warf einen Blick über Niamhs Schulter. Als Niamh sich umdrehte, sah sie Mac, der sich ihr vom Auto aus näherte.

»Ja, Mac ... das ist meine Mutter, Mrs. Kearney.«

»Du kannst mich Morgan nennen. Schön, dich kennenzulernen, Mac.« Morgan hielt seine Hand einen Moment länger als sonst und betrachtete sein Gesicht genau. Kurz darauf schien sie zu einem Schluss zu kommen und nickte einmal.

Das Knirschen des Kieses brachte alle dazu, sich umzudrehen. Niamhs Vater kam, mit einem wütenden Ausdruck im Gesicht, über die Einfahrt auf sie zu.

»Dad! Es ist so schön, dich zu sehen ...« Niamh gab ein erschrockenes Quietschen von sich, als Patrick Mac einen sauberen Schlag direkt ins Gesicht verpasste. Mac stolperte zurück, aber er fiel nicht hin. »Dad! Du kannst doch nicht einfach ... nein!«

»Komm schon, Niamh.« Morgans Griff um Niamhs Arm war fest. »Lass uns reingehen.«

»Mum, wir können die beiden nicht einfach so allein lassen ...« Niamh versuchte, ihren Arm wegzuziehen, aber Morgan zerrte sie bereits über den Hof. »Sie werden sich gegenseitig umbringen.«

»Patrick, Darling?« Morgan erhob ihre Stimme, damit sie über das Grunzen der Männer, die sich im Vorgarten rauften, zu hören war.

»Ja, Liebling?«

»Keine Toten auf dem Hof. Und bleibt weg von meinen Hecken. Ich habe sie gerade gestutzt.«

»Natürlich, Liebling.«

»Ich kann nicht glauben, dass du sie einfach so machen lässt ...« Niamh reckte den Hals, um einen Blick auf das Geschehen zu erhaschen, als ihre Mutter sie ins Haus schob.

»Sie werden sich schon einigen. Da bin ich mir sicher, Niamh. Lassen wir sie einfach in Ruhe.«

»Aber ...«

»Aber was? Denkst du, dein Mann kann nicht auf sich selbst aufpassen?«

»Er ist nicht *mein* Mann.« Niamh seufzte und kniff sich in die Nase. »Er ist nur ein Freund.«

»Das ist ja noch besser. Setz den Teekessel auf und wasch dir die Hände. Ich denke, die beiden werden gleich zu uns stoßen.«

KAPITEL ACHT

»Was hast du dir nur bei diesem Pass nach vorn gedacht? Du hättest einfach durchlaufen können. Es war sogar für die Zuschauer auf den billigen Plätzen offensichtlich, dass er zu weit weg war. Wenn du einen kühlen Kopf bewahrt hättest, hättest du es schaffen können. Du hättest deinen Rekord geknackt und das Spiel wäre noch vor der ersten Hälfte zu Ende gewesen. Stattdessen habe ich während der letzten vierzig Minuten fast einen Herzinfarkt bekommen. Gut, dass Irland am Ende gewonnen hat, sonst hätte die Boulevardpresse dich zum Frühstück verspeist.«

»Ja, das war ein Fehler meinerseits. Das kommt vor.« Mac nickte und starrte auf seine Tasse Tee.

Niamh saß mit großen Augen da und schaute zwischen ihrem Vater und Mac hin und her, die nun beide am Frühstückstisch in der Küche saßen, während Morgan am Herd Eier zubereitete. Macs Auge war von dem Schlag, den ihr Vater ihm verpasst hatte, bereits angeschwollen und Patrick hatte eine ordentliche Schramme an den Fingerknöcheln. Vor zwei Minuten waren die Männer noch bereit gewesen, sich gegenseitig umzubringen, und jetzt redeten sie ausgerechnet über Rugby?

»Ich …«, begann Niamh, doch Patrick unterbrach sie.

»Wenn du dich auf das Spiel konzentrieren würdest, würdest du deinen Rekord erreichen, verstehst du? Du wärst der Beste in Irland.«

»Was denn für einen Rekord?« Verwirrt blickte Niamh zu Mac und war überrascht, als sich eine Röte auf seinen Wangen ausbreitete.

»Er wäre Torschützenkönig, Liebes. Momentan ist es Ronan O'Gara. Der Junge hat über tausend Punkte. Dein Mann hier holt aber langsam auf.« Patrick gestikulierte mit seiner Tasse Tee. »Wenn er keine dummen Fehler macht, meine ich.«

»Dad!« Niamh starrte ihn verblüfft an. Sie lehnte sich zurück und hob die Hand, bevor die beiden Männer weiter über Sport reden konnten, wovon sie nichts verstand. »Kannst du mir bitte erklären, warum du das Bedürfnis hattest, meinem Freund hier einen solchen Schlag zu verpassen? Das ist nicht gerade die höfliche Begrüßung, die du neulich am Telefon versprochen hast, oder?«

»Es war ein Missverständnis. Ich habe kein Problem damit«, versicherte Mac ihr.

»Ein Missverständnis? Was hast du denn missverstanden, Dad? So kannst du dich nicht benehmen. Mutter, ich kann nicht glauben, dass du das zulässt …« Niamh sah Morgan fragend an, als sie mit ihrer Pfanne an den Tisch kam und das Rührei auf die Teller verteilte.

»Nun ja, Niamh. Dein Vater ist ein erwachsener Mann. Ich kann nicht kontrollieren, was er tut.«

Patrick schnaubte, und dann fingen beide Männer an zu lachen.

»Du bist wirklich ein Schatz, Morgan. Aber wir beide

wissen, dass du in dieser Beziehung die Zügel in der Hand hältst.«

Ihre Mutter beugte sich vor und drückte Patrick einen Kuss auf die Wange.

»Das solltest du lieber nicht vergessen, Liebling.«

»Kann mich bitte jemand aufklären, was hier eigentlich los ist? Er hat dich gerade geschlagen! Und du bist nicht wütend auf ihn?«, fragte Niamh nun an Mac gewandt.

»Nein, wie gesagt – es war ein Missverständnis. Ich hätte dasselbe getan.«

»Aber ...« Niamh blickte auf, als ihre Mutter mit ihrem Laptop herüberkam und ihn neben ihren Teller stellte. »Was ist das?«

»Sieh es dir an, Niamh. Vielleicht verstehst du es dann besser.« Morgan drückte Niamh die Schulter, während Niamh sich vorbeugte, um die Schlagzeile auf einer Klatsch-Website zu lesen.

Rugby-Star bricht Herz von Studentin.

»Oh, bitte. Als ob jemand lesen würde ...« Niamh hielt inne, als ihre Mutter anfing, durch verschiedene Websites zu scrollen.

Rugby-Star Mac MacGregor von zwei Frauen umkämpft.

Studentin Niamh Kearney verliert ihr Herz an Rugby-Star.

Gebrochene Herzen! Niamh Kearney am Boden zerstört, nachdem Rugby-Star Mac MacGregor mit Freundin des Mannschaftskapitäns anbändelt.

Alle Krallen ausgefahren! Wer gewinnt Macs Herz – Niamh oder Kristie?

Jeder Schlagzeile folgten immer weniger schmeichelhafte Fotos von Niamh. Fotos, auf denen sie gedankenverloren die Straße entlangging. Fotos von ihr beim Einkaufen auf dem Markt. Aber das wichtigste Foto war das von Bee & Bun, auf dem sie wütend auf Mac war, weil er Kaffee auf ihren Laptop geschüttet hatte. Aus dem Zusammenhang gerissen, sah es so aus, als hätte sie ihn wegen etwas anderem angeschrien.

Als hätte er ihr das Herz gebrochen.

»Oh. Mein. Gott.« Niamh sah Mac anklagend an. »Sie kennen meinen Namen! Hast du das gesehen?«

»Ich brauche es nicht zu sehen. Ich wusste, dass das kommen würde«, sagte Mac leise. Er griff nach ihrer Hand und drückte sie sanft, bevor sie sie zurückzog.

»Hier gibt es sogar eine Umfrage ...«, sagte Niamh, während Entsetzen und Galle gleichermaßen in ihr aufstiegen. »Anscheinend liegt Kristie bei der Abstimmung, wer als Nächstes mit dir Sex haben wird, in Führung. Anscheinend bin ich nicht schick genug, um einen Mann wie dich für mich zu gewinnen.«

»Das ist doch Blödsinn, oder?« Patrick sah beleidigt aus. »Du bist schicker als die meisten Frauen, die ich kenne. Schön, klug, gebildet. Willst du damit sagen, dass du nicht mit meiner Tochter zusammen sein willst, Junge?«

»Ähm.« Mac räusperte sich. Er schien hin- und hergerissen. Offensichtlich wollte er nicht noch eine Faust ins Gesicht bekommen und daher das Richtige sagen.

»Bitte sag mir, dass du ihn nicht gerade gefragt hast, ob er lieber mit mir statt einer anderen Frau Sex haben würde?« Niamhs Stimme erhob sich zu einer beängstigenden Tonlage, als sie ihren Vater anschaute.

»Oh, natürlich nicht. Natürlich nicht. Ich habe mich falsch ausgedrückt. Was ich damit sagen will, Liebes ... ist, dass jeder Mann sich geehrt fühlen sollte, dich als Partnerin zu haben. Ganz anders als bei diesem Kristie-Mädchen. Zeig sie mir mal ...« Patrick griff nach dem Laptop und scrollte über den Bildschirm. Sein Gesichtsausdruck wechselte von wütend zu nachdenklich. »Nun ja, ich kann eine gewisse Anziehungskraft erkennen.«

»Patrick!«, sagte Morgan mit warnender Stimme.

»Natürlich ist sie nicht so anziehend wie du, Liebling. Sie kann dir nicht einmal das Wasser reichen. Nein, ganz und gar nicht. Sieh mal ... sie hat diesen bösen Blick. Den kann man in ihren Augen sehen, nicht wahr, Morgan?«

Niamh lehnte sich zurück, blickte an die Decke und stieß einen langen Atemzug aus.

»Ja, ich sehe ihn. Sie ist eine gemeine Frau«, sagte Morgan, die sich jetzt über Patricks Schulter lehnte. »Warum in aller Welt hast du sie geküsst, wenn du jemanden wie Niamh hast?«

»Muss ich es mir erst auf die Stirn tätowieren lassen?« Niamh schlug mit der Hand auf den Tisch, was ihre Mutter dazu veranlasste, ihr einen warnenden Blick zuzuwerfen, und Mac, der sich ein Lächeln verkneifen musste, sah schnell weg. »Ich date Mac nicht. Er ist nicht *mein* Mann. Wir sind nicht zusammen.« Niamh unterstrich ihre Worte damit, dass sie mit ihrem Finger zwischen ihr und Mac hin und her deutete.

»Das ist ja alles schön und gut, Liebling, aber du wirst uns sicher verzeihen, dass wir zu diesem Schluss gekommen sind, wo doch die Boulevardpresse so viel schreibt und du mit ihm vor unserer Haustür zum Frühstück aufgetaucht bist. Nachdem ihr die ganze Nacht zusammen wart«, sagte Patrick.

In diesem Moment wollte Niamh am liebsten schreien.

»Um ganz ehrlich zu sein ...« Mac unterbrach ihren Nervenzusammenbruch. »Ich bin bei ihr aufgetaucht und habe gefragt, ob ich auf das Angebot, eine Zeit lang in Grace's Cove zu bleiben, zurückkommen kann. Es war reiner Zufall, dass sie in dem Moment die Nachricht ihres Professors wegen des akzeptierten Projekts bekommen hat. Für mich war es kein Problem, ihr beim Packen zu helfen und dann mit ihr zusammen loszufahren.«

»Ich habe mich schon gefragt, warum ich nichts von dir gehört habe«, sagte Morgan und stellte das Geschirr in die

Spüle. »Nach all den Dingen, die ich heute in den Nachrichten gesehen habe, wollte ich mich bei dir melden.«

»Du wirst also eine Weile bleiben?« Patrick beäugte Mac.

»Ja, wenn ich Niamh nicht zu sehr auf die Nerven gehe. Ich habe Regeln bekommen.«

»Wie lauten diese Regeln?«, fragte Morgan.

»Moment mal …«, mischte sich Niamh nun ein.

»Ich darf sie nicht stören, wenn sie arbeitet, und ähm, ich werde keine ihrer Freundinnen daten«, sagte Mac.

»Wenn ihr nur Freunde seid, warum interessiert es dich dann, mit wem er sich trifft, Niamh?« Patrick sah sie an und für einen kurzen Moment überlegte sie, dass vielleicht, nur vielleicht, ein Mord am Morgen erlaubt sein sollte.

»Möchtest du hierbleiben?«, meldete sich Morgan sanft zu Wort, als sie den rebellischen Blick auf Niamhs Gesicht sah.

»Mutter …« Niamh sah sie an, als hätte sie den Verstand verloren.

»Was? Er ist dein Freund und dein Vater hat ihn bereits eingeladen zu bleiben, oder nicht?«

»Nein, danke. Das ist schon in Ordnung. Ich werde mir etwas Eigenes suchen. Hoffentlich finde ich etwas, wo ich Platz zum Trainieren habe«, sagte Mac.

»Es gibt einen Sportplatz außerhalb der Stadt, aber der ist unter freiem Himmel. Das ist vielleicht nicht die beste Jahreszeit, um dort zu trainieren«, sagte Patrick und nickte zum Fenster. Draußen hatte es zu regnen begonnen.

»Mir reicht schon ein wenig Platz in einem Wohnzimmer oder so. Da kann ich dann Gewichte heben. Außerdem kann ich laufen gehen. Das wird schon klappen.«

»Dann sollten wir dich wohl am besten in den Pub bringen. Cait wird wissen, was gerade verfügbar ist. Ich glaube nicht, dass etwas in unseren Häusern frei ist.«

Dank Caits Ehemann Shane interessierte sich ihr Vater seit einiger Zeit ebenfalls für Immobilien. Er hatte im Laufe der

Jahre ein paar Objekte erworben, aber die waren jetzt größtenteils auf längere Zeit vermietet.

»Das würde ich wirklich zu schätzen wissen.«

»Ich kann dich später dorthin bringen, oder du kannst einen Spaziergang machen. Es ist nur ein Stück die Straße rauf.« Patrick nickte ihm zu, als er aufstand. »Dann sehen wir uns später auf ein Pint im Pub?«

»Sicher, das klingt gut.«

»Nun, ich bin froh, dass das alles geklärt ist und du einen neuen Saufkumpan hast. Danke, dass du meinen Freund angegriffen hast ...«, rief Niamh den Flur hinunter, als ihr Vater sich fröhlich pfeifend entfernte.

»Warum begleitest du Mac nicht und stellst ihn Cait vor? Ich muss in die Galerie«, sagte Morgan. »Lasst das Geschirr einfach stehen, ich kümmere mich später darum.«

»Aber ...« Niamh wollte eigentlich ihre Sachen auspacken. Hatte Mac nicht gesagt, er sei ein erwachsener Mann, der sich um seine eigenen Bedürfnisse kümmern und sich allein beschäftigen könne?

»Sei nicht so unhöflich zu unserem Gast, Niamh. Du wirst tun, was ich sage.«

»Na gut. Aber zuerst muss ich auf die Toilette.« Sie stürmte fast aus der Küche und fühlte sich wie ein launischer Teenager. Als sie den Raum verlassen hatte, hörte sie, wie sich Mac an ihre Mutter wandte.

»Ich würde mich sofort für Niamh entscheiden, wenn sie mich haben wollte. Ich hoffe, das weißt du.«

»Daran habe ich keine Sekunde gezweifelt, Junge. Glaub mir.«

Niamhs Herz machte einen komischen Hüpfer in ihrer Brust, bevor sie eilig die Tür hinter sich schloss. Als sie sich im Spiegel betrachtete, bemerkte sie die Röte auf ihren Wangen und dass ihre Augen hell leuchteten. Sie sah nicht aus wie jemand, der nur ein paar Stunden Schlaf im Auto gehabt hatte.

O nein, dachte sie, als sie etwas Mundspülung fand und damit gurgelte. *Nein, nein, nein.*

Du wirst dich nicht in diesen Mann verlieben. Nein, das wirst du nicht. Niamh warf einen strengen Blick in den Spiegel, als könnte sie ihr Herz dazu bringen, auf ihre Gedanken zu hören, schaltete das Licht aus und machte sich auf den Weg, um Mac Grace's Cove vorzustellen.

KAPITEL NEUN

»Tut mir leid wegen meines Vaters. Das war ein bisschen heftig, nicht wahr?«, sagte Niamh, während sie Schulter an Schulter und in Regenjacken die Straße zum Pub hinunterliefen.

»Ich habe schon Schlimmeres erlebt.« Mac zuckte mit den Schultern, während er auf die der Straße zugewandten Seite des Bürgersteigs wechselte und Niamh immer ein wenig nach innen schubste, wenn ein Auto an ihnen vorbeiflitzte. »Er meint es nur gut. Er passt auf dich auf. Das kann ich dem Mann wohl kaum verübeln, oder?«

»Wenn unnötige Gewalt angewendet wird, kann man das schon. Wie geht's deinem Auge?« Niamh wandte sich ihm zu und sah ihn an.

»Ach, das ist doch gar nichts. Ich musste schon mehr einstecken, wenn es darum ging, wer nach einem Spiel das erste Stück Pizza bekommt. Dein Vater und ich verstehen uns, Niamh. Du hast Glück, dass du ihn hast. Das meine ich ernst.«

Die Sehnsucht in seiner Stimme erinnerte Niamh stark an das, was Mac ihr über seine Vergangenheit erzählt hatte, und sie ließ das Thema auf sich beruhen, weil sie merkte, dass sie ihn vielleicht ungewollt verletzte, wenn sie weiter darüber plapperte, wie ihr Vater ihre Ehre verteidigt hatte. Mac hatte recht. Wenigstens hatte Patrick sich für sie eingesetzt. Mac schien nicht viele Leute zu haben, die das für ihn tun würden.

»Mac!« Ein Chor von Schreien ließ Niamh kurz innehalten und ihr blieb der Mund offen stehen, als eine Gruppe von Jungen in Regenjacken über die Straße rannte und Mac umzingelte.

»Bist du es wirklich?«

»Ich kann nicht glauben, dass du hier bist.«

»Können wir mit dir Rugby spielen?«

»Bringst du uns bei, wie man richtig kickt?«

»Dad sagt, du bist der beste Rugbyspieler der Welt.« Das kam von einem Jungen mit rosigen Wangen und strahlenden, hoffnungsvollen Augen.

»Ich arbeite daran, Junge. Wenn du es wirklich willst, kannst du das auch eines Tages schaffen.« Mac klopfte dem Jungen auf die Schulter und dieser starrte ihn mit großen Augen an.

»Mac! Kannst du meinen Ball signieren?« Ein Kind hielt hoffnungsvoll seinen Rugbyball in die Höhe.

»Ähm!« Mac klopfte seine Taschen ab und warf dann Niamh einen fragenden Blick zu, die nur den Kopf schüttelte.

»Lasst uns zum Pub gehen. Cait hat sicher einen Stift für uns.«

Die Jungen folgten Mac die Straße hinunter und unterhielten sich über Pässe, Kicks und angeordnetes Gedränge ... Niamh verstand kein Wort. Aber was sie verstand, war, dass Mac sich wirklich dafür interessierte, was die Kinder zu sagen hatten. Er nahm sich Zeit für jedes einzelne, dachte über ihre Fragen nach und beantwortete sie alle ernsthaft. Als sie die Eingangstür des Pubs erreichten, hatte Niamh neuen Respekt für Mac entwickelt und dafür, wie er selbst die jüngsten seiner Fans behandelte.

»Der Pub hat noch geschlossen.« Mac zeigte auf die helle Tür.

»Er hat immer offen, zumindest mehr oder weniger.« Niamh stieß die Tür auf und trat ein, wo sie von warmem Licht, dem Geruch von Zitronenreiniger und beschwingter keltischer Musik begrüßt wurden. »Cait? Ich bin es, Niamh. Ich gehe nur kurz hinter die Bar, um einen Stift zu holen.«

»Niamh! Ich komme gleich zu dir. Nimm dir, was du brauchst«, rief eine Stimme vom Hinterhof.

Gallagher's Pub ist wie ein zweites Zuhause, dachte Niamh, als sie über den abgenutzten Holzboden zu der langen Theke ging, die eine Seite des Raumes einnahm. Verschnörkelte Spiegel säumten die Wand hinter der Bar, und mehrere Glasregale präsentierten den hochwertigen Whiskey. Auf der anderen Seite des Raumes säumten Holzbänke und große Tische die Wände, und kleinere Tische und Stühle – die oft zum Tanzen zur Seite geschoben wurden – standen in der Mitte des Raums. Alte Guinness-Poster, keltische Kunst und alte Lampen verliehen dem Raum Charme, und Niamh freute sich, wieder zu Hause zu sein.

Niamh kramte eine Weile in der Schublade unter der Kasse, bevor sie einen Stift herausholte. Sie reichte ihn Mac über die Theke, der pflichtbewusst den Ball unterschrieb und dann alles andere, was ihm von der wachsenden Kinderschar gegeben wurde. Nach einer Weile klatschte Niamh in die Hände.

»Das reicht jetzt. Ihr seid doch sicher auf dem Weg zur Schule, nicht wahr? Geht schon ...« Niamh scheuchte die Kinder zur Tür, die mit leuchtenden Augen nach draußen rannten. »Das war nett von dir.«

»Es sind nette Kinder. Es macht Spaß, mit solchen Fans zu reden.«

»Ja, aber du hast nicht geschlafen, weißt nicht, wo du in nächster Zeit unterkommst, und die Presse ist immer noch hinter dir her – du hättest dir die Zeit mit ihnen nicht nehmen müssen. Bald werden alle wissen, dass du hier bist. Glaubst du nicht, dass die Presse herkommen wird?«

»Vielleicht. Vielleicht aber auch nicht.« Mac lächelte sie sanft an. »Es ist viel einfacher, in Dublin einer Story nachzujagen, als dafür quer durchs Land zu fahren. Außerdem habe ich das Gefühl, dass dein Netzwerk von Klatschtanten mich auf jeden Reporter in der Gegend aufmerksam machen wird.«

»Wahrscheinlich hast du recht«, gab Niamh zu. »Es ist Nebensaison, deshalb bekommen wir es schnell mit, wenn jemand Neues herkommt.«

»Niamh! Wie schön, dich zu sehen.« Cait kam von draußen herein, wobei sie einen massiven Holzpfahl trug, der ihr über den Kopf ragte. Mac eilte sofort auf sie zu und quer durch den Raum, um ihn ihr abzunehmen. »Oh, das ist aber nett von dir. Und wen haben wir hier?«

»Mein Name ist William MacGregor. Aber du kannst mich Mac nennen.«

»Natürlich, der Rugbyspieler. Du bist einer von den Guten, oder?«, fragte Cait und starrte zu Mac hoch. Die Frau war wie ein winziger Tornado aus Energie.

»Das versuche ich zumindest zu sein.«

»Nun, mehr können wir wohl alle nicht tun, oder?« Cait musterte Mac einen Moment lang und nickte dann leicht, bevor sie sich umdrehte und ihre Arme um Niamh schlang, die nun ebenfalls bei ihnen angekommen war.

»Ich habe dich vermisst! Ich bin so froh, dass du hier bist. Morgan hat mir gesagt, dass du eine Weile bleiben wirst, stimmt das?«

»Ja, das stimmt. Ich bin für ein paar Monate hier.«

»Noch besser. Und ist Mac dein ...«

»Kumpel. Ich bin ein Kumpel in Not.« Beide drehten

sich um und sahen Mac an, der weiterhin den Holzpfahl festhielt.

»Was hast du überhaupt draußen im Regen gemacht?«, fragte Niamh verwirrt.

»Mac, könntest du den Pfahl bitte nach hinten tragen? Ich werde euch beiden zeigen, was ich vorhabe.«

»Kein Problem.« Mac folgte den Frauen pflichtbewusst in den Innenhof von Gallagher's Pub, den Cait in einen kleinen, gemütlichen Bereich mit Lichterketten, Topfpflanzen und nicht zueinanderpassenden Tischen und Stühlen verwandelt.

»Ich würde diesen Bereich gern auch im Winter nutzen und hier draußen Heizpilze aufstellen.« Cait zeigte auf die Steinmauern, die den Innenhof umschlossen. »Wenn Bands im Pub spielen, kann es sehr warm werden, weshalb die Leute gern nach draußen gehen, um sich abzukühlen oder eine Zigarette zu rauchen. Den Pfahl möchte ich dafür benutzen, um zu sehen, wie viel Platz diese Heizpilze einnehmen würden.«

»So?« Ohne sich um den Regen zu kümmern, ging Mac mit dem großen Holzpfahl umher und stellte sich damit an verschiedenen Stellen des Hofes auf.

»Ja! Genau so. Okay, danke, so kann ich mir das viel besser vorstellen. Wenn ich einen Tisch und Stühle wegräume und alles andere ein wenig umstelle, wäre immer noch Platz. Was denkt ihr?«

»Das ist eine gute Idee. Du könntest den Platz, den du hast, optimal nutzen.«

»Nicht wahr? Wir haben jedes Jahr mehr und mehr zu tun.« Cait lachte sie an und deutete Mac an, aus dem Regen zu kommen.

»Möchtet ihr beide eine Tasse Tee?« Cait eilte in Richtung Küche.

»Ich hätte lieber einen Kaffee, wenn du welchen hast«, sagte Niamh.

»Ich auch«, sagte Mac nickend.

»Ich komme gleich zu euch. Setzt euch.« Cait nickte zur Bar und beide ließen sich auf Hockern nieder. Mac verrenkte sich den Hals und sah sich um, bevor er mit den Fingerknöcheln auf die Theke klopfte.

»Das ist ein wirklich schöner Pub. Er strahlt diese Komm-rein-setz-dich-und-bleib-eine-Weile-Atmosphäre aus. Wo jeder willkommen ist, weißt du? Man muss nicht in einer Schlange warten, um reinzukommen. Es gibt keine VIP-Räume.«

»Nein, hier gibt es sicher keine VIP-Räume.« Niamh schmunzelte bei dem Gedanken. Sie setzte sich auf einen Hocker, überkreuzte die Füße und lächelte, als Cait mit zwei dampfenden Tassen Kaffee zurückkam.

»Ich habe euch etwas Zucker und Kaffeesahne in die Tassen gegeben, ich hoffe, das stört euch nicht.«

»Genau richtig. Danke, Cait.«

»Also gut, was führt euch so früh hierher?« Cait, die einfach nie stillsitzen konnte, duckte sich unter der Theke hindurch und begann, Flaschen aus dem Regal zu nehmen und sie oben auf dem Tresen aufzustellen. Sie wischte jede Flasche ab und machte sich dann eine Notiz in einem kleinen Notizbuch, nachdem sie geprüft hatte, wie voll sie waren.

Niamh wusste, dass Cait ihre Gedanken lesen konnte, wenn sie wissen wollte, warum sie und Mac in ihrem Pub waren. Sie hielt sich nur aus Höflichkeit davon ab, dies bei anderen Leuten zu tun. Aber sie könnte es, wenn sie es wollte. Auch Cait gehörte zu Grace O'Malleys Nachfahren und ihre Kräfte manifestierten sich in der Fähigkeit, die Gedanken der Menschen lesen zu können. In Caits Beruf war das sicherlich hilfreich, aber Niamh konnte sich vorstellen, dass es schwierig war, zur Ruhe zu kommen. Kein Wunder, dass Cait ständig auf Achse war. Wenn sie beschäftigt war, konnte sie nicht versehentlich unerwünschte Gedanken mitbekommen.

»Mac braucht einen Ort, an dem er sich eine Weile verstecken kann.« Niamh grinste Cait an.

»Ah, bist du etwa auf der Flucht vor dem Gesetz? Hast du jemanden umgebracht? Die Fae verärgert?«, ratterte Cait los.

»Ehrlich gesagt hoffe ich, dass ich nie etwas mit den Fae zu tun haben werde«, sagte Mac mit großen Augen. Cait warf einen kurzen Blick auf Niamh, die ihren Blick abwandte. Die Fae waren sehr real, so viel wusste Niamh. In Irland rankten sich Legenden um sie, und viele Menschen erzählten den Touristen gern ihre Geschichten. Aber es gab auch diejenigen, die immer noch daran glaubten oder, wie Niamh und Cait, *wussten*, dass die Fae wirklich existierten. *Aber das ist eine Geschichte für einen anderen Tag*, dachte Niamh und richtete ihre Aufmerksamkeit wieder auf das Gespräch.

»Du läufst also vor der Presse weg. Nun gut, es ist unwahrscheinlich, dass besonders viele Reporter den Weg zu uns finden werden«, sagte Cait. »Aber wir werden uns schon um dich kümmern. Was suchst du denn für eine Unterkunft? Was hast du in deiner Zeit hier vor?«

»Ich könnte dir dabei helfen, deinen Innenhof umzubauen«, sagte Mac und überraschte die beiden mit seinem Angebot.

»Du bist also auch Handwerker?« Cait beäugte Mac einschätzend.

»Ich habe hier und da ein paar Sachen ausprobiert. Aber ich bin klug und ein harter Arbeiter. Das sollte doch reichen, oder?«

»Natürlich und James könnte Hilfe gebrauchen. Michael hat sich mit einer Nagelpistole die Hand verletzt.«

»Autsch.« Niamh zuckte zusammen. Sie nahm einen Schluck von ihrem Kaffee und musterte Mac. Warum in aller Welt bot er an, beim Umbau des Innenhofs des Pubs zu helfen? Er tat es bestimmt nicht des Geldes wegen. Sollte er sich nicht lieber auf sein Training konzentrieren? Das war doch sicher nicht seine Vorstellung von einem erholsamen Urlaub, um dem Alltag zu entfliehen?

»Ja, die Wunde ist ziemlich unschön. Sie wird aber gut verheilen. Zum Glück hat er die Sehnen verfehlt. Also gut, Mr. Rugby. Ich ziehe dir den Lohn für die Arbeit von der Miete ab, wenn das in Ordnung für dich ist.«

»Perfekt. Du wirst also meine Vermieterin sein?« Mac grinste auf Cait herab.

»Sieht ganz so aus. Keine Sorge ... ich habe eine tolle Unterkunft für dich. Ein wunderschönes Häuschen, gleich den Hügel hinauf. Es liegt etwas abseits von allem, sodass du ein wenig Privatsphäre hast, und es hat einen schönen, großen Garten. Dort gibt es viel Platz und eine wirklich schöne Aussicht auf das Wasser, da es auf dem Hügel liegt.«

»Klingt perfekt.«

»Wunderbar.« Cait streckte ihre Hand aus und Mac ergriff sie. Cait hielt sie einen Moment lang fest und musterte ihn noch einmal, bevor sie Niamh einen wissenden Blick zuwarf.

Was soll dieser Blick?, fragte Niamh Cait in ihren Gedanken, weil sie wusste, dass die Frau sie lesen konnte. Caits Lippen zuckten, aber sie sagte nichts.

»Ich hole nur schnell die Schlüssel und sorge dafür, dass Niamh dir hilft. Ich kann noch nicht weg, da Shane noch nicht hier ist, um sich um den Pub zu kümmern.«

Nachdem Cait verschwunden war, drehte sich Niamh zu Mac um und hob eine Augenbraue.

»Willst du ihr wirklich beim Umbau des Innenhofs helfen?«

»Klar, warum denn auch nicht? Das klingt lustig. Ich arbeite gern mit meinen Händen. Außerdem brauche ich ein paar Freunde hier im Ort. Es scheint mir eine gute Möglichkeit zu sein, einige Leute aus der Gegend kennenzulernen.«

»Du könntest dich auch einfach an die Bar setzen und ein Pint trinken. In ein paar Tagen wirst du jeden kennen.«

»Ah, aber dann bin ich immer noch keiner von euch«, stellte Mac klar, wobei seine blauen Augen blitzten, als er sie anlächelte. »Wenn ich mit den Leuten hier an einem Projekt arbeite, werde ich ein Teil der Gemeinschaft. Das ist das Einmaleins der Teambildung.«

Niamhs Herz schlug ihr bis zum Hals, als sie erkannte, wie lange Mac diese Taktik schon anwandte, um sich ein kleines familiäres Umfeld zu schaffen.

Grace's Cove hatte im Laufe der Jahre viele Menschen geheilt; vielleicht würde Mac auch etwas von dieser Heilung erfahren.

KAPITEL ZEHN

Nachdem Mac Niamhs Sachen aus seinem Geländewagen ausgeladen hatte, hatte er ihr Angebot, ihm beim Einzug in das gemietete Haus zu helfen, ausgeschlagen. Zu diesem Zeitpunkt brauchte er einfach einen Moment Abstand von ihr. Er war nicht nur erschöpft, weil er die ganze Nacht durchgemacht hatte, sondern konnte sich auch immer weniger dagegen wehren, Niamh zu berühren, je länger er in ihrer Nähe war. Er wollte eine Locke ihres kastanienbraunen Haares um seinen Finger wickeln, sie an sich ziehen und ihre Lippen kosten. Stattdessen musste er diese Gefühle beiseiteschieben und sich daran erinnern, dass sie nur mit ihm befreundet sein wollte.

Und das war auch gut so, wirklich. Zumindest redete er sich das ein, als er seine Reisetasche aus dem Geländewagen holte und zu seiner Mietwohnung ging. Sein Leben war im Moment ziemlich chaotisch, und es wäre nicht sinnvoll, zu versuchen, eine Beziehung darin unterzubringen. Zumindest keine, die von Bedeutung wäre, denn im Moment würde er jede Partnerin nur enttäuschen. Es war besser, wenn Mac sein Junggesellendasein fortsetzte, bis er sich tatsächlich die Zeit nehmen konnte, eine Beziehung zu führen. Eine Frau wie Niamh verdiente jemanden, der alles in eine Beziehung stecken konnte.

Das Häuschen war genau so, wie Cait es ihm versichert hatte. Es war klein und hübsch und lag etwas abseits von der Straße. Der Vorgarten war von einer Hecke umgeben. Hinter dem Haus erhoben sich grüne Hügel, und die großen Panoramafenster an der Vorderseite boten einen herrlichen Blick auf das Dorf und den Hafen darunter. Mac freute sich über die hohen Decken, ein richtiges Kingsize-Bett und ein großzügiges Badezimmer. Er hatte sehr oft das Gefühl, dass sein Körper nicht für winzige europäische Bäder oder Betten gemacht war, und es war schön, sich in seinem Reich ausstrecken zu können. Sobald Mac seine Sachen weggeräumt hatte, stellte er die Möbel im Wohnzimmer um, damit er etwas mehr Platz hatte. Als Nächstes kehrte er zu seinem Geländewagen zurück und lud seine Hanteln und Kettlebells aus, die er immer in seinem Auto aufbewahrte. Er rollte ein paar Matten aus, um den Teppich zu bedecken, dehnte sich und begann mit ein paar Kettlebell-Schwüngen. Er wusste, dass er heute wenig Energie hatte, aber Gewohnheit war Gewohnheit, und er wollte in dieser Auszeit nicht nachlässig werden. Sein Team zählte auf ihn, und Mac würde seine Kollegen nicht im Stich lassen.

Selbst wenn Kristie darauf aus war, sie auseinanderzubringen.

Diese dumme Frau. Mac grunzte, als er die Position wechselte und ein einarmiges Überkopfdrücken mit einem Gewicht begann. *Diese eifersüchtige und böse Frau*, ergänzte Mac. Sie war so überzeugt davon, dass Fintan sich für andere Frauen interessierte, dass sie nicht sehen konnte, dass der Mann halb blind vor Liebe zu ihr war. Mac hoffte, dass Fintan seine Verliebtheit abschütteln konnte. Kristie war die Art von Frau, die ihn nur runterziehen würde, wenn sie ihre Kommunikationsprobleme nicht in den Griff bekämen. Wenn sie ihm nicht vertraute, würde Fintan sie niemals glücklich machen, und das wäre ein Teufelskreis. Einer, der das ganze Team in Mitleidenschaft ziehen könnte, wenn Fintan nicht aufpasste.

Nachdem Kristie ihn geküsst hatte, war Mac sofort zu seinem Mannschaftskapitän gegangen. Er hatte nicht gewartet, bis die Geschichte bekannt wurde, und es war ihm vollkommen egal, was Kristie dachte. Anstatt sich umzudrehen und den Club zu verlassen, war Mac wieder hineingestürmt, hatte Kristie weinend in der Gasse mit den Paparazzi zurückgelassen und war zu Fintan gegangen. Das Gespräch war nicht gut verlaufen, wahrscheinlich, weil Fintan einiges getrunken hatte, aber immerhin hatte Mac das Gefühl, das Richtige getan zu haben, indem er direkt, offen und ehrlich gewesen war. Als er seine Pflicht erfüllt hatte und Fintan ihm gesagt hatte, er solle sich verpissen, war Mac gegangen.

Zu diesem Zeitpunkt wusste Mac, dass Fintan und Kristie die Sache selbst in die Hand nehmen mussten. Es spielte keine Rolle, was die Presse sagte oder tat – sie erfanden sowieso immer ihre eigene Geschichte.

Aber was ihn wirklich wütend machte, war, dass Niamh sofort geglaubt hatte, *er* würde die Freundin seines Mannschaftskapitäns küssen.

Mac grunzte wieder, als er die Arme wechselte und weitere Wiederholungen machte. Niamh hatte nicht nur gedacht, dass er so etwas tun würde, sie hatte ihm auch sofort verziehen und ihm gesagt, dass Menschen Fehler machten. Es wäre einfacher gewesen, ihr böse zu sein, weil sie das Schlimmste von ihm dachte, wenn sie ihm nicht sofort verziehen hätte. Es war dieser Zwiespalt mit Niamh, der ihm zu schaffen machte. Es war, als ob er wollte, dass sie ihn im besten Licht sah, aber dann akzeptierte sie ihn trotzdem, auch wenn er Fehler machte. Es war, als ob Niamh seine Schwächen schätzte. Aber das konnte nicht sein.

Kurz darauf begann Mac mit dem Kreuzheben. Er schnappte sich eine schwerere Kettlebell und fügte eine weitere Runde Wiederholungen hinzu. Sein ganzes Leben lang hatte er verstecken müssen, wer er war. Immer und immer wieder war ihm eingebläut worden, härter zu arbeiten, perfekt zu sein und niemals Schwäche zu zeigen.

Niemals zu zeigen, wer er war.

Ein Bild des verächtlich verzerrten Gesichts seines Vaters, der sich langsam von Mac abwandte, tauchte in Macs Kopf auf. Es spielte keine Rolle, welches Mal es war. Es waren so viele Male gewesen, dass Mac schließlich aufgehört hatte zu zählen. Erst als sein Vater ihn im Alter von zehn Jahren endgültig aufgegeben hatte und er sich weitgehend selbst überlassen war, konnte Mac endlich aufatmen. Gar keine Aufmerksamkeit war besser als die ständige Enttäuschung. Damals hatte sein Vater sein Interesse am Wetten entdeckt, und Mac hatte nicht mehr im Mittelpunkt gestanden, solange er sich ruhig verhielt und nicht viel Aufhebens machte. Mac hatte gelernt, für sich selbst zu kochen, die Wäsche zu waschen und hinter sich aufzuräumen. Er hatte für die Schule gelernt, ohne dass ihn jemand dazu aufforderte, und nie ein Rugby-training verpasst.

Der Rugby-Verein war das Einzige gewesen, was ihn gerettet hatte. Dort konnte er ein vollkommen anderer Mensch sein. Im Verein war er nicht der stille Junge, der nach einer Familie suchte oder versuchte zu verstecken, wer er war. Nein, dort konnte er einfach ein Junge sein. Er machte Witze mit den anderen, probierte neue Spielzüge aus und warf den Ball hin und her. Das war auch der einzige Ort gewesen, an dem sein Vater ihn tatsächlich unterstützt hatte. Wenn sein Vater sich daran erinnerte, kam er zu den Spielen oder brachte ab und zu einen neuen Rugbyball für Mac mit nach Hause. Es war fast immer ein nachträglicher Gedanke gewesen, aber Mac hatte diese kleinen Aufmerksamkeiten, die sein Vater ihm wie

Brotkrümel zuwarf, so dankbar aufgesaugt, als wäre er am Verhungern.

Die mangelnde Anwesenheit seiner Eltern bei den Spielen war den anderen Eltern des Rugby-Vereins nicht verborgen geblieben. Irgendwie wurden seine Trikots immer geflickt, er hatte genug zu essen, und mehr als einmal war ein Weihnachtsgeschenk mit neuen Schuhen aufgetaucht. Mac mochte es nicht, wenn das passierte, denn obwohl sein Vater ihm erlaubte, die Geschenke zu behalten, musste er den Preis dafür zahlen.

Jedes Mal.

Rugby hatte ihn gerettet. Das stimmte. Und jetzt, in dieser schwierigen Zeit, wollte Mac seine Teamkameraden nicht im Stich lassen. Er würde trainieren, härter als je zuvor, und sicherstellen, dass er in Topform und einsatzbereit auf dem Spielfeld erschien. Seine Teamkameraden wussten Bescheid – er war sicher, dass er ihnen klargemacht hatte, was wirklich passiert war. Die meisten von ihnen kannten Kristie und erwarteten solche Dinge von ihr, also war Mac in dieser Hinsicht nicht beunruhigt. Er musste das nur überstehen, stark bleiben, und schon bald würde er wieder mit seinen Kollegen auf dem Platz stehen.

Das Spielfeld war sein Zuhause und es war das Einzige, was ihm jemals wirklich etwas bedeutet hatte.

Deshalb wollte er jetzt, nachdem er ein paar Jahre aktiv gewesen war und sein Geld sorgfältig gespart und investiert hatte, etwas Sinnvolles tun, um etwas zurückzugeben. Wie viele andere einsame Kinder da draußen brauchten einen Ort, an den sie gehen konnten? Um Dampf abzulassen? Um Gemeinschaft zu finden? Mac war sich bewusst, dass eine Rugbykarriere nicht von Dauer sein würde. So, wie er aufgewachsen war, wusste er, dass ihm jeden Moment alles genommen werden konnte. Deshalb ging er vorsichtig mit seinem Geld um, auch wenn er hier und da mal etwas ausgab, und das war auch der Grund, warum er endlich mit der Arbeit an seinem Geheimprojekt begonnen hatte.

Mac wollte einen gemeinnützigen Rugby-Verein für bedürftige Kinder gründen. Kinder wie er, die kein Geld für eine Ausrüstung hatten oder zu Hause nicht die nötige Unterstützung erhielten. Er wollte jedoch mehr als nur einen Rugby-Verein gründen. Er wollte, dass Mitarbeiter zur Verfügung standen – Sozialarbeiter, die die Kinder betreuen, sich ihre Probleme anhören und ihnen auf ihrem Weg helfen würden. Und Nachhilfelehrer, die bei schulischen Problemen helfen konnten. Er träumte davon, das Unterstützungsnetz, die Gemeinschaft und die Hilfe zu schaffen, die er als Kind nie gehabt hatte. Natürlich konnte er die elterliche Liebe nicht ersetzen, das wusste Mac, aber wenn er auch nur ein paar Kindern helfen könnte, hätte er das Gefühl, in seiner Zeit hier etwas bewirkt zu haben.

Es war nicht leicht, sich vollkommen allein zu fühlen.

Mac streckte automatisch seine Hand aus, gut drei Sekunden bevor die Vase, gegen die er gestoßen war, auf den Boden fiel. Er fing sie in der Luft auf und stellte sie zurück ins Regal. Sein Herz klopfte, als er die fröhliche blaue, mundgeblasene Vase anstarrte.

Niemand mochte es, ein Außenseiter zu sein.

KAPITEL ELF

Nach einem dringend benötigten Nickerchen verbrachte Niamh den Nachmittag damit, sich wieder in ihrem Kinderzimmer einzurichten, bevor sie das Projekt in Angriff nahm, auf das sie sich am meisten freute – die Einrichtung ihres Labors. Ihre Eltern hatten ihr den Gartenschuppen zur Verfügung gestellt, und ihr Vater hatte sogar einige Zeit damit verbracht, ihn aufzuräumen und ein paar Dinge zu verbessern, nachdem er gehört hatte, dass Niamh nach Hause kommen würde. *Das war wirklich nett von ihm*, dachte Niamh, als sie in der Tür des Schuppens stand. Nicht ein einziges Mal hatten ihre Eltern versucht, ihren Träumen Steine in den Weg zu legen oder sie auf einen anderen Pfad zu lenken. Stattdessen hatten sie ihr erlaubt, ihren eigenen Weg zu gehen, und sie in allem, was sie tat, unterstützt.

Mac hatte nie eine solche Unterstützung bekommen.

Niamhs Gedanken schweiften zu ihm ab, als sie ihre Kartons in den Schuppen schleppte und sie auf den langen hölzernen Arbeitstisch in der Ecke stellte. Seine Anwesenheit in ihrem Leben fühlte sich ... beinahe ein wenig überwältigend an. Vor zwei Wochen hatte sie kaum etwas über diesen

Mann gewusst, und jetzt hatte er ihr beim Packen ihrer Wohnung geholfen und war mit ihr für eine Weile nach Grace's Cove gezogen. Das alles fühlte sich surreal an, und Niamh war sich nicht sicher, was sie von der Tatsache halten sollte, dass ihre Gedanken so oft zu ihm abschweiften. Niamh hatte bereits jetzt das Bedürfnis, sich um Mac zu kümmern.

So war sie schon immer gewesen – offenherzig. Niamh seufzte, als sie das Klebeband von einem Karton löste und begann, in ihren Büchern zu wühlen. Vielleicht lag es daran, dass sie, abgesehen von ihrer Familie und ein paar Freunden in Grace's Cove, nie ohne weiteres akzeptiert worden war, aber sie hatte sich immer für andere eingesetzt. Sie war immer das Mädchen gewesen, das sich mit einem schüchternen Kind in der Schule angefreundet, streunende Katzen aufgenommen oder einem verletzten Vogel geholfen hatte. Niamh konnte einfach nicht anders, und sie hasste es, zu sehen, wenn jemand verletzt war. Jetzt, wo sie mehr über Mac und seine problematische Vergangenheit erfuhr, wollte sie sich um ihn kümmern und ihm zeigen, dass sich nicht jeder nur für Macs Berühmtheit interessierte.

»Und genau darin liegt die Gefahr ...«, sagte Niamh laut in ihrer besten Kinosprecherstimme.

»Worin liegt die Gefahr?«

Niamh zuckte zusammen und legte eine Hand auf ihr pochendes Herz, bevor sie ihre Mutter ansah.

»Du hast mich erschreckt!«

»Tut mir leid, die Tür war offen. Soll ich das nächste Mal über den Hof schreien?« Morgan hielt zwei Tassen Tee in der Hand und Niamh winkte sie herein.

»Tut mir wirklich leid. Ich war einfach nur in Gedanken versunken und anscheinend habe ich mit mir selbst gesprochen.«

»Ich habe dir Tee gekocht und bin nur hier, um dir mit

meinem Rat zur Seite zu stehen. Das bedeutet nicht, dass ich Kartons schleppen werde.«

»Danke.« Niamh nahm ihrer Mutter die Tasse ab und trank einen Schluck. Der düstere graue Himmel hatte dem Regen nun nachgegeben, den er den ganzen Nachmittag über zurückgehalten hatte, also schloss Niamh die Schuppentür und schaltete den kleinen Heizstrahler ein, den ihr Vater netterweise bereitgestellt hatte. Sie holte eine Kerze aus einem ihrer Kartons, stellte sie neben eine kleine Aloe Vera und zündete sie an. Bald erfüllte der Duft von Lavendel den Schuppen und Niamh begann, sich in dem gemütlichen Raum zu entspannen. »Es ist wirklich schön ... was ihr aus dem Schuppen gemacht habt. Danke, dass ihr ihn für mich aufgeräumt habt.«

Morgan sah sich um, nachdem sie an einem kleinen Bistrotisch mit zwei Stühlen in der Ecke Platz genommen hatte. Was einst ein muffiger Gartenschuppen gewesen war, in dem sich nur Werkzeuge und andere Dinge angesammelt hatten, die schon lange nicht mehr gebraucht wurden, war nun ein funktionierender Arbeitsbereich geworden. Ihre Eltern hatten die Regale entrümpelt, eine neue Lampe angebracht, einen Arbeitstisch und einen Platz zum Teetrinken bereitgestellt und sogar einen bunt gemusterten Teppich über die abgenutzten Holzbretter gelegt. Wie es sich für Morgan gehörte, hatte sie ein paar schöne Abzüge von Kiras Fotos von Grace's Cove an die Wände gehängt und eine Lichterkette an der Decke befestigt, um ein wenig Atmosphäre zu schaffen. Das war wahrscheinlich das charmanteste Labor, das Niamh je genutzt hatte.

»Es war ein schönes Projekt, das ich gern in Angriff genommen habe. Dein Vater hat die meisten seiner Werkzeuge sowieso in der Garage, und in diesem Raum haben sich nur nutzlose Dinge angesammelt. Keiner von uns ist ein Freund von Gartenarbeit. Ich bin froh, dass er genutzt wird. Wenn du hier fertig bist, baue ich ihn vielleicht sogar in einen kleinen Kunstraum für mich um.«

»Einen Kunstraum? Womit beschäftigst du dich denn gerade?« Niamh lächelte Morgan an und fuhr damit fort, ihre Kartons auszupacken.

»Ich glaube, ich würde gern Kerzen herstellen. Ich liebe all die Düfte und hübschen Verpackungen, die wir in der Galerie verkaufen. Aber Gracie sagt, dass sie mit der Nachfrage nicht mithalten kann und sich ganz auf ihre Cremes und Tonics konzentrieren will. Die Kerzen waren für sie immer nur ein Nebenverdienst.«

»Wie geht es ihr? Ich muss unbedingt hinfahren und sie und Kira besuchen.«

»Aye, mach das. Den beiden geht es gut. Sie würden sich bestimmt freuen, dich zu sehen. Das würde jeder, aber dafür hast du ja jetzt Zeit, nicht wahr?«

»Sicher, und ich habe es nicht eilig, wieder zu gehen. Es ist sehr schön, zu Hause zu sein.« Niamh atmete tief ein und aus. »Hier riecht es einfach anders, weißt du? Nach Erde und Luft und ...«

»Dreck? Das ist der Schuppen, Darling.« Morgan lachte.

»Ich weiß. Aber es ist etwas, das man vermisst, wenn man in der Stadt lebt. Es ist ruhiger. Weniger chaotisch. Hier fühle ich mich mehr geerdet, denke ich.«

»Du kannst so lange bleiben, wie du willst. Oder so lange, wie Mac eine Auszeit braucht.« Morgan warf Niamh einen wissenden Blick über ihre Tasse zu.

»Ah, okay. Ich kann mir nicht vorstellen, dass er sehr lange bleiben wird. Immerhin hat er ein Team, zu dem er zurückkehren muss. Er kann nicht ewig davor weglaufen.«

»Vielleicht läuft er ja nicht weg, sondern auf etwas zu«, sagte Morgan, und Niamh fragte sich, wie ihre Mutter so klarsehen konnte.

»Denkst du wirklich? Vielleicht hast du sogar recht.«

Niamh zuckte mit einer Schulter und öffnete einen weiteren Karton. »Er ist ein netter Mann. Netter, als ich, nach allem, was ich in den Zeitungen über ihn gelesen habe, gedacht hatte. Ganz ehrlich, Mum? Ich glaube, er ist ziemlich einsam. Alle wollen etwas von ihm. Aber ich bin mir nicht sicher, ob ihn viele Leute wirklich sehen.«

»Ah.« Mehr sagte Morgan darauf nicht, und das Schweigen zog sich in die Länge, bis Niamh sich umdrehte und sie ansah.

»Was soll das bedeuten?«

»Nichts, Liebes. Überhaupt nichts.«

»Langsam gehst du mir wirklich auf die Nerven.« Niamh starrte sie an.

»Du bist ein kluges Mädchen, Niamh. Ich werde mir noch keine Meinung bilden. Ich kenne den Jungen kaum. Gib ihm Zeit, und wir werden sehen, was passiert.«

»Das ist wohl alles, was wir tun können.« Niamh seufzte und betrachtete die Papierstapel auf dem Arbeitstisch.

»Was hast du denn genau vor?«, fragte Morgan.

»Ich denke, ich möchte ihm einfach zeigen, dass die Leute ihn so mögen, wie er ist. Und dass es nicht darum gehen muss, was er für andere tun kann.«

»Ähm ...« Morgan zog das Wort in die Länge und lachte dann. »Ich meinte hier, mit deinem Labor. Mit deinen Studien.«

»Oh!« Niamh spürte, wie ihr die Röte in die Wangen schoss. Verdammt, sie hatte gerade etwas von ihren Gefühlen preisgegeben.

»Ich werde einfach so tun, als hättest du nichts gesagt, okay?« Morgan lächelte in ihre Teetasse. »Gib der ganzen Sache Zeit, Darling. Gib *ihm* Zeit. Grace's Cove schafft es immer wieder, seine Magie auf Menschen wirken zu lassen. Auch auf dich.«

»Ganz bestimmt. Nun ja, bezüglich meiner Arbeit ...«,

sagte Niamh eilig und weigerte sich, tiefer auf das Mac-Thema einzugehen, um nicht so etwas Dummes zu tun, wie den Hügel hinaufzulaufen und den armen Mann anzuspringen. »Ich hoffe, dass ich in der Lage sein werde, die Energie einiger parapsychologischer Kräfte, die wir ausüben können, auf irgendeine Weise zu messen.«

»Du willst Magie messen.« Morgan sah sie mit hochgezogener Augenbraue an.

»Ich möchte nur herausfinden, ob es eine Möglichkeit gibt, die Energie oder das Energiemodell, das bei der Ausübung von Magie entsteht, in einer für die Wissenschaft verständlichen Form zu messen. Wenn es einen Weg gäbe, sie zu messen, könnte man den Menschen vielleicht beibringen, sie zu reproduzieren.«

»Warum glaubst du, dass man den Menschen beibringen muss, wie man Magie reproduziert?«, fragte Morgan.

»Ich glaube nicht, dass es zwingend nötig ist, aber es könnte den Ruf von Menschen mit Kräften verbessern. Wenn sie in der wissenschaftlichen Gemeinschaft mehr akzeptiert würden, dann würden Kinder, die mit diesen Kräften aufwachsen, vielleicht nicht ausgegrenzt werden.«

»Ach, mein armes Mädchen. Ich hatte gehofft, dich vor dem schützen zu können, was ich durchgemacht habe.« In Morgans Augen lag ein tiefer Schmerz.

»Oh, Mum, das hast du. Ich habe nicht einmal annähernd das erlebt, was du erlebt hast. Aber deine Geschichte ist auch ein Teil von mir.« Niamh legte eine Hand auf ihr Herz. »Sie ist hier drin. Sie ist ein Teil von mir und spielt eine Rolle in meinem Leben. Es gibt andere Kinder da draußen, die diesen Schmerz erfahren. Wir können ihnen helfen.«

»Ich bin mir nicht sicher, ob dies der beste Weg ist, um ihnen zu helfen, aber ich *kann* sagen, dass ich deinen brillanten Verstand immer geschätzt habe. Du wirst einen Weg finden, um zu helfen, egal was passiert. Ich bin sehr stolz auf dich.« Mit diesen Worten stand Morgan auf und nahm ihre leere Teetasse vom Tisch. Sie drückte Niamh einen Kuss auf die Wange und ging zur Tür.

»Arbeite nicht zu lange. Wir haben einen Gast zum Abendessen.«

»Ach ja? Wen?«

»Mac, natürlich. Du kannst den Mann doch nicht an seinem ersten Abend in Grace's Cove allein essen lassen.«

»Mum! Nein. Warum hast du ihn eingeladen?« Niamh brauchte ein wenig Abstand von Mac, um ihre Gedanken zu ordnen.

»Das macht man so, wenn die Tochter einen Freund mit nach Hause bringt. Er wird gleich kommen. Du solltest dich vielleicht umziehen.«

Niamh sah auf ihre verblichenen Leggings und ihr altes Sweatshirt hinunter und seufzte. So viel zum Thema in Ruhe auszupacken. Mac brachte ihren Zeitplan schon jetzt durcheinander. Verärgert blies sie die Kerze aus, schloss die Schuppentür und folgte ihrer Mutter durch den Regen zum Haupthaus.

Und falls ihr Herz bei dem Gedanken, Mac wiederzusehen, vor Aufregung klopfte, ignorierte sie es. Nein, es war eindeutig die Vorstellung eines selbst gekochten Essens, die diese Aufregung verursachte, mehr nicht.

KAPITEL ZWÖLF

Niamh hatte sich an diesem Abend keine besondere Mühe mit ihrem Outfit für das Abendessen gegeben ... nein, das hatte sie ganz sicher nicht. Sie zog eine Jeans und einen erdgrünen Pullover an und steckte sich Ohrringe an. Niamh verzichtete sogar auf Make-up, denn immerhin aß sie ja bei sich zu Hause zu Abend. So zog sie sich für ein Familienessen an. Falls Mac fand, dass sie nicht schick genug war, dann war das eben so. Es sollte ihr doch ohnehin egal sein, was er dachte, oder?

Jetzt ging sie sich sogar selbst auf die Nerven, also machte sich Niamh auf, um Morgan in der Küche zu helfen. Ihre Mutter summte zu Musik der Rolling Stones, die im Hintergrund lief, während sie Gemüse für einen Salat schnippelte.

»Kann ich dir bei irgendetwas helfen?«

»Ich glaube nicht. Ich habe nur einen einfachen Auflauf und etwas Knoblauchbrot gemacht. Draußen regnet es in Strömen, und das ist das perfekte Essen für eine so ungemütliche Nacht.«

»Es riecht köstlich. Darf ich dann eine Flasche Wein öffnen?«

»Natürlich, ich habe schon einen neuen Rotwein herausgeholt, den ich sehr mag.« Morgan nickte in Richtung der Weinflasche, die auf dem Tresen stand. Niamh öffnete sie, schenkte ihnen beiden ein Glas ein und setzte sich dann an den kleinen Frühstückstisch in der Küche. Da Mac zu Besuch kam, würden sie im Esszimmer essen, aber Niamh liebte es, in der Küche zu sitzen. Es war so gemütlich. Hier hatte sie unzählige Stunden verbracht, während ihre Eltern gekocht und sie an ihren Hausaufgaben gearbeitet hatte. Eine Welle der Vertrautheit und Liebe, die sich über Jahre hinweg aufgebaut hatte, erfasste sie und löste die Anspannung in ihren Schultern. Es war die richtige Entscheidung gewesen, hierher zurückzukehren, beschloss Niamh. Sie konnte in einem Umfeld arbeiten, das sie unterstützte, und sogar jeden Abend mit ihrer Familie über ihre Experimente sprechen. Wäre sie in Dublin geblieben, hätte sie ihre Versuche allein durchführen müssen und hätte außer ihrem Professor niemanden gehabt, mit dem sie die Einzelheiten ihrer Studien hätte besprechen können. Nein, das war die richtige Entscheidung gewesen. Vor allem, wenn es ihr gelingen würde, Kira oder Gracie davon zu überzeugen, dass sie ein paar Tests an ihnen durchführen durfte.

Ein Klopfen an der Tür riss Niamh aus ihren Gedanken, und Morgan deutete mit dem Messer in Richtung Tür, damit sie sie öffnete.

»Hi«, sagte Niamh und hielt dem tropfnassen Mac die Tür auf. Hatte der Mann noch nie etwas von einem Regenschirm gehört? In dem gemieteten Haus musste doch einer sein.

»Hi.« Mac grinste sie an und hielt ihr einen Blumenstrauß und eine Flasche Whiskey hin. »Das ist für deine Eltern.«

»Wie nett von dir. Na komm schon, du kannst dich im Eingangsbereich ausschütteln. Da ist auch ein Haken für deinen Mantel.« Niamh deutete auf die Garderobe und schnupperte an den Blumen. Für einen kurzen Moment wünschte sie sich, die Blumen wären für sie, aber dann schob sie den Gedanken beiseite und deutete ihm an, sie in die Küche zu begleiten. *Der Mann sieht heute Abend wirklich gut aus,* dachte Niamh und hielt ihre Augen auf die Blumen gerichtet, um Mac nicht vollzusabbern. Er trug eine taillierte graue Hose, einen marineblauen Pullover, der seine Augen betonte, und sein Haar war noch feucht von der Dusche. Oder vom Regen. Auf jeden Fall lief ihr bei seinem Anblick das Wasser im Mund zusammen, wobei Niamh diese Tatsache schnell auf den Geruch des köstlichen Essens schob, das ihre Mutter gerade kochte.

»Willkommen, Mac. Oh, die sind ja wirklich schön!« Morgan beugte sich vor, um an den Blumen zu schnuppern, und nickte Niamh zu, damit diese eine Vase holte. »Danke, Mac. Können wir dir etwas zu trinken anbieten?«

»Tee wäre großartig.«

»Ich bringe dir gleich einen. Niamh, warum führst du Mac nicht ins Wohnzimmer, nachdem du die Blumen ins Wasser gestellt hast? Dein Vater sollte jeden Moment kommen und das Essen ist fast fertig. Ich hoffe, du bist hungrig, Mac.«

»Ich bin vollkommen ausgehungert. Ich hatte noch keine Gelegenheit, in den Supermarkt zu gehen.«

Niamh fragte sich, was er wohl den ganzen Tag über gemacht hatte. *Wahrscheinlich geschlafen,* erinnerte sie sich. Immerhin war er die ganze Nacht lang gefahren, um sie nach Hause zu bringen.

»Das Haus deiner Eltern gefällt mir. Es hat eine einladende Atmosphäre«, sagte Mac, als sie das Wohnzimmer betraten.

»Ja, meine Mutter hat ein gutes Auge für Kunst. Ich finde, sie hat das Haus perfekt eingerichtet.«

Statt eines mit Familienfotos und Erinnerungsstücken

vollgestopften Zimmers präsentierte sich das Wohnzimmer mit einem bequemen Ledersofa, einem karierten Sessel und einem großen Gemälde von Aislinn an der größten Wand. Das Gemälde zeigte den Sonnenuntergang über dem Meer. Die Farben waren leuchtend und lebendig. Einige Einbauregale umgaben den Fernseher und enthielten eine kleine Sammlung von Familienfotos. Mac blieb vor einem stehen und nahm es mit einem Grinsen in die Hand.

»So einen sturen Blick habe ich ja noch nie gesehen.«

»Nun ja.« Niamh durchquerte den Raum und betrachtete das zehnjährige Mädchen auf dem Foto, das von Büchern umgeben war und sich darüber ärgerte, unterbrochen worden zu sein. »Ich habe viel Zeit mit meinen Büchern verbracht, das gebe ich zu. Die Hälfte der Zeit mussten meine Eltern mich zum Spielen nach draußen zerren.«

»Mich nicht. Mich konnte man kaum vom Spielfeld holen. Es war der einzige Ort ...« Mac hielt inne, und Niamh warf ihm einen fragenden Blick zu.

»Das Essen ist schneller fertig als erwartet. Sollen wir ins Esszimmer gehen?«, mischte sich Morgan ein, bevor Niamh eine Frage stellen konnte. In diesem Moment kam Patrick herein und gab Mac einen komplizierten Handschlag, zusammen mit einem Schulterklopfen. Niamh verstand immer noch nicht, wie sie sich heute Morgen im Vorgarten hatten prügeln können und jetzt eine Art geheimen Handschlag hatten, als wären sie in einem Club oder so.

»Männer sind seltsam.« Niamh nahm einen Schluck von ihrem Wein und schaute über den Tisch hinweg zu Mac. Seine Präsenz schien die aller anderen in den Schatten zu stellen. Auch wenn ihr Vater ein ziemlich fitter Mann war, bestand Mac fast nur aus Muskeln und nahm eine Menge Platz ein. In seiner Nähe fühlte sich jeder klein, und Niamhs Magen machte einen nervösen Sprung, als sie daran dachte, wie Mac sie in seine Arme nehmen und dann ...

»Inwiefern?«, fragte Morgan und reichte ihr die Auflaufform.

»Ähm ...« Niamh schüttelte den Kopf, um ihre Gedanken zu ordnen. »Na ja, erst prügeln sie sich und dann sind sie beste Freunde. Das würde bei Frauen nie funktionieren. Wir wären wochenlang wütend aufeinander ...«

»Das ist wohl wahr. Wobei ich nicht behaupten kann, dass Männer effizienter streiten als Frauen. Manchmal werden diese Streitereien einfach nie beigelegt, weißt du? Sie reden einfach nicht mehr darüber, und es schwelt ewig vor sich hin. Dann sehen sie sich eines Abends im Pub, und alles kommt wieder hoch. Mit Tränen oder Fäusten.« Morgan reichte den Brotkorb an Niamh weiter. »Hau rein, Mac. Iss so viel, wie du willst. Immerhin bist du noch im Wachstum.«

»Ich glaube, er ist bereits ausgewachsen, Mutter.« Niamh errötete.

»Danke, Mrs. Kearney. Ich kann mich nicht daran erinnern, wann ich das letzte Mal ein selbstgekochtes Essen bekommen habe.« Mac häufte sich eine gesunde Portion auf den Teller.

»Ach nein? Nun, ich kann dir gern an den Abenden Bescheid sagen, wenn ich koche. Du solltest uns jedoch lieber nicht besuchen, wenn dieser Koch hier am Werk ist.« Morgan nickte Patrick zu, der so tat, als sei er verletzt.

»Hey, das ist nicht fair. Ich bin ein ausgezeichneter Grillmeister.«

»Ja, und das ist das Einzige, was er kann.« Morgan lachte.

»Wir haben alle unsere Stärken«, sagte Niamh.

»Also ... wegen des letzten Spiels«, begann Patrick.

»Nein«, unterbrach ihn Morgan. »Dieser junge Mann muss offensichtlich jeden Tag seines Lebens über Rugby reden. Gönn ihm eine Pause, ja?«

»Das ist schon in Ordnung, wirklich«, sagte Mac und als

sein Blick den von Niamh traf, konnte sie die Belustigung darin sehen. Ein warmes Gefühl durchströmte sie.

»Du warst also noch nie zuvor in Grace's Cove?«, fragte Patrick und wechselte damit das Thema. Er nahm einen Bissen von dem Auflauf und gab ein leises, zufriedenes Brummen von sich.

»Nein, noch nie. Soweit ich es beurteilen kann, ist es ein toller Ort. Ehrlich gesagt bin ich überrascht, dass ich noch nie hier war.«

»Nun, er liegt ein wenig abseits der üblichen Pfade, aber so mögen wir es, nicht wahr? Ich bin mir sicher, dass Niamh dich schon vor der Bucht gewarnt hat, falls du hier herumwandern willst, stimmt's?«, fragte Morgan.

»Ähm ...« Mac sah Niamh verwirrt an.

»Nein, dazu hatte ich bei unserer Nacht-und-Nebel-Aktion noch keine Gelegenheit. Okay, pass auf – geh nicht zur Bucht. So einfach ist das.« Niamh zuckte nur mit den Schultern, als ihre Eltern sie anstarrten. »Was? Das ist der einfachste Weg, um Menschen vor Schaden zu bewahren.«

»Warum sollte mir in der Bucht etwas zustoßen?« Macs Blick huschte zwischen den dreien hin und her, und Niamh fragte sich, ob er versuchte zu entscheiden, ob sie ihn veräppelten oder ob sie einfach nur verrückt waren.

»Willst du die wahre Geschichte hören, oder die, die wir den Touristen erzählen, um sie zu schützen?«

»Beide«, sagte Mac.

»Ich mag ihn«, sagte Morgan. »Den Touristen erzählen wir, dass sie nicht zur Bucht gehen sollen, weil es dort starke Winde, einen schmalen Klippenpfad und gefährliche Strömungen im Wasser gibt. Im Grunde versuchen wir, die Bucht so unattraktiv wie möglich zu gestalten, damit die Leute den Anblick vom Rand der Klippen aus genießen. Wir haben jetzt sogar ein kleines verschlossenes Tor am Anfang des Weges, der hinabführt, angebracht, um Idioten davon abzuhalten, den Pfad zum Strand hinunterzuklettern.«

»Klingt vernünftig. Und die inoffizielle Version?«

»Die Bucht ist verzaubert«, sagte Niamh und sah Mac in die Augen, um zu sehen, wie er reagieren würde. Tatsächlich hatte sie Unglauben oder Gelächter erwartet, aber stattdessen sah sie Verständnis.

Okay, das ist wirklich interessant ...

»Ach ja?«, fragte Mac und nahm einen weiteren Bissen von dem Auflauf.

»Die meisten Leute würden sagen, dass wir verrückt sind. Aber ... Diejenigen, die Bescheid wissen, nun, die wissen eben Bescheid.« Morgan zuckte mit den Schultern.

Mac blickte zu Patrick, der ernst nickte.

»Wenn man sein ganzes Leben hier verbracht hat, muss man sich mit einigen Dingen einfach abfinden. Dies ist eines davon.«

»Und was passiert, wenn man in diese verzauberte Bucht hinabsteigt?«, fragte Mac.

»Na ja, sie wird dich gleich wieder hinauswerfen. Mit vielen gebrochenen Knochen. Ich würde dir wirklich nicht empfehlen, dorthin zu gehen«, sagte Niamh.

»Das erklärt zumindest deine Studien«, sagte Mac, und Niamh schluckte schwer, als ihre Eltern verstummten. Sie hatte ihnen nicht gesagt, dass Mac nichts über sie oder ihre Familie wusste, und nun warnte sie sie im Stillen, nichts zu sagen, was sie verraten könnte.

»Ganz genau«, sagte Niamh schnell, »wenn man mit so etwas aufwächst, will man das Unbekannte noch weiter hinterfragen. Es ist wirklich faszinierend.«

»Glaubst du an solche Dinge?«, fragte Morgan und drehte ihren Kopf zu Mac. »Parapsychologie. Psychometrie. Außersinnliche Wahrnehmungen? Diese Art von Dingen?«

»Das tue ich tatsächlich«, sagte Mac. Seine Antwort haute Niamh um und sie starrte ihn an.

»Wirklich?«

»Sicher, warum denn auch nicht? Immerhin bin ich Ire, nicht wahr? Wir reden viel über die Fae und solche Dinge. Irgendetwas davon muss doch stimmen. Auch wenn ich mir nicht sicher bin, ob ich die Grenze zwischen Magie und außersinnlichen Fähigkeiten wirklich verstehe. Wenn man zum Beispiel die Gedanken von jemandem lesen oder die Zukunft vorhersagen kann – ist das dann Magie? Oder ist das eine außersinnliche Fähigkeit?« Mac hob fragend die Augenbrauen, während er darüber nachdachte. Er riss ein Stück Brot in zwei Stücke und tunkte eine Seite in die Soße des Auflaufs, bevor er nachdenklich hineinbiss.

»Ich ... nun, ich nehme an, es kann beides sein, oder?«, sagte Niamh und versuchte sich vorsichtig durch das Gespräch zu manövrieren. »Vielleicht sind manche Fähigkeiten eine Folge der Magie, und andere sind das Ergebnis eines hoch entwickelten Gehirnbereichs.«

»Ah, interessant. Wenn wir also alle einen supergroßen präfrontalen Kortex hätten, könnten wir vielleicht Dinge mit unserem Geist bewegen oder die Zukunft vorhersagen?«

»So was in der Art ...« Niamhs Mund war trocken geworden, und sie wagte es nicht, ihre Mutter anzuschauen.

»Nun, es ist ein faszinierendes Thema, so viel kann ich sagen. Ich hoffe, du erzählst mir diesen Sommer mehr über dein Studium, Niamh. Ich kann verstehen, warum das Thema einen in seinen Bann ziehen kann. Ich bin wirklich daran interessiert. Würdest du jeden testen? Wie stellst du fest, wer über Fähigkeiten verfügt und wer nicht?«, fragte Mac.

»Ähm, ja. Ich werde eine Kontrollgruppe einrichten«, sagte Niamh. »Warum, willst du in der Kontrollgruppe sein?«

»Vielleicht. Es sei denn, du denkst, ich könnte Kräfte haben?« Alle lachten über Macs Scherz, aber Niamh bemerkte ein Aufblitzen in seinen Augen. Da war noch mehr ... aber kurz darauf lenkte ihr Vater sie mit einer lustigen Geschichte ab, in der er und ein paar Männer versucht hatten, ein Schaf einzufangen, das durch die Hintertür der Bäckerei eingebrochen war. Bald lachten sie alle, und der Moment war vorbei, während Niamh sich fragte, wie dieser Mann so perfekt in ihr Leben zu passen schien.

Das reichte aus, um sie dazu zu bringen, noch ein Glas Wein zu trinken, so viel stand fest.

KAPITEL DREIZEHN

»Na los ... geht das Essen abarbeiten. Der Regen hat endlich nachgelassen.« Morgan winkte Niamh und Mac zu, um sie aus dem Esszimmer zu scheuchen. »Dein Vater wird beim Abwasch helfen.«

»Aber Mum ... Mac hat wahrscheinlich etwas anderes zu tun.« Niamh warf ihrer Mutter einen warnenden Blick zu, damit sie damit aufhörte.

»Eigentlich klingt ein Spaziergang ganz nett. Ich gehe gerne an neuen Orten spazieren, wenn es bereits dunkel ist. Das gibt einem noch mal einen ganz anderen Eindruck.« Mac lächelte Niamh an, als sie ihn über den Tisch hinweg anblinzelte. »Du musst natürlich nicht mit mir spazieren gehen, wenn du nicht willst.«

Wenn Niamh jetzt Nein sagte, wäre das sehr unhöflich, aber gleichzeitig wollte sie ihre Kartons fertig auspacken und ihr Labor einrichten.

»Du hast gesagt, dass du früher nach Grace's Cove gekommen bist, als du vorhattest, Niamh. Du wirst noch genug Zeit haben, um deine Studien zu beenden, oder?« Patrick schaute sie mit warmen, liebevollen Augen an, bevor er sich Mac zuwandte. »So war sie schon als Kind. Ich musste sie von ihren Büchern wegzerren und nach draußen schicken.«

»Die meisten Eltern wären stolz auf ihre Kinder, wenn sie so viel lesen würden«, brummte Niamh, als sie aufstand. »Aber ich wurde stattdessen bestraft.«

»Ich denke nicht, dass es eine besonders harte Strafe ist, wenn du ab und zu an die frische Luft gehst und dir die Beine vertrittst«, erwiderte Morgan lachend. »Hast du nicht gerade gesagt, wie sehr du es magst, aus der Stadt herauszukommen und wieder in der Natur zu sein?«

»Jetzt lässt du mich wie eine Verrückte klingen«, brummte Niamh.

»Ich verstehe das. Es hat etwas, von so viel freier Natur umgeben zu sein, auch wenn man nicht immer draußen in der Natur ist.« Mac grinste Niamh an und rettete sie geschickt.

»Gut, dann lass uns einen Spaziergang machen.« Niamh stand auf. »Ich kann sehen, dass mein Vater sich wirklich zusammenreißen muss, um dich nicht weiter über Rugby auszufragen.«

»Oh, richtig, Rugby.« Morgan zuckte zusammen. »Ich habe keine Ahnung, warum ich es immer noch Football nenne.«

»Weil du Künstlerin bist, keine Sportlerin.« Patrick drückte Morgan einen Kuss auf den Kopf, als er begann, den Tisch abzuräumen. »Und das ist völlig in Ordnung. Auch wenn es vielleicht eine kleine Beleidigung für einen der besten Sportler Irlands ist, wenn er gerade an deinem Tisch sitzt. Aber nichtsdestotrotz ist es okay.«

»Habe ich diesem Spitzensportler nicht gerade ein schönes Abendessen serviert? Es ist ja nicht so, dass ich ihn vor die Tür gesetzt, ihm auf den Kopf gespuckt und erklärt hätte, dass ich nur Footballer versorge, nicht wahr?« Morgan sah Patrick mit verengten Augen an.

»Das ist unser Zeichen zu gehen.« Niamh deutete Mac

an, ihr schnell zu folgen, als ihre Eltern zu streiten begannen, obwohl Niamh wusste, dass es nur spielerisches Geplänkel war. Sie hatte das große Glück, Eltern zu haben, die sich selten stritten. Niamh war sich nicht sicher, ob ihre sensiblen Emotionen es verkraftet hätten, regelmäßig mit einem solchen Ausmaß an Unfrieden konfrontiert zu sein. Sie saugte einfach zu viel von der Energie der Welt um sie herum auf.

»Der Regen hat zwar vorerst aufgehört, aber der Wind ist noch immer ziemlich stark«, sagte Mac, als er ihr die Tür aufhielt. In Anbetracht seiner Worte schnappte sie sich einen Wollmantel und einen Schal ihrer Mutter und schlüpfte hinein. Wenige Augenblicke später schlenderten sie im sanften Licht des Mondes nebeneinander her. Die Regenwolken hatten sich vorerst verzogen. Bald erreichten sie die Hauptstraße des Ortes, und Niamh kuschelte sich noch tiefer in ihren Mantel, als ein weiterer scharfer Windstoß von den Hügeln herabbrauste. Das Licht aus den Restaurants und Häusern, die sich in den Straßen aneinanderreihten, spiegelte sich sanft in den Pfützen, und als sich die Tür von Gallagher's Pub kurz öffnete, ertönte eine Mischung aus Musik und Gelächter.

»Was denkst du? Sollen wir einen kleinen Zwischenstopp für ein Pint einlegen?«, fragte Mac und nickte in Richtung des Pubs.

»Ähm ...« Niamh dachte an all die Leute, mit denen sie reden müsste, ganz zu schweigen von der Menge, die Mac umgeben würde, und entschied sich dagegen. »Heute Abend lieber nicht. Ich bin noch ziemlich müde, und wenn wir da reingehen, muss ich die ganze Stadt begrüßen, und bevor ich es überhaupt merke, ist es zwei Uhr morgens.«

»Dann also ein anderes Mal?«, fragte Mac, und Niamh drehte sich zu ihm um, als er sie sanft vom Pub weg und hinunter zum Wasser führte.

»Ein anderes Mal wäre sehr schön«, sagte Niamh. Sie war

sich nicht sicher, ob er sie als Date oder als platonische Freundin einlud, aber andererseits hatten sie das Dating-Thema wahrscheinlich inzwischen hinter sich gelassen. »Gallagher's Pub ist wirklich das Herz dieser Stadt. Cait weiß immer genau, was im Ort los ist. Die meisten Leute gehen irgendwann im Laufe des Tages bei ihr vorbei. Du wirst viele Leute kennenlernen, wenn du dort beim Umbau hilfst. Ich hoffe, du bist darauf vorbereitet ... denn wenn du herge-kommen bist, um dich zurückzuziehen, dann wird dir das wahrscheinlich nicht gelingen.«

»Das macht mir nichts aus.« Sie erreichten das Wasser und begannen, an der niedrigen Steinmauer entlangzugehen, die den Hafen umgab. »Wenn es nur freundliches Interesse ist und die Leute mich wirklich kennenlernen wollen, dann stört es mich nicht. Aber wenn ich das Gefühl habe, dass ich für etwas benutzt werde, dann macht mir das schon eher zu schaffen.«

»Das kann ich dir nicht verübeln«, sagte Niamh leise und hielt einen Moment inne, um sich über die Steinmauer zu lehnen und auf das Wasser hinauszuschauen. »Es muss anstrengend sein, immer wieder zu versuchen, die Absichten der Leute zu durchschauen. Ich vermute, dass es dir wahr-scheinlich schwerfällt, jemandem zu vertrauen, nicht wahr?«

Mac lehnte sich mit ihr über die Mauer, sein Arm berührte ihren, und Niamh hätte schwören können, dass sie die Wärme durch ihren Mantel spürte. Seine Nähe hatte die seltsame Wirkung, gleichzeitig beruhigend und aufregend zu sein. Es war, als würde man scharfen Pfeffer in eine Tasse Kakao geben, und Niamh war sich nicht sicher, ob sie das mochte oder nicht.

»Vielleicht ist das meine Schwachstelle«, sagte Mac nach einem Moment der Stille. »Ich möchte an das Gute in jedem Menschen glauben. Ich schätze ... ich werde wohl immer auf der Suche danach sein. Tief in meinem Inneren bin ich immer noch das kleine Kind, das glauben will, dass die Welt gut zu ihm ist. Dass jemand vorbeikommt und ihm sagt, dass alles gut wird. Dass es in Sicherheit ist ...«

Niamhs Herz schlug ihr bis zum Hals, als Mac abrupt aufhörte zu sprechen, die Schultern straffte und den Blick von ihr abwandte.

»Das ist kein schlechter Charakterzug, Mac.« Niamh stupste ihn mit ihrer Schulter an, woraufhin er zu ihr hinunterblickte. »So viele Menschen sehen nur das Schlimmste in anderen. Sie ernähren sich praktisch von Negativität. Sie suchen nach dem, was schiefgehen kann, anstatt nach dem, was gut gehen könnte. Sie gehen davon aus, dass jeder mit bösen Absichten handelt, obwohl die betreffende Person vielleicht nur einen schlechten Tag hatte und ausgerastet ist. Es gibt eine Menge verletzter Menschen, die da draußen herumlaufen.«

Du bist nicht allein, fügte Niamh in Gedanken hinzu. Sie wollte ihm so gern helfen – ihm zeigen, dass man ihn, so wie er war, lieben konnte. Bei dem Gedanken an Liebe lief ihr ein Schauer über den Rücken. Woher um alles in der Welt kam dieser Gedanke? Liebe? Sie kannte den Mann doch kaum. Plötzlich tauchte eine andere Sehnsucht in ihrem Kopf auf – dieses Bedürfnis, jemanden zu bemuttern, sich um andere zu kümmern. Dieses Gefühl musste sie unbedingt unter Kontrolle bringen. Mac war eine eigenständige Person, und er brauchte sie bestimmt nicht. Sie musste nicht über ihn wachen und versuchen, ihn zu heilen. Vielleicht waren es die Kurse an der Uni, die sie so denken ließen, überlegte Niamh. Auf dem Weg zu ihrem Abschluss hatte sie neben den naturwissenschaftlichen Fächern auch eine Menge Psychologiekurse belegen müssen. Der Weg, den sie im Leben einschlagen wollte, erforderte die Kenntnis beider Denkweisen, daher hörte sie auch den verletzlichen Klang eines einsamen und verlorenen kleinen Jungen in Macs Stimme.

»Wahrscheinlich hast du recht. Es ist nur eine Eigenschaft, die mich manchmal in Schwierigkeiten bringt. Ich hoffe einfach immer, dass ich nicht verarscht werde ... und manchmal werde ich das auch nicht. Manchmal hingegen schon. Aber so ist das Leben, oder? Man muss einfach damit klarkommen.« Mac blickte wieder auf das Wasser hinaus.

»Ich hoffe, das lässt du dir nicht nehmen«, sagte Niamh leise und lehnte sich ein wenig näher an ihn, als der Wind zunahm. Wie automatisch legte Mac seinen Arm um sie, zog sie an sich und strich ihr mit seiner Hand über den Rücken, um sie zu wärmen. »Ich hoffe, dein Ruhm lässt dich nicht abstumpfen und verbrennt den Teil in dir, der an das Gute im Menschen glauben will. Wir brauchen mehr Menschen wie dich auf der Welt, Mac.«

Mac schlang seinen Arm um ihre Taille und drückte sie einmal, als wolle er ihre Worte bestätigen, aber er sagte nichts. Einen Moment lang standen sie so da, ganz eng umschlungen, während der kalte Wind die Hügel hinunter und über das dunkle Wasser peitschte. Plötzlich veränderte sich die Atmosphäre zwischen ihnen ... von Trost zu etwas mehr ... und Niamh spürte, dass sie nervös wurde und ihr Magen zu kribbeln begann, als Mac sein Kinn senkte und zu ihr hinunterblickte.

»Ich denke nicht, dass mich irgendjemand wirklich sieht. Nie. Aber ... du schon, glaube ich. Es scheint, als würdest du mich einfach wahrnehmen, Niamh.« Macs Stimme war nur noch ein Flüstern, als er seine Lippen ihren näherte und die Zeit für Niamh stillzustehen schien.

In diesem Augenblick wurde ihr klar, dass sie das hier wollte. Sie wollte es wirklich. Er war bereits in ihre Gedanken eingedrungen, und es war unbestreitbar, dass die Chemie zwischen ihnen stimmte. Niamh traf eine Entscheidung, lehnte sich leicht vor und Macs Lippen berührten ihre.

Sofort schoss eine Hitze durch Niamh, als würde man

Benzin auf ein Feuer gießen. Es schockierte sie, wie intensiv ihre Reaktion auf den sanften Kuss war.

»Hey! Das ist Mac!«

Niamh unterbrach den Kuss, löste sich schnell von Mac und drehte den Kopf, um eine Gruppe von Teenagern mit gezückten Handys zu sehen. Sie wurde sofort wieder daran erinnert, dass es mit einer Berühmtheit wie ihm keine privaten Momente gab. In Gedanken versetzte sie sich selbst einen Tritt, weil sie unvorsichtig geworden war, und ihr bewusst wurde, dass dies nicht das Leben war, das sie wollte.

»Hey Leute«, sagte Mac. Nach einem kurzen Blick auf Niamh setzte er ein Lächeln auf.

»Können wir ein Foto mit dir machen?«, fragte einer der Jungen ungeduldig, der trotz der Kälte nur einen Trainingsanzug trug.

»Klar, kein Problem.«

Niamh hob eine Augenbraue, als der Junge ihr sein Handy reichte und sie aus dem Bild schob, um sich dann neben Mac zu stellen. Als Niamh sich daran erinnerte, dass sie überhaupt nicht auf diesem Foto sein wollte, winkte sie alle nach vorn, damit sie sich um Mac herum aufstellen konnten.

»Du musst aber unbedingt den Blitz einschalten!«

»Kein Problem«, erwiderte Niamh lächelnd, obwohl sie etwas genervt war, während sie mehrere Fotos von Mac mit den Jugendlichen machte und wartete, während er Fragen beantwortete und Autogramme gab. Schließlich trat Mac von der Gruppe zurück.

»Jetzt habe ich leider keine Zeit mehr. Der Dame wird kalt.« Damit rannten die Teenager davon, und Niamh wusste, dass ihre private Zeit in Grace's Cove bereits vorbei war. »Das tut mir wirklich leid.«

»Es muss dir nicht leidtun. Du kannst nichts dafür, was andere Leute tun.« Niamh zuckte mit einer Schulter und drehte sich um, um zurück in Richtung ihres Hauses zu gehen. »Aber dir ist schon klar, dass diese Fotos bereits in den sozialen Medien sind und die Paparazzi dich jetzt finden können, wenn sie wollen, oder?«

»Das würde überall passieren, wo ich hingehe. Ich hoffe nur, dass es etwas Aufregenderes gibt, damit sie in Dublin bleiben und nicht herkommen.«

»Und wenn sie herkommen? Was dann?«

»Darum kümmere ich mich, wenn es passiert. Aber morgen muss ich erst einmal früh aufstehen und mich an die Arbeit im Innenhof des Pubs machen.«

»Du tust es also wirklich? Du willst zeitig auftauchen und Handwerker spielen?«, fragte Niamh, als sie den steilen Hügel zu ihrem Haus hinaufgingen.

»Ja, natürlich. Ich habe doch gesagt, dass ich das mache, oder nicht?«

»Ja, das hast du. Ich habe mich nur gewundert. Hör mal ...« Niamh musste den Kuss ansprechen. Den Moment, in dem die Zeit stehen geblieben war und sie für nur eine weitere Sekunde mit diesem Mann durchs Feuer gesprungen wäre. Wenn sie es zuließ, würden ihre Gefühle sie auffressen, also musste sie anfangen, sich abzuschotten. Und zwar jetzt.

»Sag es nicht, Niamh.« Mac blieb stehen, ergriff ihren Arm und drehte Niamh so, dass sie ihm in die Augen sah.

»Aber ...« Niamh leckte sich über die Lippen, weil sie sich plötzlich wieder nach einem Kuss von ihm sehnte.

»Du hast mir bereits gesagt, dass dies nicht das Leben ist, das du willst. Du warst sehr deutlich. Und natürlich musste unser erster Kuss durch meine Lebensentscheidungen ruiniert werden. Ich verstehe es. Das tue ich wirklich. Aber ... sag es einfach nicht. Ich brauche nur einen perfekten Moment, der nicht ruiniert oder übermäßig diskutiert wird oder durch die Medien geistert. Kann ich den haben?«

Einen kleinen, perfekten Augenblick lang klammerte sich

Niamhs Herz an diese Worte. Sie nickte, drehte sich um und ging weiter.

»Die Bäckerei dort an der Ecke ist der einzige Laden, der frühmorgens geöffnet hat, falls du vor deinem Job morgen noch einen Happen essen willst ...«, sagte Niamh und deutete auf das kleine Gebäude, woraufhin Macs erleichtertes Seufzen die Spannung in ihren Schultern löste.

KAPITEL VIERZEHN

Zu Niamhs Glück schien Mac in den nächsten Tagen, während sie ihr Labor einrichtete und mit ihren Experimenten anfing, ziemlich beschäftigt. Ja, er schrieb ihr ab und zu eine Nachricht oder schickte ihr ein lustiges Bild von sich auf der Baustelle, aber ansonsten ließ er sie weitgehend in Ruhe. Das war genau das, was sie von ihm verlangt hatte, erinnerte sich Niamh zum hundertsten Mal an diesem Tag, als ihre Gedanken zu Mac abschweiften. Er hielt sich nur an die Regeln, sich nicht in ihre Arbeit einzumischen.

Ihre Arbeit, natürlich. Niamh schüttelte den Kopf und lehnte sich in dem Bistrostuhl in ihrem Labor zurück. Sie hatte ein paar produktive Tage hinter sich, in denen sie bestimmte Parameter für ihre Studie festgelegt hatte, und heute wollte sie einfach ein paar der Geräte ausprobieren. Als Erstes wollte sie sehen, ob sie irgendwelche erkennbaren Energiemuster aufspüren konnte, wenn sie etwas mit ihrem Geist bewegte.

Niamh hatte eine Weile überlegt, wie sie diesen speziellen Teil des Experiments durchführen sollte. Um ihre eigene Privatsphäre und die der anderen Versuchspersonen zu schützen, musste sie einen Weg finden, die eigentliche Handlung zu filmen, ohne die Person auf dem Video zu zeigen. Niamh hatte eine einfache Kamera in der Ecke aufgebaut, die auf das zu bewegende Objekt, das auf einem weißen Tuch lag, gerichtet war und dieses filmen würde. Auf diese Weise konnte die Person außerhalb des Videos stehen. Niamh überlegte, ob sie einen Teil des Körpers der Person zeigen sollte, oder ob sie sogar so weit gehen sollte, dass die Person ganz im Bild zu sehen war, aber nur unscharf. Im Moment versuchte sie nicht zu beweisen, ob so etwas wie Telekinese real war. Stattdessen wollte sie herausfinden, ob sich die Energie messen ließ.

Denn das war es, zumindest Niamhs Ansicht nach. Universelle Energie. Manche würden es Magie nennen. Manche würden es Wissenschaft nennen. So oder so, es war Energie. Und wo es Energie gab, sollte es auch einen Weg geben, sie zu messen. Das eigentliche Problem, mit dem sie bereits konfrontiert war, war die Frage, welche Art von Energie genau sie erzeugen würde. Elektrische Energie? Wärme? Kinetische Energie? Sie fragte sich bereits, ob sie sich zu viel vorgenommen hatte.

Niamh zuckte zusammen, als ihr Handywecker klingelte. Sie hatte sich vor einiger Zeit angewöhnt, sich einen Wecker zu stellen, wenn sie irgendwo sein musste, weil sie sich sonst zu sehr in das vertiefte, mit dem sie gerade beschäftigt war. Jetzt rümpfte sie die Nase und seufzte, bevor sie nach dem Wecker griff, um ihn auszuschalten. Gracie und Kira hatten etwas Zeit mit ihr verlangt, und da Niamh sich bisher nicht die Mühe gemacht hatte, sich mit anderen zu treffen, seit sie zu Hause war, wusste sie, dass sie ihnen nicht länger aus dem Weg gehen konnte. Und das war, um ehrlich zu sein, *ihr* eigentliches Problem. Niamh war im Grunde ihres Herzens introvertiert, aber sobald sie jemand aus ihrer Höhle herausholte, in die sie sich verkrochen hatte, pflegte sie ihre sozialen Kontakte.

Heute hatte sie eine Verabredung für ein spätes Mittag-
essen im Pub, und sie sollte zumindest ein Deo auftragen. Sie
hatte sich die letzten Tage ein wenig gehenlassen, stellte
Niamh mit einem leisen Lachen fest, als sie ihre Hände an den
Leggins abwischte und den Schuppen abschloss. Zwanzig
Minuten später, nach einer schnellen Dusche, zog sich Niamh
ein Paar enge Jeans und einen kastanienbraunen Pullover mit
Kragen an. Sie band ihr Haar zu einem unordentlichen Dutt
zusammen, zog ihre verblichene Lederjacke an und verließ das
Haus, um in die Stadt zu gehen.

Der Tag war klirrend kalt, aber zum Glück regnete es
nicht. Als Niamh die bedrohlichen grauen Wolken betrachtete, die sich um den Hügelkamm hinter dem Dorf sammel-
ten, fragte sie sich, ob es vielleicht sogar Schnee geben würde.
Niamh schob sich durch die farbenfrohe Türe von Gallagher's
Pub und genoss den Hauch von Wärme, der von dem Feuer,
das fröhlich in der Ecke prasselte, ausging. Ein Barkeeper, den
Niamh nicht kannte, stand hinter der Theke, aber Niamh
hatte nicht einmal die Gelegenheit, sich vorzustellen, bevor
jemand ihren Namen von einem Tisch in der Ecke rief.

»Niamh! Wird aber auch langsam Zeit, dass du aus deiner
Höhle kommst.« Gracie winkte ihr mit strahlenden Augen
aus der Ecke zu. Die Frau war eine echte Schönheit und
sprühte geradezu vor Energie. *Wenn ich jemals einen Weg
finden werde, Magie zu messen, dann wird Gracie mit Sicherheit die Skala sprengen*, dachte Niamh. Kira, mit der lässigen
Ausstrahlung einer wirklich coolen Frau, besaß ebenfalls
Magie, aber auf eine viel subtilere Weise. Niamh fragte sich,
wie jemand Gracie treffen konnte, ohne sofort zu spüren, dass
sie anders war.

»Tut mir leid, tut mir leid. Ja, ich vergrabe mich aktuell
hinter meinen Büchern, wie ihr wisst.« Niamh zog ihre Jacke
aus und hängte sie an die Garderobe neben der Tür, bevor sie
den Raum durchquerte und sich auf einen Platz in der Sitz-

ecke fallen ließ. Es war die ruhigste Zeit des Tages, und nur ein paar andere Gäste saßen mit Teetassen an anderen Tischen.

»Meine Damen. Wie schön, euch alle zusammen zu sehen«, sagte Cait, die plötzlich neben ihrem Tisch stand. Ihre Wangen waren rosa von der Kälte und sie trug einen dicken Wollmantel.

»Arbeitest du gerade im Innenhof?«, fragte Niamh.

»Natürlich. Jemand muss die Arbeiter beaufsichtigen. Aber ich dachte, ich schaue mal vorbei und sage Hallo. Wir haben heute Guinness-Stew mit Kartoffelstampf im Angebot, falls ihr Lust auf ein richtiges Wohlfühlessen habt.«

»Klingt gut.« Kira nickte und die anderen beiden stimmten zu.

»Was möchtet ihr trinken? Tee? Etwas anderes?«

»Ich nehme Cider«, entschied Niamh. Die anderen beiden schlossen sich ihr an, und Cait war so schnell wieder weg, wie sie gekommen war.

»Man sollte meinen, sie würde mit der Zeit langsamer werden, aber nein«, sagte Gracie, bevor sie sich wieder Niamh zuwandte. »Du siehst gut aus.«

»Danke. Ich bin wirklich froh, zurück zu sein. Dublin ist toll, aber auch irgendwie anstrengend. Es ist laut und schmutzig und ... habe ich erwähnt, dass es laut ist?« Niamh lachte und schob sich eine verirrte Locke hinters Ohr. »Ich vermisse zwar meinen morgendlichen Kaffeeplatz, aber ich mag es auch wirklich hier zu sein.«

»Wie läuft's mit deinen Eltern? Geht ihr euch schon auf die Nerven oder gibt es keine Probleme?«, fragte Kira.

»Bisher gibt es keine Probleme. Sie haben mir ein cooles kleines Labor im Schuppen eingerichtet, und sie sind beide den ganzen Tag bei der Arbeit oder ich bin in meinem Labor. Ich kann mich wirklich nicht beschweren.«

»Erzähl uns von deinen Studien«, sagte Gracie.

»Nun, im Grunde versuche ich, die Energie zu messen,

die Magie erzeugt.« Niamh lächelte, als die beiden Frauen sie nur anstarrten. Cait kam mit ihren Cider-Gläsern zurück und stellte sie inmitten der schweigsamen Runde ab.

»Worüber redet ihr?«, fragte Cait.

»Niamh hat gerade gesagt, dass sie versucht, Magie zu messen. Auf eine wissenschaftliche Art und Weise.«

»Stimmt das? Wie willst du das anstellen?«

»Ich glaube, dass Magie, also außersinnliche Fähigkeiten, nur eine Art von universeller Energie ist. Und Energie kann man messen. Man hat sie in einigen Experimenten mit Photonen nachgebildet, aber ich würde gern einen einfacheren Weg finden, sie zu messen. Ich bin mir nur noch nicht sicher, wie.« Ein Anflug von Frustration durchfuhr Niamh und sie fragte sich, ob sie sich albern anhörte.

»Und was willst du damit beweisen?« Cait stemmte eine Hand in ihre Hüfte. »Ich dachte, du wolltest Psychologie studieren?«

»Das tue ich auch. Aber ich möchte Kindern mit Fähigkeiten wie den unseren helfen.« Niamh senkte ihre Stimme. »Allerdings gibt es nicht viele Beweise dafür, dass unsere Fähigkeiten real sind. Wenn ich sie also auf irgendeine Weise messen kann, könnte das dazu beitragen, das Stigma solcher Dinge etwas abzubauen.«

»Ah, jetzt verstehe ich. Kluges Mädchen.« Damit machte sich Cait aus dem Staub, um jemanden hinten im Pub anzuschreien.

»Das ist keine schlechte Idee. Ich frage mich nur, wie du das schaffen willst.« Kira schürzte ihre Lippen. »Wie würdest du es zum Beispiel messen, ob ich in der Lage bin, die Gedanken eines Tieres zu hören? Das scheint etwas so Ungreifbares zu sein.«

»Ich weiß.« Niamh stützte ihr Kinn in die Hand und seufzte. »Glaub mir. Das weiß ich. Deshalb denke ich, dass ich mit dem Einfachsten anfangen werde – Telekinese.«

»Das würde ich nicht unbedingt einfach nennen.« Gracie lachte.

»Nun, es ist auf jeden Fall einfacher zu messen oder zu erklären, als wenn du die Knochen eines Mannes wieder zusammenflickst, nicht wahr?« Niamh hob eine Augenbraue und sah zu Gracie, die ein weiteres erfreutes Lachen ausstieß.

»Da hast du recht. Ich wüsste gar nicht, wo ich anfangen sollte. Kannst du dir das vorstellen, Kira? Wenn ich in Niamhs Kurs auftauche und erkläre, wie ich die Krankheit mit meinen Händen aussauge und sie dann auf etwas richte, das sie aufnehmen kann – wie ein Stück Holz oder einen Stein – woraufhin der Stein dann explodiert? Ja ... das ist einfach nur verrückt.« Gracie klopfte sich auf die Knie und lachte noch einmal. »Das will ich mir gar nicht vorstellen.«

»Ich kann mir vorstellen, dass sie dich gleich in die Klapsmühle stecken würden«, stimmte Kira zu.

»Deshalb fange ich auch mit Telekinese an. Und, ehrlich gesagt, könnte ich auch damit aufhören, wenn ich damit Ergebnisse erziele. Ich will wirklich nur zeigen, dass diese Fähigkeiten messbare Energie erzeugen.« Niamh seufzte. »Vielleicht habe ich den falschen Weg gewählt, oder vielleicht bin ich einfach zu sehr involviert. Vielleicht hätte ich ein etwas traditionelleres, auf Psychologie basierendes Projekt wählen sollen. Ich weiß es nicht.«

»Es wird schon alles klappen. Du hast offensichtlich ein starkes Interesse an der Sache, und ich habe die Erfahrung gemacht, dass gute Dinge passieren, wenn man dem folgt, was das Herz einem sagt«, versprach Gracie. Sie warf ihr einen wissenden Blick zu, als Niamh von Mac abgelenkt wurde, der den Pub durch die Hintertür betrat. Er trug eine Cargohose, eine warme Jacke über einem karierten Hemd und hatte sich eine graue Strickmütze über die Haare gezogen.

»Apropos ...« Kira schnippte mit den Fingern vor

Niamhs Gesicht, die sofort den Kopf drehte, um sie anzusehen. »Du starrst.«

»Ach du meine Güte. Tue ich das?« Niamh seufzte und
rieb sich mit der Hand über das Gesicht.

»Also, erzähl uns alles«, sagte Gracie neugierig.

»Da gibt es nichts zu erzählen.« Niamh lächelte, als die
neue Bedienung ihr Essen auf den Tisch stellte.

»Das ist eine Lüge. Komm schon, Niamh. Wir sind doch
unter uns. Du kannst nichts vor uns verbergen. Das solltest du
auch nicht. Wir halten dir immer den Rücken frei, schon
vergessen?«, fragte Gracie, während sie einen Löffel in ihren
Eintopf tauchte und pustete.

»Außerdem haben wir die Artikel gelesen. Es ist ja nicht
so, dass wir hier unten von der Welt abgeschnitten sind.«

Tatsächlich hatte Niamh selbst auch die Klatschseiten
gecheckt. Das Bild von Mac mit den Kindern vom Hafen in
der letzten Nacht hatte es in die Nachrichten geschafft, was
bedeutete, dass es nur eine Frage der Zeit war, bis die Reporter
sich auf den Weg nach Grace's Cove machten.

»Wir sind einfach nur Freunde, das ist alles«, sagte Niamh
und trank einen Schluck von ihrem frischen Cider.

»Das sieht für mich aber anders aus«, murmelte Kira, als
Macs Blick auf ihrem Tisch landete und ein breites Lächeln
sein Gesicht erhellte, als er zu ihnen herüberkam, um sie zu
begrüßen.

»Niamh! Wie geht es dir? Ist das Labor schon eingerichtet?«, fragte Mac und blieb an ihrem Tisch stehen, um den
anderen Frauen zuzunicken.

»Es geht mir gut, Mac. Das sind Gracie und Kira, sie sind
praktisch meine zweite Familie.«

»Es ist schön, euch beide kennenzulernen.«

»Wie geht es mit dem Umbau draußen voran?« Niamh
musterte ihn. »Du siehst aus wie ein richtiger Handwerker.
Jetzt fehlt dir nur noch ein Werkzeuggürtel.«

»Ich habe sogar einen«, erwiderte Mac lachend, als er seinen Mantel öffnete und den Werkzeuggürtel zeigte, der eng um seine Hüften hing. »Es läuft gut. Sicher, ich muss noch einiges lernen, aber es gefällt mir.«

»Ist das dein neuer Traumjob?« Niamh zog eine Augenbraue hoch und sah ihn an.

»Man kann nie wissen. Es ist gut, sich auch anderweitig auszuprobieren.« Mac warf einen Blick zurück zu Cait, die an der Hintertür stand. »Ich mache besser weiter, bevor mich die kleine Tyrannin feuert. Du schuldest mir noch ein Pint.«

»Na klar«, sagte Niamh und stieß einen kleinen Luftstoß aus, nachdem er vom Tisch verschwunden war.

»Alsooo ...« Gracie zog das Wort in die Länge und warf Niamh einen wissenden Blick zu.

»Du solltest mit ihm ins Bett gehen«, sagte Kira und nahm einen Löffel von ihrem Kartoffelstampf.

»Ja«, stimmte Gracie zu. »Du musst mit ihm vögeln.«

»Das muss ich nicht!« Niamh sah die beiden Frauen mit großen Augen an. »Ich werde nichts dergleichen tun.«

»Und warum nicht? Er hat ausgesehen wie ein großer Golden Retriever Welpe, der sich freut, sein Frauchen zu sehen. Der Mann hat alles gemacht, außer sich an deinem Bein zu reiben«, sagte Gracie.

»Das stimmt nicht. Er wollte nur freundlich sein. Wir sind Freunde. Und dabei bleibt es«, beharrte Niamh.

»Das ist eine Schande«, sagte Kira und schüttelte traurig den Kopf. »Sogar ich würde ihn nicht von der Bettkante stoßen.«

»Das würde ich auch nicht. Könnte es sein, dass Niamhs Sehkraft nachlässt?«, fragte Gracie.

»Ihr seid beide vergeben. Und zwar an zwei sehr gut aussehende Männer, wenn ich das hinzufügen darf?«, brummte Niamh.

»Was ist denn das Problem, Niamh?«, fragte Kira.

»Es ist ... na ja, ich möchte nicht das Leben leben, das er führt. Jede seiner Bewegungen wird genau überwacht. Reporter springen aus dem Gebüsch, um Fotos von ihm zu machen. Jeder will ein Stück von ihm.«

»Du solltest auch ein Stück von ihm wollen ...« Gracie lächelte. »Das beste Stück.«

»Aber ... versteht ihr es denn nicht? Ich möchte mein Leben nicht in der Öffentlichkeit führen. Was, wenn ...« Niamh hob die Hände und schaute sie beide mit großen Augen an. »Ihr wisst schon.«

»Ah, deine Gabe. Das könnte ein Problem werden, nicht wahr? Du willst nicht, dass es öffentlich gemacht wird, oder?«, murmelte Gracie.

»Aber es gibt doch sicher einen Weg, das zu umgehen«, argumentierte Kira.

»Ich könnte seinem Ruf oder seiner Karriere schaden«, sagte Niamh.

»Ich weiß nicht. Er scheint selbst genug Schaden anzurichten. Wenn er mit einer Frau sesshaft werden würde, wäre er für die Reporter vielleicht nicht mehr so interessant. Die sind doch eigentlich nur hinter Skandalen her, oder nicht?«, fragte Kira.

»Das ist wahr«, sagte Gracie. »Dann kehre ich zu meiner ursprünglichen Meinung zurück. Geh mit ihm ins Bett.«

KAPITEL FÜNFZEHN

S o, Jungs, das reicht für heute. Geht und trinkt ein Bier«,
»S rief Michael, der Vorarbeiter, den drei Männern zu, die
gerade dabei waren, den Außenbereich von Gallagher's Pub
umzugestalten. Mac empfand die Arbeit als äußerst anregend
und als kleine Ablenkung von allem, was aktuell vor sich ging.
Die ganze Woche über war er jeden Morgen früh aufgestan-
den, war Laufen gewesen und hatte Gewichte gestemmt,
bevor er pünktlich auf der Baustelle erschienen war. Er fand
Gefallen an der Arbeit mit seinen Händen und genoss es, eine
neue Fähigkeit zu erlernen. Die anderen Männer waren nach-
sichtig mit ihm, denn was ihm an Wissen fehlte, machte er
durch seinen Enthusiasmus wieder wett. Als sie merkten, dass
er tatsächlich mit ihnen zusammenarbeiten wollte, hatten sie
ihn willkommen geheißen, und jetzt fühlte er sich wie einer
der Jungs. Es war ein schönes Gefühl, ähnlich wie wenn er mit
seinem Team trainierte. Langsam erkannte Mac den Charme
von Grace's Cove und fühlte sich hier immer wohler.

Er hatte noch keinen Ausflug zu dieser berüchtigten
Bucht unternommen, vor der er gewarnt worden war, aber da
er das Wochenende freihatte, hoffte er, Niamh zu einem Pint

mit ihm überreden zu können, und vielleicht würde sie ihn dann zur Bucht bringen. Es sei denn, sie musste das ganze Wochenende arbeiten. Bis jetzt hatte er sein Bestes getan, um ihr den gewünschten Freiraum zu geben. Doch Niamh schlich sich immer wieder in seine Träume und quälte ihn jede Nacht. Wenn er morgens aufwachte, sehnte er sich nach ihr, und seine Frustration darüber, dass sie nur mit ihm befreundet sein wollte, wuchs mit jedem Tag.

Ihr Kuss ... nun, für jemanden, der in seinem Leben schon viele Frauen geküsst hatte, war er wie kein anderer gewesen. Ihr Geschmack auf seinen Lippen hatte ihn elektrisiert und er hatte in dieser Nacht kaum geschlafen, so aufgedreht war er danach gewesen. Wenn ein einziger Kuss ihn so umhauen konnte – wie würde es sich dann anfühlen, mit ihr zu schlafen? Mac wusste nur, dass er sich nach jeder Minute mit Niamh sehnte, die er bekommen würde.

»Wie lief es denn heute?« Mr. Murphy, ein alter Mann und seit dem Tod seiner Frau Stammgast in Gallagher's Pub, nickte Mac zu, als er vom Hof hereinkam. Mac setzte sich auf den Hocker neben Mr. Murphy, auf den der Mann gezeigt hatte, und wartete geduldig, während Cait automatisch begann, ein Guinness für ihn zu zapfen.

»Ich denke, wir haben heute einige echte Fortschritte gemacht, Mr. Murphy. Ich kann mir nicht vorstellen, dass es noch lange dauern wird, bis das Projekt abgeschlossen ist.«

»Ich bin sehr froh, das zu hören«, rief Cait ihnen zu. »Bei all dem Hämmern und Sägen den ganzen Tag ...«

»Ich habe gehört, dass es Dinger gibt, die man geräuschunterdrückende Kopfhörer nennt ...«, sagte Mac und erntete dafür einen finsteren Blick von Cait.

»Oha, du bist noch nicht lange hier und scherzt schon mit Cait. Das gefällt ihr, weißt du. Sie wird es dir natürlich nicht sagen, aber sie mag es, wenn man ein bisschen frech ist.«

Mac betrachtete Mr. Murphy, der so friedlich wie ein Lamm war, und lächelte.

»Ich werde mein Bestes tun, um sie ab und zu ein wenig zu necken.« Mac nickte in Richtung des Fotos an der Wand hinter der Bar. Es war ein Schwarz-Weiß-Bild und zeigte einen lachenden Mr. Murphy, der über das ganze Gesicht strahlte. »Das ist ein sehr schönes Porträt von Ihnen.«

»Mir gefällt es auch. Normalerweise mag ich es nicht, wenn man mich fotografiert, aber Kira hat das gut hinbekommen. Ich hoffe wirklich, dass die Leute mich so sehen.« In Mr. Murphys Worten lag eine Sehnsucht, die Macs verletzlichste Stellen ansprach. Er dachte daran, wie oft er im Laufe der Jahre schon fotografiert worden war. Aber noch nie so. Mac sah sich das Bild noch einmal an. Er stimmte Mr. Murphy zu – wäre es nicht schön, so gesehen zu werden und nicht wie ein Frauenheld, der seinem Kumpel das Mädchen stiehlt?

»Sie sind eine wahre Freude für mein müdes Herz«, sagte Cait, als sie an ihrem Ende der Bar zwei Pints auf die Theke stellte. »Außer wenn Sie sich über ein Spiel beschweren. Das kann durchaus nervig sein.«

»Bitte nicht vor dem Jungen, Cait. Ich will seine Gefühle nicht verletzen.« Mr. Murphys Wangen färbten sich rosa.

»Ach, das ist kein Problem. Ich habe schon das Schlimmste gehört.« Mac lachte und nahm Cait das Pint ab, das sie ihm hinhielt. »Ich bin es gewohnt, dass sich die Leute über unsere Spiele beschweren. Das tue ich auch, wenn ich zuschaue.«

»Siehst du, Cait? Mac kann damit umgehen.«

»Daran zweifle ich nicht. Er hat sich als fähiger erwiesen, als gedacht. Ist in deinem Haus alles in Ordnung, Mac?« Wie automatisch griff Cait nach einem Handtuch und begann, die Flaschen hinter der Theke abzuwischen, während sie sich im Raum umsah. Es war Nachmittag, und die Kundschaft war nicht mehr so zahlreich, sodass sie Zeit für ein Schwätzchen hatte.

»Es ist ein sehr schönes Haus. Es sind dieselben Bauleute, die auch an meinem Zentrum arbeiten«, sagte Mr. Murphy und gestikulierte wild umher. Macs Hand war bereits ausgestreckt und fing das Glas des Mannes ab, bevor es umkippte. »Ach du meine Güte. Das war ein guter Fang, Mac. Ich sollte nicht mit den Händen reden, wenn ich einen so guten Tropfen vor mir habe.«

Cait beäugte Mac neugierig, und ein seltsames Gefühl überkam ihn. Es war, als würde man in ihm herumstochern oder ihn ausfragen. Er war sich nicht sicher, ob ihm das gefiel. Als er ihren Blick erwiderte, gab er ihr einen kleinen mentalen Schubs und sah, wie sich ihre Augen weiteten, bevor sie den Blick abwandte.

»Haben wir das nicht schon besprochen, Mr. Murphy? Sie werden zu aufgeregt, wenn Sie gestikulieren. Gut, dass Sie einen Mann mit guten Reflexen neben sich sitzen haben.«

»Diese Reflexe müssen der Grund dafür sein, dass du auch auf dem Spielfeld so gut bist, oder? Das letzte Spiel war wirklich toll, nicht wahr?«, fragte Mr. Murphy.

»Das war es.« Mac nahm einen kräftigen Schluck von seinem Guinness, während seine Gedanken umherwirbelten. Was war hier eigentlich los? Irgendetwas an Cait war anders, und er war sich nicht sicher, was es war. Er hatte selten eine solche körperliche Manifestation des Andersseins gespürt, und doch war es, als könne er spüren, wie Cait seinen Geist mit ihren Händen massierte. Es war seltsam, zutiefst beunruhigend, und er brauchte dringend Antworten. Aber da sie offenbar nicht ansprechen wollte, was sie in Mac gesehen hatte, als er Mr. Murphys Drink gefangen hatte, nahm Mac an, dass er ihr die gleiche Höflichkeit erweisen sollte.

»Du wirst für die nächste Saison gut in Form sein, wenn du weiter auf dem Bau arbeitest. Es ist ein anspruchsvoller Job.

Aber auch eine gute, ehrliche Arbeit«, fuhr Mr. Murphy fort, und Mac richtete seine Gedanken wieder auf das Gespräch.

»Ja, die Arbeit gefällt mir. Aber ... erzählen Sie mir doch mehr über Ihr Zentrum. Was hat es damit auf sich?«

»Oh, richtig, das weißt du natürlich nicht. Ich lasse mein Haus in eine Art Gemeindezentrum umbauen. Ein Ort, an dem ältere Menschen Karten spielen oder eine Fertigkeit erlernen können, aber an dem auch einige Möglichkeiten für die Jugend bestehen. Dahinter gibt es einen großen Garten, in dem wir einen Bereich für Spiele und Ähnliches einrichten können. Außerdem gibt es uns alten Hasen Energie, wenn wir Zeit mit Kindern verbringen und ihnen helfen können. Ich denke, es ist eine Win-win-Situation.«

»Das ist eine großartige Idee, Mr. Murphy. Alle sind ganz begeistert davon«, sagte Cait, während sie eine Flasche gegen das Licht hielt und sie abwischte.

»Du solltest es dir mal ansehen«, sagte Mr. Murphy zu Mac.

»Das würde ich sehr gern. Haben Sie vor, den Kindern Rugby beizubringen?«, fragte Mac.

»Vielleicht. Wenn du daran interessiert bist, ein oder zwei Trainingseinheiten anzubieten, bin ich sicher, dass jeder Junge zwischen fünf und fünfzig Jahren dabei sein würde.« Mr. Murphy lachte und klopfte auf die Theke.

»Und auch mehr als ein paar Frauen«, murmelte Cait.

»Habe ich das richtig gehört, dass es dir nicht erlaubt ist, dich mit den Frauen hier zu verabreden?«, fragte Mr. Murphy.

»Ah ...«, sagte Mac. Wo hatte Mr. Murphy das nur her? Offensichtlich hatte Niamh nicht unrecht damit, dass diese Stadt voller Klatschtanten war.

»Ist das wahr? Ich glaube, ich weiß bereits, wer dir dieses Verbot erteilt hat ...« Cait warf Mac einen wissenden Blick zu, der ihn dazu brachte, nervös auf seinem Hocker hin und her zu rutschen.

»Seid ihr, du und die süße Niamh, also ein Paar?«, fragte Mr. Murphy und Macs Augen weiteten sich. Er hob die Hand, um Mr. Murphy davon abzuhalten, diesen Weg einzuschlagen, bevor überall in Grace's Cove bekannt wurde, dass er für Niamh schwärmte.

Das tat er natürlich. Aber Mac wollte nicht, dass der ganze Ort Bescheid wusste.

»Niamh und ich sind Freunde. Aber weil sie mir aus der schwierigen Situation in Dublin herausgeholfen hat, hatte sie ein paar Auflagen für mich, die meinen Aufenthalt hier betreffen.«

»Sie hat dir gesagt, dass wir ein Haufen Klatschtanten sind, nicht wahr?« Cait lehnte sich an die Theke und lachte.

»Sie könnte etwas in dieser Richtung erwähnt haben, aber ich bin mir nicht sicher«, stimmte Mac taktvoll zu.

»Da hat sie nicht unrecht. Das sind wir wirklich. Aber wir halten auch allen den Rücken frei. Es ist also ein zweischneidiges Schwert, nehme ich an.« Cait zuckte mit den Schultern.

»Hast du wirklich die Frau deines Freundes geküsst?« Mr. Murphys Stimme war ernst und Mac wollte auf keinen Fall, dass Mr. Murphy schlecht über ihn dachte.

»Das habe ich nicht. Na ja, es hat einen Kuss gegeben, wie man auf den Fotos sehen kann.« Mac seufzte und trank einen Schluck von seinem Bier. »Aber sie hat mich überrumpelt. Sie war wütend auf Fintan und wollte ihn eifersüchtig machen. Ich war nur zufällig die beste Waffe.«

»Nun, das ist wirklich bedauerlich. Hast du schon mit ihm darüber gesprochen?«, fragte Mr. Murphy.

»Das habe ich. Ich bin sofort zu ihm gegangen und habe ihm erzählt, was passiert ist, bevor es in den Nachrichten auftauchen konnte.«

»Guter Junge. So etwas muss man sofort ansprechen. Hat er es gut aufgenommen oder eher nicht?«, fragte Mr. Murphy.

»In dem Moment eher nicht besonders gut, aber er hatte schon einige Pints intus. Wir haben seitdem ein paar Mal hin und her geschrieben, und er scheint mittlerweile in einer besseren Verfassung zu sein. Ich weiß nicht, wie es mit seiner Beziehung zu Kristie weitergehen wird, aber das ist nicht mein Problem, es sei denn, sie benutzt mich wieder für ihre Zwecke.«

»Das muss hart sein«, sagte Mr. Murphy, und in seinen Augen leuchtete Mitgefühl auf. »Du wurdest vollkommen falsch dargestellt. Das ist unfair. Und wahrscheinlich kannst du so viel protestieren, wie du willst, aber diese Reporter drucken einfach die beste Geschichte, nicht wahr?«

»Das tun sie.« Mac war seltsam berührt von Mr. Murphys sofortiger Unterstützung.

»Niamh hat dir also gesagt, dass du hier nicht mit Frauen ausgehen sollst. Tut sie das, weil sie dich für sich haben will oder weil sie deinen Ruf schützen und sicherstellen will, dass du nicht noch mehr Ärger bekommst?« Mr. Murphy tippte nachdenklich mit dem Finger an seine Lippen, während Mac den alten Mann mit offenem Mund anstarrte.

»Das ... Das kann ich wirklich nicht sagen, Mr. Murphy.« Vor allem wollte er nicht sagen, was er hoffte, nein, das wollte er ganz sicher nicht. Denn wenn er auch nur andeutete, dass er sich für Niamh interessierte, schien es, als würde der ganze Ort sie unter die Lupe nehmen.

»Sie ist ein hübsches Mädchen, nicht wahr?«, fragte Mr. Murphy.

»Sie ist sehr nett. Niamh war mir eine sehr gute Freundin. Ihre Eltern sind auch sehr nett. Na ja, zumindest nachdem ihr Vater und ich ein paar Dinge geklärt hatten.«

»Ich habe gehört, dass er dir einen ordentlichen Schlag verpasst hat.« Mr. Murphy winkte ihm mit seinem Bier zu.

»Patrick hat einen fiesen rechten Haken, nicht wahr?«
Cait lachte und wischte die letzten Flaschen auf dem Regal vor
ihr ab. »Nicht die freundlichste Begrüßung, aber ich kann
verstehen, warum er es getan hat.«

»Ich kann es ihm nicht im Geringsten verübeln«, antwortete Mac lachend. »Ich hätte wahrscheinlich dasselbe getan,
wenn ich nur die Informationen aus den Nachrichten gehört
hätte.«

»Nun, es ist schön, dass du die Dinge geregelt hast. Ich
habe gehört, dass du anschließend zum Abendessen geblieben
bist?«, fragte Cait.

»Ja, Mrs. Kearney war so freundlich, mich einzuladen. Sie
hat gesagt, ich kann gern vorbeikommen, wenn sie kocht. Sie
will nicht, dass ich mich einsam fühle, wenn ich allein im
Haus bin.« Mac zuckte mit einer Schulter und trank sein Bier
aus. »Ich schätze, sie weiß nicht, dass ich es gewohnt bin,
allein zu sein.«

»Jetzt musst du nicht mehr allein sein, wenn du es nicht
mehr sein willst. Jetzt hast du uns.« Mr. Murphy sah ihm in
die Augen und hob dann sein Kinn zu Cait, die zustimmend
nickte. Diese wahren Worte jagten Mac einen warmen Schauer
über den Rücken, und er spürte, wie es ihm unerwartet die
Kehle zuschnürte. Er schluckte schnell und setzte ein Lächeln
auf.

»Ich hatte es bereits im Gefühl, dass ich Grace's Cove
mögen würde. Danke, dass ihr mir das Gefühl gegeben habt,
hier willkommen zu sein.«

»Möchtest du noch ein Pint, Mac?« Cait hielt sein leeres
Glas hoch.

»Nein, danke. Ich muss heute noch ein bisschen Papier-
kram erledigen.«

»Später gibt es hier Live-Musik – eine Band aus Dublin.
Du solltest zurückkommen, um hier zu Abend zu essen, bevor
es losgeht.« Es war mehr ein Befehl als eine Einladung.

»Ja, Ma'am.«

NACHDEM MAC GEGANGEN WAR, wandte sich Cait an Mr. Murphy.

»Er ist auf der Suche nach einem Zuhause«, sagte Mr. Murphy.

»Ja, das ist er. Und ... nach noch etwas anderem«, erwiderte Cait lächelnd. Sie bückte sich, holte ein Lederbuch hervor und legte es auf den Tresen der Bar. »Hiermit nehme ich Wetten über Niamh und Mac an.«

»Nun, wir können nicht sicher sein, dass der Junge sie mag.« Mr. Murphy zupfte am Rand seiner Mütze. »Er behauptet, sie seien nur Freunde.«

»Wann ist ein Mann das letzte Mal einer Frau quer durchs Land gefolgt, um Zeit in ihrer Heimatstadt zu verbringen, und wollte einfach nur befreundet sein?«

»Okay, das ist ein guter Punkt. Ich bin mit zwanzig Euro dabei ...« Mr. Murphy griff nach seiner Brieftasche.

KAPITEL SECHZEHN

M ac schlenderte den Hügel, auf dem sein Haus stand, hinab, der Wind bohrte sich in seine Schultern und die Lichter von Grace's Cove glitzerten wie kleine Glühwürm-chen, die die dunklen Hügel beleuchteten. Die Kälte machte ihm nichts aus, denn meistens verlieh sie ihm Energie. Heute war einer dieser Abende, und bei dem Gedanken an eine Live-Band durchfuhr ihn ein leichtes Summen der Vorfreude.

Zumindest redete er sich das ein.

Er hatte Niamh eine Nachricht geschickt, in der er sie bat, heute Abend mit ihm ein Pint zu trinken und der Musik zu lauschen. Am liebsten hätte Mac sie angerufen und sie als sein Date eingeladen, aber er tat sein Bestes, um ihre Laborzeit nicht zu stören, also hatte er ihr stattdessen nur geschrieben. Wie sich herausstellte, war sie bereits mit den beiden Frauen verabredet, die er neulich im Pub getroffen hatte. Mac vermu-tete, dass es in dieser Stadt, in der ein Pub der Treffpunkt für alle war, schwierig war, auf ein Date zu gehen und dass man hier seinem Schwarm ohnehin irgendwann über den Weg laufen würde.

Er konnte bereits das Stimmengewirr und Gelächter hören, als die Tür von Gallagher's Pub aufschwang. Es war schön, zu wissen, dass er nicht an einer Warteschlange vorbeilaufen oder auf einer VIP-Liste stehen musste, um durch die Tür zu kommen, stellte Mac fest. Stattdessen wusste er, dass er einfach hineingehen und ein paar freundlichen Gesichtern begegnen konnte, die er in der letzten Woche kennengelernt hatte. Langsam begann sich ihm der Reiz von Kleinstädten zu erschließen. Mac hielt einer älteren Frau, die aus der Kneipe wankte, die Tür auf und nickte ihr höflich zu, als sie zu ihm hochlächelte.

»Das ist ein äußerst strammer Bursche, Sarah. Du könntest dich an ihn ranmachen.«

»Du weißt doch, dass ich verlobt bin, Nan.« Eine hübsche junge Frau schenkte Mac ein entschuldigendes Lächeln, hakte sich bei ihrer Nan unter und zog sie fast die Straße hinunter.

»Das heißt, du bist noch nicht verheiratet, oder?« Nan drehte sich um und warf Mac einen Luftkuss zu, woraufhin dieser den Kopf zurückwarf und lachte. Vorbei waren die Zeiten, in denen ihm Supermodels in den Schoß fielen. Er bevorzugte diese Art von freundschaftlichem Flirt.

Mac betrat den Pub und schaute sich um. Er lächelte, als Mr. Murphy ihm von der Bar aus zuwinkte. Niamh sah er noch nicht, also ging er durch den Pub und nickte einigen Leuten, die ihn ansprachen, zu. *Kein Wunder, dass Cait mehr Platz braucht*, dachte Mac, als er an dem leeren Hocker neben Mr. Murphy stehen blieb. Der Pub war voll, es gab fast nur noch Stehplätze, aber das schien niemanden zu stören. Alle, vom Baby bis zur Großmutter, saßen dicht gedrängt auf den Bänken und Tischen an der Seite, während eine Gruppe von Jungs über Football diskutierte.

»Ich habe dir einen Platz reserviert, weil ich wusste, dass heute Abend viel los sein würde. Diese Band ist sehr beliebt.«

Mr. Murphy zupfte an seiner Mütze, und sein Lächeln ließ sein ganzes Gesicht faltig werden.

»Dann kann ich mich ja glücklich schätzen, Sie als Freund zu haben. Es gibt nur noch Stehplätze, wie es scheint.« Mac zog seinen Mantel aus und warf ihn über die Lehne seines Hockers, bevor er sich setzte. Er nickte Cait zu, die auf den Guinness-Zapfhahn zeigte und sich dann wieder den Gästen des Pubs zuwandte.

»Das wird die ganze Nacht so sein. Aber das stört niemanden. Ich finde, Cait hat ihr Bestes getan, um den Platz hier perfekt auszunutzen, aber ich weiß, dass der Innenhof eine willkommene Ergänzung sein wird. Im Sommer wird er bereits gut genutzt. Aber ihn winterfest zu machen, ist ein kluger Schachzug.«

»Es wird nicht mehr lange dauern, bis wir fertig sind. Es wird auf jeden Fall mehr Platz für die Leute geben, um sich dort frei zu bewegen.«

»Was hast du vor, wenn das erledigt ist? Ich nehme an, du fährst zurück nach Dublin? Du musst vermutlich zurück zum Training, oder?« Mr. Murphy nahm das Pint an, das Cait ihm reichte.

»Wie geht's dir, Mac? Alles gut?«

»Ja, bei mir ist alles gut, danke.«

»Möchtest du heute Abend noch etwas essen oder nur trinken?«

»Mir reicht Bier. Ich habe mir zu Hause eine Tiefkühl-pizza aufgewärmt.« Mac grinste über den bösen Blick von Cait und hob sein Bier zum Anstoßen, als sie davonrauschte.

»Gegen eine Tiefkühlpizza ist nichts einzuwenden«, sagte Mr. Murphy. »Ich habe Cait schon vorgeschlagen, Pizza für spätabends anzubieten, aber sie hat nur gesagt, ich solle mir die Pizza sonst wohin stecken.«

»Kann man hier spätabends denn überhaupt irgendwo etwas essen? Ich hatte den Eindruck, dass nach Einbruch der

Dunkelheit alles geschlossen wird.« Mac nippte an seinem Guinness, genoss das cremige Stout und entspannte sich ein wenig.

»Ja, um die Ecke gibt es eine Frittenbude, in der man bis spät in die Nacht etwas essen kann. Ansonsten gibt es jedoch nichts. Immerhin öffnet die Bäckerei sehr früh. Dort können die Fischer auf dem Weg zum Hafen ein oder zwei Pasteten essen.«

»Ah, da ist ja die Band.« Mac nickte in Richtung eines Mannes, der mit einer Gitarre hereinkam.

»Und da ist Niamh.« Bevor Mac sich umdrehen konnte, rief Mr. Murphy sie bereits zu sich.

Mac schluckte gegen das trockene Gefühl in seiner Kehle an. Sie sah ... wundervoll aus, dachte er. Die Art und Weise, wie sie sich kleidete, war etwas ganz Besonderes. Es war, als ob sie die Kleidung, die sie trug, wirklich liebte, wodurch sie alle Blicke im Raum auf sich lenkte. Es handelte sich nicht immer um die neuste Mode, zumindest hatte Mac bisher keine Markenlogos auf ihrer Kleidung sehen können. Es war eher die Art, *wie* sie sich kleidete.

Niamh trug ein langärmeliges Samtkleid in tiefem Smaragdgrün mit kleinen Fransen an den Armen und am Saum, das auf halber Höhe der Oberschenkel und kurz über ihren Lackstiefeln endete. Die Stiefel ... sie brachten Macs Puls zum Rasen, als er daran dachte, mit seiner Hand über das glänzende Leder bis zur weichen Haut der Innenseite ihres Oberschenkels zu streichen. Er trank schnell noch einen Schluck von seinem Guinness und wandte seinen Blick ab, um sie nicht zu lange anzustarren.

»Hi.« Niamh drückte Mr. Murphy zwei laute Küsse auf die Wangen. Ihr Haar war zerzaust und stand wild von ihrem Kopf ab. Am liebsten hätte Mac seine Hände darin vergraben und sie für einen leidenschaftlichen Kuss an sich gezogen.

»Was für ein reizendes Mädchen.« Mr. Murphy drehte sich um und hob einen Finger zu Cait. »Möchtest du Cider?«

»Ich denke, für den Anfang nehme ich einen Whiskey. Green Spot bitte.« Niamh lächelte zu Mac hinauf und raubte ihm für einen Moment den Atem.

»Du siehst gut aus«, sagte Niamh, und Mac blickte auf sein heidegraues Longsleeve und die dunkle Jeanshose.

»Danke. Das waren die einzigen sauberen Sachen, die ich noch hatte.« Mac lächelte. »Aber du siehst wirklich umwerfend aus. Wirklich, Niamh. Einfach nur ... wow.«

»Danke, das ist ein schönes Kompliment. Ich liebe dieses Kleid und hatte noch nicht oft Gelegenheit, es zu tragen. Aber da hier heute sogar eine Band spielt, dachte ich, warum eigentlich nicht? Ich habe gehört, dass sie sich in Dublin bereits einen Namen gemacht haben, also wird es heute Abend ziemlich voll werden.«

»Du kannst meinen Platz haben«, sagte Mac, stand auf und wies auf seinen Hocker.

»Danke.« Niamh rutschte auf den Stuhl und schlug die Beine übereinander, sodass Mac seine Entscheidung sofort bereute, als ein blasser Schenkel über den Stiefeln aufblitzte.

Diese Stiefel würden ihn sicher noch eine Weile in seinen Träumen verfolgen.

Als er seinen Blick abwandte, bemerkte er ein Funkeln in Mr. Murphys Augen und schüttelte nur leicht den Kopf, um den alten Mann von seinen Gedanken abzubringen.

»Oh, da sind Gracie und Kira. Mit Brogan und Dylan.« Niamh winkte ihnen zu und drehte sich um, um Mac anzusehen. »Du wirst ihre Partner mögen. Dylan ist ein knallharter Geschäftsmann und Brogan hat gerade ein Naturzentrum oben in den Hügeln bei der Bucht eröffnet. Sie sind grundverschieden, aber sie verstehen sich, als würden sie sich schon ewig kennen.«

Mac lächelte, als sich alle vorstellten, und versuchte, die

Männer einzuschätzen. Beide schienen unkompliziert und sympathisch zu sein, und bald hatte die Gruppe so viele Hocker besetzt, dass sie die kleine Ecke der Bar für sich allein hatten.

»Vermisst du das Stadtleben?«, fragte Dylan und beugte sich vor, damit Mac ihn hören konnte, während die Band ihre Instrumente stimmte.

»Im Moment nicht, nein. Ich bin noch nicht lange genug hier, um es zu vermissen, denke ich. Dieser Ort hat einen unglaublichen Charme, das kann ich nicht abstreiten.«

»Dann sei vorsichtig. Grace's Cove hat die Angewohnheit, sich in einem zu verbeißen. Je länger man bleibt, desto schwerer fällt es einem, wieder zu gehen.« Was wie eine Warnung klingen sollte, machte Mac neugierig. Wäre es nicht schön, einen Ort zu haben, den er sein Zuhause nennen konnte? Er ging nicht gern dorthin zurück, wo er aufgewachsen war, denn sein Vater interessierte sich immer noch nicht für ihn, es sei denn, er gab ihm Geld, und der Rest der Stadt schien nicht mehr zu wissen, wie er mit ihm sprechen sollte. Der Ruhm hatte ihn von den dortigen Arbeiterfamilien abgehoben, und anstatt sich zu Hause willkommen zu fühlen, fühlte er sich einfach nur wie ein Außenseiter. Vielleicht war es ein Problem, das er selbst erschaffen hatte, denn er hatte jede freie Minute damit verbracht, seinen Weg raus zu finden. Wenn er Grace's Cove noch einmal besuchte, würde er dann endlich in der Lage sein, sein Zuhause in einem anderen Licht zu sehen?

»Irgendwann muss ich zum Training zurückkehren. Aber im Moment ... ist es ein schöner Platz, um Pause zu machen.«

»Ich habe gehört, dass du jetzt im Baugewerbe tätig bist. Ich habe ein paar Teams, die Leute einstellen ...« Dylan lachte, als Gracie ihm auf den Arm schlug.

»Der Mann ist ein Profisportler. Er wird ganz sicher nicht

für eines deiner Teams arbeiten.« Gracie verdrehte die Augen. »Ich schwöre euch, dieser Mann arbeitet immer.«

»Es war nur ein Angebot, meine Liebe. Für den Fall, dass er sich beruflich verändern möchte.« Dylan drückte Gracie einen Kuss auf den Kopf. Ihre ungezwungene Intimität ließ Macs Herz höherschlagen. Hatte er sich jemals zuvor so wohl mit einer Partnerin gefühlt?

»Zumindest nicht, bevor er im Zentrum ein paar Rugby-Trainingseinheiten gegeben hat, Dylan. Lass meinen Jungen in Ruhe. Ich habe ihn zuerst entdeckt.« Mr. Murphy hob drohend die Faust und Dylan streckte beide Hände in die Luft und tat so, als hätte er Angst.

»Wirst du das tun?« Niamh drehte sich zu ihm um und ihre stürmischen Augen leuchteten interessiert. »Die Kinder unterrichten, meine ich? Ist das etwas, das du tun willst?«

»Na ja ... eigentlich schon, ja. Das ist etwas, das ich gern tun würde. Ich habe nur noch nicht herausgefunden, wie das aussehen soll.« Mac zuckte angesichts der Überraschung in ihrem Gesicht die Schultern. »Zuerst muss ich noch einige Dinge überdenken.«

»Was gibt es da zu überdenken? Komm einfach runter ins Zentrum. Trainiere mit ihnen. Das ist keine große Sache.« Mr. Murphy zuckte mit den Schultern und Mac grinste. Vielleicht war es tatsächlich so einfach. Zumindest für den Anfang. Nicht alles musste professionell und in großem Stil durchgeführt werden.

»Hier regnet es fast jeden Tag in Strömen. Wo soll er die Kinder denn trainieren?«, fragte Gracie.

»Das ist ein gutes Argument. Nun, dann muss es eben an einem Tag sein, an dem gutes Wetter ist. Die Nachricht muss einfach nur verbreitet werden. Dann werden die Leute schon kommen, das verspreche ich«, sagte Mr. Murphy. »Es muss keine große Sache sein.«

In diesem Moment begann die Band ihr erstes Lied zu

spielen, und die Musik übertönte jede Unterhaltung. Mac lehnte sich entspannt an die Bar, froh, dass er nicht weiter darüber diskutieren musste, eines Tages selbst Kinder zu trainieren. Es schien, als würde er mit jedem Moment, den er in der Nähe von Niamh und ihren Freunden verbrachte, mehr von seiner Abwehrhaltung ablegen und Dinge von sich preisgeben, die er noch nicht bereit war, mit der Welt zu teilen. Es war nicht nur der Ruhm, der ihn vorsichtig werden ließ, sich mehr zu öffnen.

Er hatte sich immer verstecken müssen – um sich zu schützen – vor dem, was andere Leute von ihm denken könnten. Vor dem, was er tun konnte. Sein Blick huschte zu Niamh, deren Augen aufgeregt leuchteten, während sie auf ihrem Hocker hin und her rutschte. Sie hatte eindeutig Lust zu tanzen. Ohne groß darüber nachzudenken, griff er nach ihrem Arm.

»Möchtest du tanzen?«

»Du tanzt?« Niamhs Augen leuchteten auf.

»Aber sicher«, sagte Mac. »Mal sehen, ob du in diesen Stiefeln mithalten kannst.«

»Oh, nimm dich in Acht – hübscher Mann.«

KAPITEL SIEBZEHN

Die Band – die eine Mischung aus Irish-Folk und Rock spielte – wechselte zu einem schwungvollen keltischen Lied, bei dem die Geige die Führung übernahm und das Schlagzeug einen pulsierenden Beat durch die Menge schickte. In wenigen Augenblicken hatten sich mehrere Tänzerinnen und Tänzer zusammengefunden, und die Tanzfläche erwachte zum Leben, als die Leute sich gegenseitig herausforderten, mit dem immer schneller werdenden Beat Schritt zu halten. Niamh lachte, warf ihr Haar über ihre Schulter und Mac einen herausfordernden Blick zu.

Mac hob das Kinn und hielt ihrem Blick stand, als sie sich in einen komplizierten Tanzschritt stürzte. Er verschränkte seinen Arm mit ihrem, wirbelte sie herum und zog sie dann wieder an sich, sodass ihr heißer Körper für einen Moment an seinen gepresst wurde. Lust schoss durch ihn hindurch, erwärmte sein Innerstes, und Mac drehte sie noch einmal, um sie wieder an sich zu drücken.

»Du hast ein wirklich gutes Rhythmus-Gefühl«, rief Niamh über die Musik hinweg, als er sie an sich heranzog.

»Ich dachte, ein großer Mann wie du würde über seine eigenen Füße stolpern.«

»Sag es niemandem«, Mac lehnte sich dicht an ihr Ohr, um ihr zuzuflüstern, »aber ich habe früher Tanzunterricht genommen.«

»Ach ja?« Niamhs Augen leuchteten auf, als er seine Hände auf ihre Taille legte und sie in eine komplizierte Abfolge von Schritten verwickelte. Der Beat des Schlagzeugs nahm an Geschwindigkeit zu, pulsierte durch sie hindurch, und die Menge jubelte, als der Sänger ins Mikrofon schrie. »Ich schätze mal, das hast du für eine Freundin getan?«

»Nein.« Mac lachte und sah auf sie herab. »Ich habe es fürs Rugbyspielen getan.«

»Das ist doch albern. Inwiefern haben Tanzen und Rugby etwas gemeinsam?«, rief Niamh. Die Art und Weise, wie sich ihr Körper unter dem Samtstoff ihres Kleides bewegte – und anfühlte –, machte Mac verrückt. Er behielt seine Hände an ihrer Taille, obwohl er damit am liebsten ihren Rücken hinabgewandert wäre, um die weiche Wölbung ihres Hinterns unter seiner Hand zu spüren.

»Das Spiel ist ebenfalls ein Tanz, verstehst du?«, sagte Mac und hielt seinen Mund nah an ihr Ohr. »Beim Rugby geht es nicht nur darum, dass der stärkste Mann gewinnt. Es geht darum, beweglich zu sein. Die nächste Bewegung eines anderen Spielers vorherzusehen. Mit seinem Team zusammenzuarbeiten. Genau wie ...«

»Genau wie bei einem Paartanz«, sagte Niamh atemlos, und sie hätte ihn fast aus dem Konzept gebracht, als sie sich unbewusst über die Unterlippe leckte. Er starrte sie an und wünschte sich nichts sehnlicher, als sich vorzubeugen und sie zu kosten.

Ihren Geschmack zu genießen.

Als sich das Lied dem Ende näherte, wirbelte er sie stattdessen von sich weg – was sie offenbar überraschte – und zog sie dann wieder zu sich heran, bevor er sie bei der letzten Note des Liedes nach hinten beugte. Als sie sich wieder aufrichtete, wehten Niamhs Haare um ihren Kopf, und sie lachte vor Freude. Ohne dass sie es gemerkt hatten, hatte das Publikum einen kleinen Kreis um die beiden gebildet, und nun klatschten alle.

Der Moment schwebte zwischen ihnen und Macs Augen sahen in die von Niamh, während Lachen und etwas weitaus Schwereres die Luft um sie erfüllte. Für einen Moment verblasste das Stimmengewirr, die Musik ... und alles andere und er sah nur noch sie. Diese Frau – sie könnte die Richtige für ihn sein. Sie könnte ihn so sehen, wie er wirklich war. Zum ersten Mal überhaupt wollte Mac sein ganzes Wesen mit einer anderen Person teilen.

Niamh blinzelte ihn an, als hätte sie seine Absichten gelesen, bevor der Moment durch ein Kreischen von der anderen Seite der Tanzfläche unterbrochen wurde.

»Mac!«

Mac blickte auf und sah, wie sich drei umwerfend hübsche Frauen – zweifellos Models – durch die Menge zu ihm drängten. Niamh hatte die Frauen ebenfalls gesehen und zog ihre Hände aus seinen.

»Warte, Niamh«, sagte Mac, aber sie hatte sich schon umgedreht, um zu gehen. Sie ließ ihn zurück, denn das hier war sein Leben – er wurde ständig von anderen bedrängt.

»Ich hole mir einen Drink«, sagte Niamh und schenkte ihm ein höfliches Lächeln, das jedoch nicht ihre Augen erreichte. Es machte ihn wütend, dass sie ihn so ansah, als wäre er nur ein Fremder für sie.

»Wir hatten ja keine Ahnung, dass du hier sein würdest!« Eine der Frauen, eine gertenschlanke Blondine mit offensichtlichen Brustimplantaten, klammerte sich ungefragt an seinen Arm. »Wir begleiten Derek auf seiner Tour.«

»Und plötzlich ist dieser Abend interessant geworden«, sagte eine dunkelhaarige, ebenfalls sehr dünne Schönheit.

»Da stimme ich zu. Obwohl hier heute ein paar süße Männer im Publikum sind. Ich wette, wir werden uns heute Abend prächtig amüsieren.« Die rothaarige Frau zog einen geübten Schmollmund.

Eine knochentiefe Erschöpfung machte sich in Mac breit. Es hatte eine Zeit in seinem Leben gegeben, in der es für ihn nichts Schöneres gegeben hatte, als wenn sich Frauen wie diese um ihn drängten. Er hatte unzählige Male eine von ihnen mit nach Hause genommen, nur um dann festzustellen, dass sie mehr daran interessiert waren, Bilder mit ihm in ihren sozialen Netzwerken zu posten, als auch nur den Anschein einer Unterhaltung mit ihm zu führen. Nicht alle – viele von ihnen waren mehr als glücklich gewesen, direkt mit ihm ins Bett zu springen – aber mittlerweile fand Mac allein die Vorstellung davon widerwärtig.

Ihm wurde klar, dass er lieber allein schlafen würde als neben jemandem, der kaum seinen Namen kannte.

»Kenne ich euch, meine Damen?«, fragte Mac und zog seinen Arm von der Blondine weg, die sich wie eine Klette an ihn klammerte.

»Meine Freundin Sheena hat einmal mit dir rumgeknutscht«, warf die Rothaarige mit einem kleinen Schmollmund ein.

»Okay. Nun, willkommen in Grace's Cove. Ich bin sicher, ihr werdet euch amüsieren. Ich werde jetzt gehen ...« Mac wusste zwar nicht, wohin er gehen würde, aber er wollte auf keinen Fall länger mit den dreien auf der Tanzfläche herumstehen.

»Mac, kannst du uns etwas zu trinken holen? Wir sind völlig ausgetrocknet.«

Da war sie. Eine Fluchtmöglichkeit. Mac nickte und drängte sich durch die Menge, ohne sich die Mühe zu machen,

zu fragen, was die Frauen trinken wollten. Diese Art von
Frauen tranken entweder immer Champagner oder Wodka-
Soda, da sie zwangsläufig immer auf ihre Kalorienzufuhr
achteten. Als er schließlich zu Mr. Murphy zurückkehrte,
hatte seine Verärgerung ihren Höhepunkt erreicht.

»Alte Freundinnen?«, fragte Mr. Murphy.

»Ich bin ihnen nie begegnet.« Mac presste die Lippen zu
einem Strich zusammen, als er sich nach Niamh umsah. Cait
kam, um seine Bestellung aufzunehmen.

»Ein Pint für mich, bitte. Und drei Wodka-Soda oder
Champagner. Was immer du hast und einfacher ist.« Cait hob
eine Augenbraue.

»Setz es auf meine Rechnung, aber bitte bring du den drei
dünnen, selbstverliebten Frauen in der Mitte des Raumes ihre
Getränke. Da ich weiß, dass du viel zu tun hast, würde ich dir
auch ein extra Trinkgeld dafür geben.«

»Du willst ihnen die Getränke also nicht selbst bringen?«,
fragte Cait und kümmerte sich bereits um die Getränke.

»Nein. Du könntest mich nicht dafür bezahlen, dass ich
noch einmal mit ihnen rede.«

»Gut, ich habe auch nichts anderes von dir erwartet. Ich
bin froh, dass ich nicht enttäuscht wurde.« Cait nickte, nahm
die Getränke in die Hand und verschwand unter dem
Durchgang.

»Du gehst also nicht zu deinen Frauen zurück?«, fragte
Gracie, die plötzlich neben ihm stand. Er sah zu ihr hinunter
und warf ihr einen verärgerten Blick zu.

»Das sind nicht *meine* Frauen. Ich kenne sie nicht
einmal.« Mac drehte sich um und sah, wie die Frauen den
Pub nach ihm absuchten. »Wo ist Niamh?«

»Sie ist gegangen. Sie hat gesagt, sie müsse morgen früh
arbeiten und es sei schon spät.«

»Ist das wirklich der Grund, warum sie gegangen ist?«
Mac war sich nicht sicher, woher er den Mut hatte, nachzufra-

gen, aber er fühlte sich wie ein sterbender Mann, der einen Tropfen Wasser brauchte ... irgendetwas, damit er überlebte. Er musste wissen, ob Niamh sich überhaupt für ihn interessierte. Einen Moment lang, auf der Tanzfläche, war er davon überzeugt gewesen, dass sie das tat. Dann hatte sie die Emotionen in ihren Augen ausgeblendet und war in dem Moment, in dem die Folgen seines Ruhms den Moment zerstört hatten, einfach verschwunden.

Schon wieder.

»Das hat sie gesagt«, sagte Gracie achselzuckend.

»Ich muss hier raus.« Mac konnte sehen, dass die Frauen bereits auf ihn zusteuerten, also schnappte er sich das Glas, das Cait ihm vor die Nase gestellt hatte, und verschwand im hinteren Korridor. Dankbar, dass das Absperrband gespannt war und sich niemand dort hinten aufhielt, schlüpfte Mac durch die Hintertür in die kühle Nachtluft. Ohne Mantel war der Wind beißend, aber das war Mac egal. Die Kälte half ihm, seine Frustration abzubauen.

»Siehst du dir dein Werk an?«

Mac drehte sich um und entdeckte Cait, die in der Tür lehnte.

»So ähnlich. Ich brauche nur ein wenig frische Luft. Ich will dich nicht von deinen Gästen fernhalten. Es ist ein wahnsinniges Gedränge da drin.« Mac drehte sich wieder um, nahm einen Schluck von seinem Bier und betrachtete eine der Wände, an denen er neulich mitgebaut hatte.

»Ich mache nur kurz Pause.« Cait trat vor und ließ die Tür hinter sich zufallen, sodass die Geräusche des Pubs nicht mehr zu hören waren. »Hast du etwas auf dem Herzen?«

Mac zuckte mit einer Schulter.

»Ich meine ... aus der Sicht einer zufälligen Beobachterin hat es so ausgesehen, als hättest du eine Menge Spaß beim Tanzen mit Niamh gehabt. Und dann sind drei langbeinige

Schönheiten aufgetaucht und sie hat sich aus dem Staub gemacht. Also, was hat es mit ihnen auf sich?«

»Nichts. Ich kenne sie nicht.« Mac seufzte und fuhr sich mit der Hand über den Nacken, um die Anspannung zu lösen, die dort herrschte. »Aber es ist überall das Gleiche. Früher habe ich diese Aufmerksamkeit geliebt ... na ja, bis zu einem gewissen Punkt. Die Klatschzeitschriften hatten nicht unrecht mit dem, was sie über mich geschrieben haben. Irgendwie habe ich gedacht, ich müsste das tun, schätze ich. Das bringt der Ruhm eben mit sich ... richtig? Jeder will der Typ im Club sein, dem alle Frauen zu Füßen liegen, der die teuren Klamotten trägt und der Geld hat. Dann weiß man, dass man es geschafft hat, oder?«

»Ich weiß nicht.« Cait trat einen Schritt vor, sodass sie Schulter an Schulter mit ihm stand und auf ihren Hof hinausblickte. »Ich will dieses Leben nicht.«

»Ich bin mir auch nicht sicher, ob ich es je gewollt habe.«

»Warum hast du dich dann darauf eingelassen?«

»Weil das Rugbyspielen meinem Leben einen Sinn gibt. Das Spielfeld ist der einzige Ort, an dem ich mich zu Hause fühle. Es ist das einzige Zuhause, das ich je hatte. Der Ruhm war einfach ein Nebenprodukt.« Mac brachte es nicht über sich, Cait in der Stille des Innenhofs anzusehen. Sie war eine knallharte Frau und eine ausgezeichnete Chefin, aber vielleicht war es ein bisschen zu früh, sich ihr auf diese Weise anzuvertrauen. Er hoffte, dass er keine Grenzen überschritten hatte.

»Ich verstehe, dass man etwas für sich selbst aufbauen möchte. Etwas Eigenes – etwas, das *du* geschaffen hast.« Cait deutete auf den Innenhof. »Ich baue schon seit Jahren an meinem Haus. Und ich kümmere mich darum. Ich hege und pflege es. Der Pub ist mein Herz – aber dennoch definiert er mich nicht. Ich bin mehr als nur der Pub. Wir alle sind mehr als nur unser Job.«

»Und was, wenn ich nicht weiß, wie ich mehr sein kann? Was, wenn ...« Mac hielt inne, als er überlegte, was er als Nächstes sagen sollte. »Was, wenn ich immer das Gefühl hatte, dass mehr in mir steckt, als irgendjemand jemals gesehen hat?«

»Mehr als deine Fähigkeiten als weltberühmter Rugby-spieler?«, fragte Cait. »Du bist wirklich sehr talentiert, Mac. Dein Talent ist nichts, was du so einfach abtun solltest.«

»Das tue ich nicht. Aber ich ... da ist noch mehr. Es steckt noch mehr in mir.«

»Ah.« Cait nickte. »Ich denke, du wirst feststellen, dass es in Grace's Cove eine Menge Leute gibt, die deine ... Gefühle teilen.«

»Was soll das bedeuten?« Verwirrung ... und so etwas wie Hoffnung breiteten sich in Mac aus.

»Damit will ich nur sagen, dass ... wenn du es zulässt ... dich die richtigen Leute sehen *werden*. Aber das ist eine Entscheidung, die du treffen musst. Dafür musst du offen sein.«

»Ich weiß nicht, ob ich das kann.« Macs Worte waren kaum lauter als ein Flüstern.

»Du musst nur um Hilfe bitten, Mac. Denk einfach daran, wenn du bereit bist.«

»Cait?« Die Tür ging auf. »Wo ist denn der Karton mit den neuen Pint-Gläsern? Ich kann ihn nicht finden.«

»Ich komme.« Cait drehte sich um und tätschelte seinen Arm, während ihre Augen wissend im Licht der Hoflaterne leuchteten. »Du kannst entscheiden, wie dein Leben aussieht, Mac. Niemand sonst. Vergiss das nicht.«

Damit verschwand Cait im Pub und ließ Mac mit einem unruhigen Herzen und einem Kopf voller Fragen zurück.

KAPITEL ACHTZEHN

Am nächsten Morgen schrieb Mac Niamh eine Nachricht und fragte sie, ob sie später am Tag mit ihm zur Bucht fahren wolle. Zum ersten Mal seit Tagen lugte die Sonne durch die Wolken, und Mac musste etwas von seiner ängstlichen Energie der vergangenen Nacht abbauen. Er hatte Niamh anrufen wollen, als er in sein gemietetes Haus zurückgekehrt war, um sich zu vergewissern, dass es ihr gut ging, aber als er auf die Uhr gesehen hatte, war ihm klar geworden, dass es schon ziemlich spät war. Mac war noch auf ein paar Pints geblieben, hatte die Models geflissentlich ignoriert und damit hoffentlich dafür gesorgt, dass niemand im Pub seine Absichten infrage stellen würde. Er wollte, dass sich herumsprach, dass er nicht einfach mit jedem hübschen Gesicht etwas anfing, das in einen Pub kam, und dass er sich an Niamhs Bitte hielt, sich nicht zu verabreden, solange er in Grace's Cove war. Zugegeben, sie hatte gesagt, er solle sich nicht mit ihren Freundinnen verabreden, aber Mac wollte die Sache mit ihr auf keinen Fall versauen. Am Ende des Abends, als er allein nach Hause gegangen war, hatte Cait ihm einen anerkennenden Blick zugeworfen, als er zur Tür hinausging.

Dieser eine Blick hatte ihn den ganzen Heimweg über von innen gewärmt, und er hoffte, dass es sich bis zu Niamh herumsprechen würde, dass er diesen Frauen nicht eine Minute seiner Zeit geschenkt hatte.

Mac wartete eine Stunde lang, nachdem er seine Nachricht abgeschickt hatte, und absolvierte etliche Runden Gewichtheben, bevor er es aufgab, auf Niamh zu warten. Nach einer kurzen Dusche zog sich Mac feste Stiefel, mehrere wärmende Kleiderschichten und einen Regenmantel an, um nach draußen gehen zu können. Zudem schnappte er sich noch seine graue Strickmütze und einen Rucksack, in den er Wasser, Snacks und ein Buch einpackte. Es kam nicht oft vor, dass er die Gelegenheit hatte, allein durch die Natur zu wandern, und vielleicht würde er ein schönes Plätzchen finden, um für eine Weile den Kopf freizubekommen.

Die richtigen Leute werden dich sehen.

Caits Worte von letzter Nacht hallten in seinen Gedanken wider, als er die kurvenreiche Straße entlang der Klippen nahm, die ihn aus dem Dorf hinaus zur Bucht brachte. Mac wurde klar, dass er wollte, dass Niamh ihn sah. Sie war die richtige Person. Auch wenn er seine Faszination für sie noch nicht verstand – nicht wirklich. Natürlich war sie schön. Aber es war mehr als das. So viel mehr. Sie war nicht nur klug, es war vor allem ihr mitfühlendes Herz, das ihn mehr als alles andere beeindruckte. Sie kümmerte sich um andere. Es war ihr *tatsächlich* wichtig, dass Mac seinen Weg fand, und sie gab ihm den nötigen Freiraum dafür. Es ärgerte ihn immer noch, dass sie glaubte, er hätte Kristie absichtlich geküsst. Wut flammte in ihm auf, und Mac verzog das Gesicht, als er eine Kurve einen Hauch zu eng nahm und die Felswand der Klippe die Front seines Geländewagens zerkratzte.

»Verdammt«, murmelte Mac. Er hätte es besser wissen müssen, als mit einem großen Auto über winzige irische Straßen zu fahren. Vor allem auf solchen, bei denen die

Klippen auf der einen Straßenseite zum Meer hin abfielen. Er musste seinen Kopf frei haben und sich auf das Autofahren konzentrieren. *Die Gegend hier ist wirklich atemberaubend*, dachte Mac, als er den Geländewagen verlangsamte und die Landschaft um ihn herum betrachtete. Die schroffen Klippen, das düstere winterliche Meer und die bauchigen weißen Wolken, die den Himmel zierten – das alles war wirklich beeindruckend. Er konnte sich gut vorstellen, dass diese Straße im Sommer voller Autos sein musste, deren Fahrer und Mitfahrer die schöne Landschaft genossen, aber heute hatte er sie für sich allein.

Mac folgte der Wegbeschreibung, die ihm Mr. Murphy freundlicherweise gegeben hatte, und bemerkte, dass das Dorf das Schild, das auf die Bucht Grace's Cove hinwies, entfernt hatte. Offenbar wollte man die Leute wirklich davon abhalten, den Strand zu besuchen. Mr. Murphy hatte ihn ebenfalls davor gewarnt, in die Bucht hinabzugehen, und Mac hatte genickt und diese Warnung zu denen von Niamhs Eltern geschoben. Die Leute hier waren einfach abergläubisch, vermutete Mac, als er mit dem Geländewagen von der Hauptstraße abbog, die zu einem kleinen Steinhäuschen weiter oben in den Hügeln führte. Er fuhr ein Stück den unbefestigten Weg entlang, bis er auf einen einsamen Picknicktisch stieß.

Hier muss es sein, dachte Mac und schaltete den Motor aus. Er stieg aus, streckte sich und schnappte sich dann seinen Rucksack vom Rücksitz. Schließlich setzte er ihn sich auf die Schultern, ging um den Tisch herum und zu dem kleinen Tor, das am oberen Ende des Weges errichtet worden war, der sich an der Klippe entlang zum Sandstrand weit unten schlängelte.

Einen Moment lang stockte Mac der Atem. Ein seltsames Schwindelgefühl überkam ihn, und er trat zwei Schritte zurück, nur für den Fall, dass ihm noch schwindeliger wurde und er über den Rand der Klippe stolpern würde. Er sammelte sich, atmete mehrmals tief ein und trat wieder vor.

Die Bucht selbst war atemberaubend. Zerklüftete Fels-
wände ragten stolz in den winterlichen Himmel und bildeten
einen fast perfekten Kreis um das Wasser, wobei es eine kleine
Öffnung gab, durch die ein Boot passen würde. Der Sandstrand unten war breit, und der Weg schlängelte sich in
Serpentinen an den Felswänden entlang, sodass der Abstieg
leichter zu sein schien, als er zunächst gedacht hatte. Mac
verstand, warum es die Menschen an diesen Ort zog.

Es war nicht die Schönheit der Natur, die ihn so sehr
beeindruckte und ihn zwang, erneut einen Schritt zurückzu-
treten. Oh nein. Da war ganz eindeutig etwas anderes, das …
nun ja, das zu ihm sprach. Mac streckte die Hand aus und
bewegte einen Finger durch die Luft, wobei er sich fragte, ob
er sich das alles nur einbildete. Die Luft fühlte sich hier dick
an, wie ein Schleier, und als er die Hand erneut bewegte,
spürte er, wie sich Ranken von … Andersartigkeit … um ihn
schlängelten. Was war das für ein Ort? Trotz der Warnungen,
die ihm zu Ohren gekommen waren, trat Mac vor.

Ein Bellen ließ ihn aufschrecken, und als Mac sich umsah,
sah er einen Irish Setter, der über das Feld auf ihn zustürmte.
Der Hündin hing die Zunge aus dem Maul. Er nahm an, dass
sie zu dem kleinen Haus gehörte, das er passiert hatte, und
warf einen Blick darauf. Er konnte niemanden auf dem Feld
sehen, aber es handelte sich eindeutig um eine glückliche und
gut versorgte Hündin.

»Hey.« Mac beugte sich vor und streichelte die Hündin,
die sich fröhlich auf den Rücken drehte und Mac den Bauch
entgegenstreckte, damit er ihn kraulte. »Du bist ja wirklich
niedlich.« Nachdem er die Hündin noch ein paar Augenblicke verwöhnt hatte, richtete sich Mac auf.

»Für mich wird es langsam Zeit zu gehen, Mädchen. Na
geh schon. Geh nach Hause.« Mac wollte nicht, dass die
Hündin ihm in die Bucht folgte und Gefahr lief, vom Weg
abzukommen oder ähnliches. Zugegeben, die Hündin war es

wahrscheinlich gewohnt, durch diese Hügel zu laufen, aber er würde es sich nicht verzeihen, wenn sich das Tier verletzen würde. »Nun geh schon.«

Die Hündin, die seine Absichten zu verstehen schien, stellte sich winselnd ans Tor zum Weg. Mac kletterte über das Tor, ließ die Hündin auf der anderen Seite zurück und tätschelte ihr noch einmal den Kopf. »Ich komme schon zurecht. Aber um dich würde ich mir Sorgen machen. Jetzt lauf nach Hause.«

Anstatt jedoch zu gehen, setzte sich die Hündin hin und winselte gelegentlich, während Mac sich auf den Weg hinunter zum Wasser machte. Bald war der Wind lauter als das Winseln der Hündin, und Mac verlor sich in der Ruhe der Wanderung hinunter zum Wasser. Es war ewig her, dass er eine richtige Wanderung unternommen hatte, und jetzt fragte er sich, warum er sich nicht mehr Zeit dafür nahm. Wandern war gutes Training, und es bot ihm die Gelegenheit, etwas Abstand von seinem Handy, seinem Computer und allen anderen Möglichkeiten, wie Menschen ihn erreichen konnten, zu bekommen.

Mac summte vor sich hin, als er das Ende des Weges erreichte. Einen Moment lang stand er einfach nur da und genoss den beeindruckenden Anblick der riesigen Klippen, die sich an den Strand schmiegten. Es war, als wäre die ganze Welt verschwunden – als wäre er allein im Universum. *Kein schlechter Ort, um über das Leben nachzugrübeln*, dachte Mac und trat auf den Sand hinaus.

Einen Moment lang war es ihm unmöglich, sich vorwärts-zubewegen, und Mac erstarrte, während er spürte, wie sich Verwirrung in ihm breitmachte. Was um alles in der Welt war hier los? Er versuchte es noch einmal, und nachdem es sich angefühlt hatte, als würde er durch eine Art Membran treten, konnte Mac endlich normal vorwärtsgehen.

»Das war seltsam«, murmelte Mac, drehte sich im Kreis

und blickte auf die Klippen über ihm. Das stürmische, grau-blaue Wasser schlug schäumend ans Ufer. Um zu testen, ob alles wieder normal war, machte Mac einen Schritt und dann noch einen, aber das seltsame Gefühl, sich durch etwas hindurchzwängen zu müssen, kehrte nicht zurück. Vielleicht hatte er es sich nur eingebildet?

Hier war es ruhiger, stellte Mac fest, als er begann, am Strand entlangzuschlendern. Vögel schwirrten träge über ihm, aber keiner landete auf dem Strand oder saß an einem der Gezeitentümpel. Neugierig ging er zu einem der Tümpel, hockte sich hin und beobachtete, wie eine kleine Krabbe von ihm wegkrabbelte.

»Ich frage mich, wie du hier sein kannst.«

Mac stürzte fast mit dem Gesicht voran in das kleine Becken. Er fing sich jedoch gerade noch, schürfte sich die Hand an einer scharfen Felskante auf und stand dann auf. Mac führte seine blutige Hand an die Lippen, drehte sich um und riss die Augen auf.

»Ähm ...« Mac ließ die blutige Hand fallen, während er auf etwas starrte, von dem er ziemlich sicher war, dass es ein Geist war.

»Ja, es stimmt, ich bin ein Geist. Aber wer bist du?« Der Geist, der im Tageslicht schwach leuchtete, sah aus wie eine Frau mit wallendem weißen Haar, die einen Welpen in der Hand hielt.

»Ähm ...«, wiederholte Mac. Er drehte sich wieder im Kreis. Ja, er war definitiv immer noch in der Bucht, und bis vor einem Moment war er allein gewesen.

»Hast du etwa die Fähigkeit zu sprechen verloren?«, fragte die Frau und streichelte ihren Hund, während sie ihren Kopf fragend zu ihm neigte.

»Nein, natürlich nicht. Ich kann sprechen, aber es ist ein kleiner Schock, mit einem Geist zu sprechen«, antwortete Mac schließlich.

»Mein Name ist Fiona. Früher habe ich hier gewohnt. Nun, das tue ich immer noch. Nur nicht in meiner menschlichen Gestalt.«

Bei diesem Gedanken schluckte Mac. Angst durchströmte ihn und er fragte sich, ob er den Verstand verloren hatte oder ob dies ein Trick war, mit dem sie die Touristen, die in die Bucht kamen, verspotten wollten. Auch wenn er nicht wusste, wie dieser Trick funktionierte. Er machte einen zögerlichen Schritt zurück und hielt dann inne, als hinter ihm das Tosen der Wellen zu hören war.

»Ich würde nicht noch weiter zurückgehen. Die Bucht scheint nichts dagegen zu haben, dass du hier bist, warum auch immer, aber es ist besser, sie nicht zu verärgern.«

»O-okay?«, stammelte Mac ein wenig unbeholfen. Er erstarrte auf der Stelle und sah Fiona mit offenem Mund an. »Ich habe keine Ahnung, was ich jetzt tun soll.«

»Wie wäre es, wenn du damit beginnst, einige meiner Fragen zu beantworten?«

»Ähm, ich weiß nicht, wie ich sie beantworten soll?« Am Ende des Satzes erhob Mac die Stimme. »Ich kann dir sagen, dass mein Name Mac ist. Aber ich kann nicht beantworten, warum ich hier sein darf oder was auch immer deine Frage über die Bucht war. Darauf habe ich leider keine Antwort.«

»Das ist eine gute Antwort.« Fiona kuschelte sich enger an den Welpen in ihren Armen, legte ihr Kinn auf seinen Kopf und betrachtete Mac genau. »Hast du wenigstens von der Bucht gehört? Und warum du nicht hier sein solltest?«

»Mir wurde gesagt, sie sei verzaubert und, dass man Touristen davor warnt herzukommen.«

»Ah, dann hast du also das Ritual durchgeführt, um reinzukommen.« Fiona nickte, als ob ihre Frage endlich beantwortet wäre.

»Ähm, nein. Ich habe ganz sicher kein Ritual durchgeführt. Ich weiß wirklich nicht, was du meinst ...« Mac zuckte hilflos mit den Schultern.

»Du willst mir also sagen, dass du einfach den Pfad hinuntergewandert bist und ohne jedes Problem den Strand betreten hast?«

»Nun ja ...« Mac dachte über die seltsame Membran nach, durch die er gegangen war. »Ich schätze, an einer Stelle habe ich etwas Seltsames gespürt. Natürlich abgesehen davon, dass ich Wahnvorstellungen habe und gerade mit einem Geist spreche.«

»Dieser Teil ist echt. Sprich weiter.« Fiona deutete ihm an, fortzufahren, als würden sie sich gerade bei einem Pint über die Neuigkeiten des Tages unterhalten.

»Als ich am Strand angekommen bin, hat es sich angefühlt, als ob ich durch etwas hindurchgegangen wäre. Eine Art Membran oder Wand. In der Luft.« Mac gestikulierte unbeholfen, unsicher darüber, wie er es beschreiben sollte.

»Du bist durch den Schleier getreten. Ohne einen Schaden davonzutragen. Und du hast den Schleier gespürt?«

»Ich ... ja. Wenn du es so nennst?« Macs Puls ging in die Höhe. Wenn er durch einen Schleier getreten war, bedeutete das dann, dass er tot war? War er gestorben? War er nun auch ein Geist? Er blickte verzweifelt auf seine Hände hinunter. Soweit er sehen konnte, waren sie noch immer aus Fleisch und Blut. »Bin ich tot?«

»Nein, natürlich nicht. Ich bin nur neugierig, *was* du bist.«

»Ich auch.« Mac wirbelte herum, als er eine andere Stimme hinter sich hörte.

»Gracie?« Als er Niamhs Freundin sah, die mit einem um die Schultern geschlungenen Tartan-Schal über den Sand auf ihn zulief, spürte er Erleichterung in sich aufsteigen.

»Ja. Rosie hat mich geholt. Sie war nicht glücklich darüber, dass du in die Bucht hinabgestiegen bist.«

»Ist das deine Hündin?«

»Ja, das ist sie. Sie ist eine hervorragende Begleiterin. Und sie mag es nicht, wenn Leute in die Bucht gehen – vor allem nicht unbeaufsichtigt. Die meisten verletzen sich hier, weißt du. Und dann muss ich mich um sie kümmern.« Gracie strich sich eine Haarsträhne zurück, die ihr ins Gesicht wehte.

»Davon weiß ich nichts. Nicht wirklich. Ich ... du bist echt, oder?« Mac schaute zu Gracie und dann wieder zu dem Geist, nicht sicher, ob Gracie die alte Frau sehen konnte.

»Das bin ich.«

»Er glaubt, er habe den Verstand verloren, weil er Geister sieht.« Fiona schürzte ihre Lippen und seufzte. »Ich frage mich, warum er hier ist. Und warum die Bucht ihn mag. Er sagt, er sei ohne ein Ritual durch den Schleier gegangen.«

»Wer bist du, Mac?« Gracie kam näher und neigte den Kopf zur Seite, um zu ihm aufzublicken. »Bist du mit uns verwandt?«

»Ich ... ich glaube nicht, dass ich das bin.«

»MacGregor.« Fiona schürzte die Lippen und dachte weiter nach. »Gracie, du müsstest es besser wissen als jeder andere. Gab es einen MacGregor in deiner Blutlinie?«

»Warum sollte das eine Rolle spielen?« Macs Herz hämmerte wie wild in seiner Brust, und er stand wie angewurzelt da, während er darauf wartete, dass sich die Sache klären würde ... wie auch immer das geschehen würde.

»Ich gehe davon aus, dass man dir nicht den eigentlichen Grund genannt hat, warum man die Bucht nicht besuchen sollte.«

»Mir wurde nur gesagt, sie sei verzaubert.« Mac erkannte nun, dass Niamh nicht ehrlich zu ihm gewesen war.

»Aber hat man dir gesagt, warum? Egal«, sagte Gracie und machte eine abwehrende Handbewegung. »Lange Rede, kurzer Sinn: Die Bucht ist verzaubert, und der Blutlinie einer

Familie wurden Kräfte verliehen. Außersinnliche Fähigkeiten. Heilungsfähigkeiten. So etwas in der Art.«

Macs Mund wurde trocken.

»Welcher Familie?«, fragte Mac leise.

»Nun ja, meiner natürlich.« Gracie grinste ihn breit an. »Und da dies ein heiliger Ort ist, können nur Familienmitglieder unversehrt herkommen, oder Leute, die das Ritual kennen, das dazugehört. Also frage ich mich, warum du hier bist?«

»Ich spüre seine Blutlinie nicht«, flüsterte Fiona Gracie zu, als wäre Mac nicht da. »Er ist keiner von uns.«

»Wie um alles in der Welt ...« Mac hörte auf zu sprechen. Wenn er wirklich hier stand und mit einer Frau sprach, die einen Geisterwelpen im Arm hielt, dann war alles möglich. Sie konnte wahrscheinlich sein Blut riechen. Der Gedanke drehte ihm ein wenig den Magen um, also verdrängte er ihn eilig.

»Dillons Tochter ...« Gracies Augen wurden groß. »Natürlich.«

»Oh, Gracie. Hast du ihr Kräfte verliehen? Du hast wirklich ein Herz aus Gold.«

»Jetzt erinnere ich mich ...« Gracie drehte sich zu Fiona um und schloss Mac damit aus dem Gespräch aus. Er überlegte kurz, ob er sich aus dem Staub machen sollte, was jedoch durch die Tatsache erschwert wurde, dass er immer noch wie erstarrt war. »Ich gebe zu, die Jahrzehnte sind ein bisschen verschwommen. Aber ich wollte, dass die Verzauberung die einschließt, die ich liebe. Dillon ... das ist der Mann, den ich damals geliebt und verloren habe, nun ja, ich habe später herausgefunden, dass ihm eine Tochter geboren wurde, während er auf See war. Er hat es nie erfahren. Ich frage mich, ob sich meine Verzauberung wegen meiner starken Liebe zu Dillon auch auf sie ausgedehnt hat?« Beide Frauen wandten sich wieder Mac zu.

»Ich bin wirklich verwirrt«, sagte Mac schließlich. Gracie

sprach so, als wäre sie schon vor Jahrhunderten hier gewesen –
als wäre sie die Person gewesen, die die Bucht verzaubert hatte.
Das würde bedeuten, dass sie ... meine Güte, hatte er mögli-
cherweise Wahnvorstellungen?

»Nun, es scheint, als würde es sich lohnen, ein paar Nachforschungen anzustellen. Meine Tochter hat an diesem Strand
entbunden.« Gracie lachte, als Macs Augen sich weiteten.
»Meine Tochter in einem anderen Leben. Ihr Vater, nun ja,
ich habe ihn einmal geliebt. Sehr. Ich frage mich, ob du aus
dieser Blutlinie stammst. Vielleicht ist die Verzauberung sozu-
sagen durchgesickert.«

»Na klar.« Mac schossen ungefähr tausend Fragen gleichzeitig durch den Kopf, aber er stand einfach nur da und starrte
Gracie an.

»Im Moment ... ist es das Einzige, was Sinn ergibt. Das
bedeutet ...« Gracies Augen leuchteten auf. »Dass du wahrscheinlich auch Kräfte hast. Hast du welche?«

»Ich ...« Mac starrte die Frau mit offenem Mund an. Er
hatte noch nie in seinem Leben darüber gesprochen, was er
tun konnte. Er hatte es nicht einer einzigen Seele gegenüber
erwähnt, außer seinem Vater. Und jetzt stand er am verzau-
berten Strand von Grace's Cove und sah seiner Zukunft direkt
ins Gesicht.

»Ja, ich habe Kräfte.«

KAPITEL NEUNZEHN

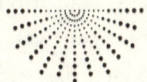

W as hatte sie dem Mann bezüglich des Besuchs in der Bucht erzählt? Niamh ging nervös im Haus auf und ab, blickte immer wieder auf das Handy in ihrer Hand und machte sich Sorgen. Sie stellte sich vor, wie Mac schwer verletzt am Strand lag, und wollte gerade nach den Autoschlüsseln greifen, als sie eine Nachricht auf ihr Handy bekam.

Es geht ihm gut.

Gracie ging nicht näher darauf ein, und Niamh interessierte es nicht wirklich. Erleichterung durchströmte sie und sie legte die Schlüssel weg. Seufzend ging Niamh durch das leere Haus in die Küche und schaltete den Wasserkocher ein, um Wasser für Tee zu erhitzen. Plötzlich erinnerte sie sich wieder an die Nacht zuvor, und verzog, verärgert über Mac und auch über ihre eigene Reaktion, das Gesicht.

Mit Mac zu tanzen, war ... berauschend gewesen. Ihr Rhythmus hatte perfekt zusammengepasst, und für einen Moment war der Pub in den Hintergrund getreten, und es hatte nur sie beide gegeben. Es war ihr Moment gewesen. Doch jedes Mal, wenn sie sich erlaubte, auch nur für eine Sekunde zu denken, dass sie etwas miteinander haben könnten, verpasste ihr die Realität seiner Lebensumstände eine Ohrfeige. Diesmal in Form von ein paar umwerfend schönen Frauen. Wahrscheinlich Models. Niamh schnaubte und goss das heiße Wasser in ihre Tasse, bevor sie sich umdrehte, um in den Schränken nach Keksen zu kramen.

Sie hatte bereits mehrere Nachrichten erhalten, in denen ihr mitgeteilt wurde, dass Mac im Pub geblieben und mit keiner der Frauen weggegangen war. Niamh hatte sofort auf jede geantwortet und erklärt, dass sie und Mac nur Freunde seien und er tun könne, was er wolle. Hoffentlich würde das alle möglichen Gerüchte ausräumen, die nach ihrem Tanz aufgeflammt sein könnten. Niamh atmete schwer aus und lehnte sich gegen den Tresen, während sie sich die Hände an ihrer Tasse Tee wärmte. Konnte sie es irgendwem wirklich verübeln? Dieser Tanz war *heiß* gewesen.

Kurz darauf wurde die Haustür geöffnet. Morgan kam summend ins Haus und hielt kurz inne, als sie Niamh in der Küche sah.

»Es überrascht mich immer noch, dich hier zu sehen!« Morgan lachte und legte ihre Hand auf ihre Brust. »Du bist mucksmäuschenstill.«

»Tut mir leid. Ich war mit meinen Gedanken ganz woanders.« Niamh hob ihre Tasse. »Also habe ich mir einen Tee gemacht.«

»Ah, was bedrückt dich?« Ihre Mutter wickelte den Schal von ihrem Hals und steckte ihn in ihre Tragetasche, die sie an einen kleinen Holzknauf in Form eines Sterns im Flur hängte.

»Nichts«, sagte Niamh prompt. Morgan drehte sich um und warf ihr einen wissenden Blick zu, woraufhin Niamh ein wenig die Schultern hängen ließ. »Na ja, Mac hat mich heute Morgen gebeten, mit ihm zur Bucht zu gehen, und ich habe seine Nachrichten ignoriert.«

»Absichtlich?« Morgans Stimme klang überrascht.

»Aye, absichtlich.« Niamh senkte ihren Kopf.

»Das ist wirklich nicht nett. So sollte man mit einem Freund nicht umgehen, Niamh!« Morgans Stimme war scharf. »Besonders wenn man weiß, was in der Bucht passieren kann. Es ist dort nicht sicher ... ganz und gar nicht. Was hast du dir nur dabei gedacht?«

»Dass ich nicht von meiner Arbeit abgelenkt werden wollte und er ein erwachsener Mann ist?«, murmelte Niamh in ihre Tasse.

»Ja, und das ist auch in Ordnung, wenn er im Park spazieren geht. Aber wir sprechen hier von unserer Bucht, Niamh.« Morgan krempelte die Ärmel hoch und wusch sich die Hände an der Spüle, während sie ihren Vortrag fortsetzte. »Du kennst die Gefahren, die dort lauern, so gut wie jeder andere. Ich bin sehr enttäuscht von dir, wirklich.«

»Haben wir ihm nicht neulich gesagt, dass er nicht in die Bucht gehen soll? Er hatte alle Informationen, die er brauchte, Mum.« Niamh nahm einen Bissen von ihrem Keks und runzelte die Stirn, während sie versuchte, sich selbst davon zu überzeugen, dass sie nichts falsch gemacht hatte. »Wir haben ihn alle drei gewarnt.«

»Aber du weißt ja, wie stur Männer sind.«

Niamh stieß ein kleines Lachen aus, da sie eine der stursten Frauen Irlands vor sich hatte.

»Ich habe Gracie eine Nachricht geschickt, dass sie nach ihm Ausschau halten soll. Sie sagte, sie sei zu Hause. Ich habe ihn nicht völlig kaltherzig in den Tod geschickt, weißt du.«

»Na immerhin.« Morgan drehte sich mit dem Geschirrtuch in der Hand um, und musterte ihre Tochter. »Wann wirst du endlich zugeben, dass du Gefühle für ihn hast?«

»Ich ...« Niamh verdrehte die Augen. »Er ist nur ein Freund. Das habe ich dir doch schon gesagt.«

Morgan wartete geduldig, ohne ein Wort zu sagen, und Niamh wurde ein wenig wütend. Sie stieß sich von der Theke ab und begann, auf und ab zu gehen.

»Ich glaube, du sträubst dich ein wenig zu sehr gegen den Gedanken«, sagte Morgan.

»Ich weiß nicht, warum alle so darauf fixiert sind, dass wir zusammenkommen. Ist das heute nicht modern? Können eine Frau und ein Mann keine Freunde sein? Er braucht dringend Freunde ... und ich bin ihm eine Freundin. Das ist alles.«

»Trotzdem hast du ihn allein in die Bucht gehen lassen. Ist es das, was ein Freund tun würde?«

»Wenn dieser Freund beschäftigt ist ... ja.« Niamh schob ihre Unterlippe vor. »Muss ich dich noch einmal daran erinnern – wir haben ihn gewarnt.«

»Aber du hast seine Nachrichten ignoriert. Du hast ihm nicht geantwortet und ihn auch nicht darauf hingewiesen, dass es höchst unsicher ist, allein dorthin zu gehen, und dann hast du den feigen Ausweg gewählt und Gracie die Aufsicht übertragen.«

Jedes Wort ihrer Mutter war wie ein kleiner Giftpfeil, der ihre Haut traf, und Niamh erschauderte.

»Ich bin ein Arschloch, nicht wahr?«

»Oh, Niamh.« Morgans Gesicht verzog sich vor Mitleid. Sie kam auf ihre Tochter zu, schlang ihre Arme um sie und zog sie in eine Umarmung. »Er macht dir Angst, nicht wahr?«

»Ja, das tut er«, gab Niamh zu und atmete den Zitrusduft ein, den ihre Mutter so gern trug. Er erinnerte sie an sonnige Spaziergänge auf einer tropischen Insel. »Du hast recht. Ich *wollte* nicht mit ihm zur Bucht gehen. Was, wenn sie leuchtet? Was, wenn er ... der Richtige für mich ist? Wie soll ich ihm das nur erklären? Oder ihm, Gott bewahre, sagen, wer ich wirklich bin? Sieh dir nur sein Leben an, Mum. Sieh es dir an! Er steht unter ständiger Beobachtung. Alle behalten ihn ständig im Blick. Es ist unmöglich, dass jemand wie ich, die ihr Leben mit einem bestimmten Maß an Privatsphäre leben muss, damit zurechtkommt. Verstehst du das nicht?«

»Es ist also sein Lebensstil, der dir nicht passt – aber nicht der Mann selbst?« Niamh löste sich ein wenig von ihrer Mutter und sah ihr in die Augen.

Es war eine berechtigte Frage und eine, die Niamh zutiefst verunsicherte. Sie ließ sich auf einen Stuhl am Tisch fallen und nahm sich einen Moment Zeit, um über die Worte nachzudenken. Wenn ihr in der Uni eine Frage gestellt wurde, versuchte Niamh immer, sich Zeit zu nehmen und sie von allen Seiten zu beleuchten. Jetzt stellte sie fest, dass sie das absichtlich nicht getan hatte, wenn es um Mac ging. Stattdessen hatte sie ihn ordentlich in einen Schrank in ihrem Kopf geschoben, die Tür geschlossen und den Schlüssel weggeworfen.

»Er ist ein guter Mann«, sagte Niamh vorsichtig und wägte ihre Gedanken ab. »Ich glaube, er ist sehr einsam, und ich weiß, dass er eine schwierige Vergangenheit hat. Nach außen hin wirkt er wie ein Mann, der es liebt, im Mittelpunkt zu stehen, aber ich glaube, er ist eigentlich nur auf der Suche nach einem Zuhause. Er versucht überall, wo er hinkommt, ein Gefühl der Gemeinschaft zu schaffen – als ob er einfach nicht anders kann, als eine Art Team um sich herum aufzubauen. Um einen sicheren Ort für sich zu schaffen.«

»Da spricht wohl die Psychologin aus dir.« Morgan tippte mit der Hand auf ihr Herz. »Was ist mit Niamh?«

»Ich ... ich mag ihn wirklich.« Niamhs Worte kamen nur als Flüstern heraus, und der Wahrheitsgehalt dahinter jagte Angst durch ihren Körper wie ein kalter Windstoß, der einen winterlichen Hügel hinunterrollte. »Ich denke ständig an ihn. Ich schaffe es kaum, meine Arbeit zu erledigen. Die Gedanken an ihn drängen sich den ganzen Tag in den Vordergrund. Ich liebe es, wenn er lacht ... und wie sein Lächeln und sein Enthusiasmus für das Leben einen Raum erhellen. Ich liebe es, dass er nicht mit der Wimper gezuckt hat, als ich ihm sagte, was ich studiere, und er mir stattdessen geholfen hat, hierherzukommen und mein Labor einzurichten. Viele Leute haben mich wegen meiner Arbeit ausgelacht. Er hat mir einfach geholfen, meine Sachen zu packen, mich nach Hause gefahren und mich stundenlang über das, was ich gelernt habe, ausgefragt. Ihm liegen die Menschen am Herzen, und zwar mehr, als den meisten bewusst ist. Und ich glaube nicht, dass er auch nur im Entferntesten der Playboy ist, als den ihn die Zeitschriften hinstellen. Ich glaube, ich habe mich von ihrem Bild von ihm beeinflussen lassen.«

»Inwiefern?« Morgan nahm gegenüber von Niamh am Tisch Platz.

»Weil es so einfacher ist«, sagte Niamh. »Es ist einfacher, das Schlimmste von ihm zu glauben, weil ich mich dann nicht meinen eigenen Gefühlen für ihn stellen muss.« Fühlte es sich nicht gut an, sich das einzugestehen? Es war wirklich ärgerlich, dass Niamh auf klassische Schutzmaßnahmen zurückgegriffen hatte. Solange sie Mac nur als Freund betrachtete, konnte sie nicht verletzt werden, richtig? Denn solange sie es nicht mit ihm versuchte, brauchte sie nie herauszufinden, ob sie wirklich nicht zueinanderpassten.

»Na siehst du. Ist das nicht ein erster Schritt?« Morgan lächelte sie sanft an. »Du bist eine wunderbare junge Frau, Niamh. Und doch hast du die Männer immer auf Distanz gehalten. Das verstehe ich – ich war auch nie besonders gut darin. Aber sieh dir an, was ich gefunden habe, als ich mir das Recht eingeräumt habe, mir selbst nicht mehr im Weg zu stehen. Ich habe wahre Liebe gefunden.«

»Und was, wenn ... was, wenn mir das alles um die Ohren fliegt?« Niamh schürzte ihre Unterlippe.

»Und was, wenn es ganz wunderbar wird?«

»Das würde ich wirklich gern jetzt schon wissen. Es gibt mehr als einen von uns, der einen Blick in die Zukunft werfen kann. Vielleicht sollte ich mich mal mit ...«

»Nein.« Morgan hob ihre Hand. »Nein, Niamh. Du weißt so gut wie ich, dass diese Visionen veränderbar sind. Du hast einen freien Willen. Du kannst den Verlauf deiner Zukunft jederzeit ändern. Verstehst du denn nicht? Es gibt keine Garantien im Leben. Selbst wenn du eine Lesung bekommst, die dich und Mac glücklich bis ans Ende eurer Tage zeigt ... was dann? Wärst du dann bereit, das Risiko einzugehen?«

»Ich glaube, es würde helfen, ja«, sagte Niamh. Sie rieb sich mit der Hand über das Gesicht. »Es wäre zumindest beruhigend, denke ich.«

»Mir war nicht klar, dass ich eine so ängstliche Tochter großgezogen habe.« Morgans Worte hätten genauso gut eine Ohrfeige sein können.

»Ich ... ich bin nicht ängstlich!« Niamh stand vom Tisch auf. »Es ist nur ... es ist eine wirklich große Sache, Mum.«

»Das hast du vorhin selbst gesagt, oder nicht? Du hast gesagt, er macht dir Angst«, fuhr Morgan fort. »Und was ist auf der anderen Seite der Angst?«

»Eine Möglichkeit«, sagte Niamh automatisch. Das hatte ihr Morgan von klein auf eingebläut.

»Dein Mann ist hier. Wofür wirst du dich also entscheiden?«, fragte Morgan, einige Sekunden bevor ein Klopfen an der Tür ertönte.

Panik durchfuhr Niamh, als sie auf ihre lockere Kleidung hinunterblickte. Sie hatte heute noch nicht einmal geduscht.

»Kannst du aufmachen?« Niamh wies auf die Tür, ohne zu fragen, woher Morgan wusste, wer es war.

»Nein«, sagte Morgan und untersuchte einen Riss in ihrem Nagellack.

»Natürlich nicht. Manchmal schaffst du es wirklich, mich aufzuregen.« Niamhs Wangen erröteten, als sie zur Eingangstür ging, wobei sie sich zusammenreißen musste, um nicht zu stampfen. Als sie die Tür öffnete, sah sie Mac mit einem Lächeln im Gesicht und Blumen in den Armen vor sich.

»Ich habe eine Lieferung für dich«, sagte Mac und reichte ihr den Blumenstrauß, woraufhin Niamhs Herz sofort höherschlug. Sie wich zurück und vergrub ihr Gesicht in den Blüten. Macs Präsenz erfüllte sofort den ganzen Raum, als er hereinkam. *Er ist einfach ... unbeschreiblich*, dachte Niamh. Seine Energie schien nach ihr zu greifen, um mit der ihren zu verschmelzen.

»Die sind wunderschön, danke«, sagte Niamh. »Es tut mir wirklich leid, dass ich nicht auf deine Nachrichten geantwortet habe. Ich war im Labor und ... na ja.« Niamh wollte nicht mehr sagen, weil sie Mac nicht so direkt anlügen wollte. Das hatte er nun wirklich nicht verdient.

»Ist schon in Ordnung. Es war großartig in der Bucht«, sagte Mac, aber in seinen Augen blitzte etwas auf, das Niamh sofort unglaublich neugierig machte.

»Du hast also die Bucht besucht, Mac?«, fragte Morgan von der Tür aus. In ihrem schönen Gesicht war Sorge zu sehen. »Du bist doch nicht hinabgestiegen, oder?«

»Doch, das bin ich. Es ist wirklich wunderschön dort.«

Niamh warf Morgan einen kurzen Blick zu, während sie beide versuchten herauszufinden, ob er tatsächlich *in* die Bucht gegangen war oder nur auf den Klippen, die sie überblickten, geblieben war. Niamh öffnete den Mund, um zu fragen, aber Mac kam ihr zuvor.

»Ich wollte dich fragen, ob du mit mir essen gehen würdest.« Ein hoffnungsvoller Ausdruck breitete sich auf Macs Gesicht aus, der Niamhs Körper in Alarmbereitschaft versetzte. Ja, oh ja, sie wollte unbedingt mit diesem Mann zu Abend essen und noch so viel mehr.

»Ähm, na ja.« Besorgnis machte sich breit, und Niamh versteifte sich, als Morgan sich hinter ihr räusperte. »Ja, klar. Danke. Das wäre sicher schön. Wann?«

»Jetzt?«, fragte Mac, und ein Lächeln erhellte sein Gesicht, als Niamh fragend auf ihr Outfit hinunterblickte.

»Ich habe heute noch nicht einmal geduscht. Nein, nicht jetzt.«

»Okay, dann in fünfzehn Minuten?« Mac warf einen Blick auf die Smartwatch an seinem Handgelenk.

Das hier ist nur Mac, erinnerte sich Niamh. Für ihn brauchte sie sich nicht schick zu machen oder ähnliches. Er hatte sie zum Essen eingeladen, aber nicht gesagt, ob es ein Date war.

»Warum kommst du nicht rein, Mac, während Niamh schnell duschen geht?«, schlug Morgan vor, und Mac grinste, wohl wissend, dass Niamh nicht wollte, dass er hineinkam.

Niamh fühlte sich zwar etwas überrumpelt, aber deutete Mac dennoch an, ins Haus zu kommen, bevor sie ihrer Mutter die Blumen reichte, als sie an ihr vorbeiging.

»Kannst du die bitte ins Wasser stellen, während ich dusche?«

KAPITEL ZWANZIG

Niamh hatte nicht viel Zeit, darüber nachzudenken, was sie anziehen sollte – eigentlich wusste sie nicht einmal, *wohin* sie gehen würden –, aber es war kalt draußen und die meisten Restaurants in Grace's Cove waren eher zwanglos. Sie entschied sich für dunkle Jeans und ein Oberteil mit Kragen aus zerknittertem Samt in einem tiefen Lila und steckte ihr Haar mit einem glitzernden Kamm zurück. Letztlich siegte ihre Eitelkeit, und sie nahm sich ein paar Minuten Zeit, um die dunklen Ringe unter ihren Augen abzudecken und nur einen Hauch von Make-up aufzutragen, damit sie insgesamt etwas frischer aussah. Dann schnappte sich Niamh ihre Lederjacke und ihre Handtasche und ging in die Küche. Mac saß mit ihrer Mutter am Küchentisch und die beiden plauderten. Er sah so groß aus neben Morgan, und Niamh war wieder einmal erstaunt darüber, wie seine Anwesenheit den Raum zu erfüllen schien. Sie fragte sich, ob andere Leute ihn genauso sahen oder ob es nur ihr so ging?

»Du siehst gut aus«, sagte Mac. Sein Gesicht erhellte sich, als er sie sah, und Niamh spürte, wie seine Worte sie erwärmten. Plötzlich wanderten ihre Gedanken zu den Models vom

Vorabend zurück. Sie waren viel schicker gekleidet als sie selbst, und als sie an ihrem Outfit hinunterblickte, kamen ihr Zweifel. Vielleicht hätte sie sich mehr Zeit für ihr Aussehen nehmen sollen. Hatte sie nicht tonnenweise coole Klamotten aus Vintage-Läden in ganz Dublin? Vielleicht hätte sie etwas mit mehr Persönlichkeit wählen sollen.

»Da hat er recht«, stimmte Morgan zu. »Ich liebe dieses Samt-Oberteil. Was für ein toller Stoff ... den möchte man einfach anfassen, nicht wahr?« Morgan streckte eine Hand aus und strich über Niamhs Arm, während Niamh bei dem Bild, das die Worte ihrer Mutter in ihr hervorriefen, schlucken musste. Sie warf einen kurzen Blick auf Mac und sah, wie sein Grinsen breiter wurde.

»Ich weiß nicht, wie ich diese Frage höflich beantworten soll«, sagte Mac schließlich, und Niamh lief vor Scham rot an.

»Oh! Du bist ja ein ganz Frecher!« Morgan lachte laut und gab ihm einen Klaps auf den Arm. »Na dann los, viel Spaß euch beiden. Ich kümmere mich schon mal um das Abendessen für deinen eigensinnigen Vater, Süße.«

»*Eigensinnig* ist wohl kaum das Wort, das ich für ihn verwenden würde. Er ist verrückt nach dir«, betonte Niamh, während sie ihre Arme in ihre Jacke steckte.

»Das sollte er auch sein. Immerhin bin ich fabelhaft, nicht wahr?« Morgan klimperte mit den Wimpern und sah dabei Niamh an.

»Er ist ein Glückspilz«, stimmte Mac zu und nahm Niamhs Arm, um sie nach draußen in den strömenden Regen zu ziehen. »Na komm schon.«

»Oh, ich habe gar keinen ...« Niamh hielt kurz inne, als sie seinen Geländewagen in der Einfahrt sah, und rannte dann darauf zu. Sie öffnete die Beifahrertür, sprang auf den Sitz, wischte sich den Regen aus dem Gesicht und fragte sich sofort, ob ihr Make-up gehalten hatte.

»Ich bin wirklich froh, dass ich gefahren bin«, lachte Mac

und wischte sich ebenfalls den Regen aus dem Gesicht. »Ich hätte einen Regenschirm mitnehmen sollen, aber ich war den ganzen Tag unterwegs.«

Sofort breiteten sich Schuldgefühle in Niamh aus, und sie fragte sich erneut, ob er versucht hatte, in die Bucht hinabzusteigen. Wohl eher nicht. Der Mann schien gut darin zu sein, Anweisungen zu befolgen, und Gracies Nachricht hatte bestätigt, dass es ihm gut ging. Wahrscheinlich hatte sie sich zu viele Gedanken gemacht.

»Wir sind hier in Irland. Ich sollte auf ständig wechselndes Wetter vorbereitet sein«, erwiderte Niamh lachend. »Wo werden wir denn zu Abend essen? Ich muss zugeben, dass ich wie ausgehungert bin. Ich habe gerade noch einen Keks zum Tee gegessen. Es war ein anstrengender Tag.« *Ich habe versucht, mich auf meine Arbeit zu konzentrieren und nicht an dich zu denken,* fügte Niamh in Gedanken hinzu.

»Na ja, es ist nichts Besonderes«, sagte Mac. Er fuhr die Hauptstraße von Grace's Cove hinauf und in Richtung seines Miethauses.

»Fahren wir zu dir nach Hause?« Er hatte sie bisher noch nicht zu sich eingeladen, und obwohl Niamh neugierig gewesen war, wie er lebte, hatte sie sich zurückgehalten, ihn zu fragen, ob sie es sehen durfte.

»Ja, ich werde versuchen, für uns zu kochen«, sagte Mac mit entschlossener Stimme.

»Ach ja?« Ein kleiner Schauer der Vorfreude durchfuhr Niamh, als ihr klar wurde, dass es sich tatsächlich um ein Date handeln könnte. Ein Mann brachte eine Frau nicht nach Hause und kochte für sie, wenn sie nur Freunde waren. Oder irrte sie sich?

»Ich kann nicht versprechen, dass es essbar sein wird, aber da ich mich an ein einfaches Rezept halte, werden wir es schon überleben. Also gut, wir sind da.« Mac warf einen Blick aus dem Fenster. Die letzten Reste des Tageslichts erhellten den sonst trüben Himmel leicht und Regen prasselte auf das Dach. »Sollen wir noch einen Moment warten?«

»Wie ich Irland kenne, kann dieser Regen noch eine Minute oder Stunden dauern. Ich denke, wir sollten es wagen«, sagte Niamh. Denn wenn sie in diesem Auto blieben und der Regen weiterhin aufs Dach prasselte, würde Niamh vielleicht etwas Dummes tun und sich zu Mac beugen und ihn küssen. Seine Nähe war überwältigend, und Niamh wurde bei dem Gedanken, ihn wieder zu küssen, ein wenig schwindelig.

»Wie wäre es mit einem Wettrennen?« Mac stürzte aus dem Auto und Niamh folgte ihm. Sie kicherte, als der eisige Regen ihr ins Gesicht klatschte und die Hitze auf ihren Wangen abkühlte. Als sie lachend und keuchend durch die Vordertür stürmten, war Niamh völlig durchnässt.

»Ich denke, ich hätte mit der Dusche gewartet, wenn ich gewusst hätte, dass ich eine bekomme«, lachte Niamh.

»Das war wirklich schlimmer als gedacht.« Der Regen tropfte an Macs Schultern herunter und landete in kleinen Pfützen auf dem Boden. »Ich hole dir ein paar Handtücher. Ähm ... möchtest du etwas anderes anziehen? Du bist ja völlig durchnässt.«

Niamh blickte an sich herunter und sah, dass ihre Lederjacke offen war und der Samt an ihrem Körper klebte. Der Samt, von dem ihre Mutter so laut verkündet hatte, dass er sich herrlich anfühlte, sah über ihren Brüsten fast sündhaft aus. Wäre sie eine andere Frau, in einer anderen Zeit – eine Kurtisane vielleicht –, hätte Niamh die Lederjacke ausgezogen und Mac einen verführerischen Blick zugeworfen. Stattdessen schluckte sie nur und nickte, als die nervöse Hitze ihre Haut erneut erröten ließ.

»Bin gleich wieder da.« Mac eilte den Flur entlang, und Niamh nahm sich die Zeit, sich ein wenig umzusehen. Von der Eingangstür kam man direkt in den Wohnbereich, wo große Panoramafenster einen schönen Blick auf, den – nun ja – im

Moment strömenden Regen boten. Mac hatte die Couch an die Seite des Raumes geschoben, um einen offeneren Raum zu schaffen, in dem er eine Reihe von Trainingsgeräten wie Gewichte und Matten ausgelegt hatte. Hatte er das alles mitgebracht? Niamh fragte sich, ob er oft auf diese Weise reiste. Es gehörte natürlich zu seinem Job, in Topform zu bleiben, und Niamhs Mund wurde trocken, als sie sich vorstellte, wie er hier jeden Morgen nur in Shorts Gewichte hob, während der Schweiß auf seinen Muskeln glitzerte.

»Niamh?«

»Oh!« Niamh sprang auf, riss ihre Gedanken von diesen Bildern los und nahm das Handtuch, das er ihr reichte, dankbar an.

»Ich habe dir auch etwas anderes zum Anziehen mitgebracht, falls du nicht in den nassen Klamotten bleiben willst.« Niamh dachte an ihr Oberteil.

»Ja, das ist toll. Danke.« Sie nahm ihm das Kleiderbündel ab, folgte seiner Wegbeschreibung ins Bad und schloss die Tür hinter sich. Sie atmete aus, betrachtete ihr Spiegelbild und zuckte zusammen. *Warum* hatte sie sich geschminkt? Dunkle Schlieren umrahmten ihre Augen. Der Regen hatte ihre Wimperntusche vollkommen verschmiert, und ließ sie nun wie einen ertrunkenen Waschbären aussehen. Seufzend schnappte sich Niamh etwas Toilettenpapier und machte sich daran, ihr Gesicht zu säubern. Als sie wieder ansehnlich aussah, zog sie ihr Oberteil und ihre Jeans aus, behielt aber ihre Unterwäsche an.

»Na dann.« Niamh hob das langärmelige Trikot hoch, das Mac ihr zum Anziehen gegeben hatte. Sie hätte locker zweimal hineingepasst. Aber zumindest würde sie dann nicht mehr wie Sex auf zwei Beinen aussehen, und das war immerhin etwas. Niamh zog es sich über den Kopf und kicherte, als der Saum ihre Oberschenkelmitte erreichte. Als Nächstes zog sie die Jogginghose an, die er ihr gegeben hatte, und rollte den Bund mehrmals um, bis sie bequem saß. Nein, an diesem Outfit war nichts sexy, entschied Niamh, aber sie war froh, etwas Warmes und Trockenes zu tragen. Niamh konnte nicht anders, als ein wenig an dem Trikot zu schnuppern, das sie angezogen hatte, und ein Hauch von Macs Aftershave wehte ihr entgegen. Sie spürte wie sich ihr Magen verkrampfte. Das fühlte sich fast zu gemütlich an, wie etwas, das eine feste Freundin tun würde, und Niamh musste sich mit Nachdruck daran erinnern, dass sie vereinbart hatten, Freunde zu sein. Freunde gaben sich gegenseitig trockene Kleidung. So einfach war das.

Andererseits bringen einem Freunde keine Blumen mit und kochen auch nicht für einen. Niamh schob den Gedanken beiseite und verließ das Bad, um zu Mac in die Küche zu gehen. Er hatte sich ebenfalls umgezogen und trug eine bequeme graue Jogginghose und ein dunkelblaues langärmeliges Henley-Shirt, das seine Augen zum Strahlen brachte.

»Eine wahre Augenweide.« Mac strahlte. »Du hast natürlich auch vorher schon hübsch ausgesehen, aber es geht doch nichts über eine schöne Frau im eigenen Trikot.«

»Das ist also dein Trikot? Das ist mir gar nicht aufgefallen«, neckte ihn Niamh. Natürlich war es ihr aufgefallen. Sie hatte sich sogar im Spiegel umgedreht, um seinen Namen auf ihrem Rücken zu sehen.

»Autsch.« Mac hielt sich eine Hand auf die Brust, als wäre er verwundet worden. »Wie auch immer, mir gefällt, wie es an dir aussieht, Niamh. Du solltest es behalten.«

»Was? Ich kann doch nicht einfach dein Trikot behalten«, rief Niamh. *Behalte es,* sagte ihr Verstand. *Behalte es und schlafe darin und träume von all dem, was wäre, wenn.*

»Klar kannst du. Ich habe jede Menge davon.«

»Ah, dann verschenkst du sie also an alle Frauen, was?« Niamh ließ ihre Stimme spielerisch klingen, obwohl sie es wirklich wissen wollte.

»Nein, das habe ich noch nie getan. Der Wein steht auf dem Tisch, wenn du ein Glas möchtest.« Mac wandte seine Aufmerksamkeit wieder dem Herd zu, auf dem mehrere Pfannen standen.

»Möchtest du ein Glas Wein?«, fragte Niamh und freute sich, dass sie die erste war, die ein MacGregor-Trikot von dem Mann selbst bekam. Auch für den Fall, dass er ihr nicht die Wahrheit sagte, fühlte sie sich trotzdem gut. Sie ließ sich auf einem Esszimmerstuhl nieder und schenkte sich ein Glas Rotwein ein.

»Nein danke. Ich trinke ein Bier.« Mac zeigte auf eine Flasche Smithwick's auf dem Tresen.

»Das ist eine wirklich schöne Küche.« Niamh betrachtete die eleganten Schränke, die schlichten weißen Marmorarbeitsplatten und ein weiteres Panoramafenster mit Blick auf die Hügel. »Sie ist moderner, als ich erwartet hatte.«

»Ja, das ist sie. Mir gefällt, dass der Komfort und der Charme im Wohnzimmer und in den Schlafzimmern beibehalten, aber die Küche modernisiert wurde. Ich wette, das Haus ist den ganzen Sommer über ausgebucht.«

»Wahrscheinlich. Das Vermieten von Häusern und Wohnungen ist ein gutes Geschäft. Grace's Cove ist im Sommer ein sehr beliebtes Ziel. Vor allem bei Amerikanern, die gern fotografieren und einen echten irischen Pub besuchen möchten. Außerdem gibt es viele Wandermöglichkeiten in den Hügeln. Man kann eine Stunde oder einen ganzen Tag lang wandern und es ist immer schön.« Niamh wollte Mac gerade fragen, was er an diesem Tag in der Bucht gesehen hatte, als er laut am Herd fluchte.

»Mist! Blöde Pfanne ...« Mac schnappte sich die rauchende Pfanne und warf sie in die Spüle, bevor er das kalte Wasser anstellte und eine Dampfwolke aus der Pfanne aufstieg. Ein beißender Geruch erfüllte den Raum und Mac ging zum Fenster und öffnete es, sodass eine kühle Brise durch den Raum wehte.

»Ähm.« Niamh bemerkte Macs frustrierten Gesichtsausdruck sofort. »Willst du mir erzählen, was passiert ist?«

»Blöde Pfanne. Blödes Kochen«, murmelte Mac und starrte auf die Spüle hinunter.

Niamh durchquerte die Küche und sah auf die Sauerei in der Pfanne hinab. Es sah aus wie ein stark verbranntes Hähnchen.

»Sag mir, was du gemacht hast? Oder zumindest, was du machen wolltest?«

»Ich wollte Hähnchen Alfredo kochen. Etwas Einfaches, dachte ich. Und ich weiß, dass man das Hähnchenfleisch gut anbraten muss und …« Mac gestikulierte mit dem Bier in seiner Hand umher. »Und dann ist das passiert.«

»Aber was *genau* hast du getan?«

»Ich habe das Hähnchen in die Pfanne gelegt. Ich habe den Herd angemacht. Weiter bin ich nicht gekommen.« Mac schüttelte traurig den Kopf über das Chaos.

»Hast du kein Öl benutzt?« Niamh hob die Augenbrauen, als Mac sie fragend ansah. »Keine Butter? Kein Wasser?«

»Ähm … nein?«

»Oh, okay. Ich verstehe. Du hast wirklich keine Ahnung vom Kochen, oder?« Niamh fühlte sich sofort schlecht, als ein verlegener Blick über sein Gesicht huschte. Mac war ein Mann, der es gewohnt war, Dinge gut zu machen, erinnerte sich Niamh. »Hey, das ist keine große Sache. Ich habe denselben Fehler auch schon einmal gemacht. Man lernt ständig dazu. Aber du kannst nicht einfach rohes Hähnchenfleisch in eine Pfanne geben, ohne die Pfanne einzufetten. So wird das Fleisch nur anbrennen.«

»Genau so.«

»Richtig, genau so. Aber das ist in Ordnung, wirklich. Es

war sehr nett von dir, für mich etwas Neues auszuprobieren, Mac. Das weiß ich wirklich zu schätzen.«

»Eigentlich dachte ich, ich wüsste, wie man kocht. Ich habe oft für mich selbst gesorgt, als ich …« Mac verstummte und schüttelte den Kopf. »Ich kann nicht glauben, dass ich das vermasselt habe. Ich wollte dich mit meinen Fähigkeiten in der Küche beeindrucken. Und dich dann vielleicht zu einem weiteren Kuss überreden.«

Da ist es, dachte Niamh, als sich Leichtigkeit in ihr ausbreitete. *Das ist die Bestätigung, dass wir mehr als nur Freunde sind und er immer noch an mir interessiert ist, egal wie oft ich ihm gesagt habe, ich wolle nur mit ihm befreundet sein.*

»Nun, eine so tapfere Leistung verdient auf jeden Fall einen Kuss«, sagte Niamh. Sie stellte sich auf ihre Zehenspitzen und drückte ihm einen Kuss auf die Wange. Aus irgendeinem Grund traute sie sich nicht, ihn auf die Lippen zu küssen. Sie trat zurück, bevor der Moment sich zu etwas entwickeln konnte, von dem Niamh nicht sicher war, ob sie dazu bereit war, und lächelte ihn strahlend an. »Wie wäre es, wenn ich einen Blick darauf werfe, was du sonst noch hier hast? Oder wir bestellen uns etwas.«

»Ich habe noch Tiefkühlpizza«, sagte Mac. Sie konnte Lust und noch etwas anderes in seinem Blick sehen, und für einen Moment war Niamh wie gefangen darin.

»Super. Pizza ist perfekt. Ich liebe Pizza. Ich *lebe* für Pizza. Sollen wir sie einfach in den Ofen schieben?« Niamh ging zur Kühltruhe und lachte, als sie einen Stapel Pizzakartons sah. »Sieht ganz so aus, als würdest du Pizza ebenfalls lieben.«

»Mit Pizza kann man nichts falsch machen. Die bekomme selbst *ich* hin.« Macs Stimme klang wieder spielerisch, und der Moment verging. »Geh zur Seite, schöne Frau, und lass mich dich mit meinen Auspackkünsten beeindrucken.«

Niamh lachte und ließ sich wieder auf ihrem Platz am Tisch nieder, obwohl sie nicht aufhören konnte, darüber nachzudenken, was heute Abend alles passieren könnte. Würde er sie wieder küssen? Plötzlich erkannte sie, dass sie das wollte, sehr sogar. Und doch hielt sich Niamh immer noch ein wenig zurück. Was war es, das sie an Mac so beunruhigte? Sie hatte ihre Mauer ihm gegenüber immer noch nicht fallengelassen, und fragte sich langsam, ob das ungerecht war. Plötzlich wirbelte Mac mit einem Messer in der Hand zu ihr herum, und Niamhs Augen weiteten sich.

»Oje.«

Mac hielt die Schachtel hoch, schnitt die Pappe mit dramatischem Schwung auf und zog die in Plastik verpackte Pizza hervor. Mit einer weiteren Drehung hockte er sich hin, wobei er die Pizza weiterhin hochhielt, schnitt das Plastik sauber durch und legte die Pizza auf das Backblech auf der Theke. Nachdem er es in den Ofen geschoben hatte, stellte er einen Timer ein und drehte sich zu ihr um.

»Ta da. Das Essen ist gleich fertig.«

»Gut gemacht, werter Herr. Bravo!« Niamh führte ihre Finger an die Lippen, machte ein Kussgeräusch und Mac verbeugte sich.

»Sollen wir uns auf die Couch setzen? Diese Stühle sind nicht besonders bequem«, sagte Mac. Er schenkte ihr Wein nach und öffnete sich ein weiteres Bier. Niamh warf einen Blick auf die dünnen hölzernen Esszimmerstühle und stellte fest, dass sie für einen Mann von Macs Größe wahrscheinlich schrecklich ungemütlich waren.

»Klar, machen wir.«

Mac blieb an dem kleinen Kamin im Wohnzimmer stehen, und wenige Augenblicke später flackerte dort ein fröhliches Feuer, das dem Raum eine gewisse Gemütlichkeit verlieh. *Er kann vielleicht nicht gut kochen, aber mit Feuer kann der Mann umgehen*, dachte Niamh.

»Das war schnell.«

»Es gefällt mir, ein Feuer brennen zu haben. In meiner

Kindheit hatten wir keinen Kamin. Aber jetzt wünsche ich mir einen. Wenn ich früher bei Freunden zu Besuch war, fand ich es im Winter immer so gemütlich, sich um das Feuer zu versammeln.« Mac zuckte mit einer Schulter, während er einen Moment lang in die Flammen starrte. Als er sicher war, dass das Feuer nicht ausgehen würde, durchquerte er den Raum und setzte sich zu Niamh auf die niedrige Ledercouch. Draußen regnete es noch immer in Strömen und ein heulender Wind peitschte um das kleine Haus.

»Wie waren denn deine Winter als Kind?« Niamh wusste bereits, dass er eine harte Kindheit gehabt hatte, auch wenn er nicht viel darüber erzählt hatte.

»Ich habe auf dem Boden in der Nähe der Heizung gesessen, um so viel Wärme wie möglich zu bekommen, während ich mir verschiedene Rugby-Spielzüge angesehen und darauf gewartet habe, dass meine Suppe warm wurde.«

»Oh. Dein Vater hat nicht für dich gekocht?«

»Ich habe nur selbstgekochtes Essen bekommen, wenn ich es selbst zubereitet habe oder mein Vater eine neue Frau nach Hause gebracht hat.« Mac lachte und schaute mit einem spöttischen Gesichtsausdruck weg. »Nicht, dass er oft Frauen mit nach Hause gebracht hätte. Selbst sie konnten sehen, was für ein Verlierer er war.«

»Tut mir leid, das zu hören, Mac.« Niamhs Herz verkrampfte sich schmerzhaft. Sie hatte das Glück gehabt, in einem liebevollen Zuhause aufzuwachsen, aber ihre Mutter war ein Waisenkind gewesen, das traumatische Erfahrungen gemacht hatte. Zumindest konnte sie mit ihm mitfühlen.

»Und trotzdem besorge ich ihm immer noch Karten für jedes Spiel.« Die Sehnsucht in seiner Stimme traf Niamh bis ins Mark. Sie rutschte näher an ihn heran und lehnte sich an ihn, weil sie spürte, dass er ihr im Moment nicht in die Augen sehen konnte.

»Kommt er und schaut dir zu?«

»Er verkauft sie. Damit er Geld hat, mit dem er wetten kann.« Macs Stimme war angespannt.

»Okay, das ist einfach nur scheiße.« Niamh setzte sich empört auf. »Du musst aufhören, ihm Tickets zu geben.«

»Es ist, wie es ist.« Mac zuckte mit einer Schulter und Niamh legte ihre Hand auf seinen Arm.

»Mac. Hör mir zu. Du bist ihm nichts schuldig. Überhaupt nichts, verstehst du mich? Gib ihm keine Karten mehr, wenn er so etwas tut. Du verdienst es, von Menschen umgeben zu sein, die dich unterstützen.«

»Ach, das ist wirklich nicht so schlimm.« Mac winkte ab.

»Doch, das ist es«, sagte Niamh mit fester Stimme. »Du hast jetzt die Macht, Mac. Du bist kein Kind mehr. Er kann dir nicht mehr sagen, was du zu tun hast. Ich gebe dir die volle Erlaubnis, dich nicht mehr um einen Mann zu kümmern, der sich auch nicht um dich gekümmert hat.«

»Es ist nicht seine Schuld«, sagte Mac und weigerte sich, ihr in die Augen zu sehen.

»Wie bitte? Hast du jetzt völlig den Verstand verloren? Natürlich ist es seine Schuld. Er war der Erwachsene. Du warst das Kind. Seine Aufgabe war es, sich um dich zu kümmern, und das hat er offensichtlich nicht getan. Warum musst du dich jetzt um ihn kümmern?«

»Wenn ich es nicht tue, wird er der Welt sagen, was ich bin.«

KAPITEL EINUNDZWANZIG

Seine Worte hingen schwer in der Luft zwischen ihnen, und Niamhs Gehirn versuchte, ihnen einen Sinn zu geben.

»Und was bist du, Mac? Ein Kind, das Liebe brauchte? Ein Mann mit einem guten Herzen? Ein ausgezeichneter Rugbyspieler? Ein großartiger Freund?«, fragte Niamh und bahnte sich vorsichtig ihren Weg durch ein Feld, das sich anfühlte, als wäre es voller Landminen.

»Nein, Niamh.« Mac drehte sich zu ihr um, und seine Augen waren stürmisch und voller Emotionen. »Ich bin noch etwas anderes.«

Niamh beobachtete ihn und sie kniff die Augen zusammen, als ihre Gedanken zu Gracies Nachricht vor ein paar Stunden zurückkehrten. Sie hatte gesagt, dass es Mac gut ging. Wie konnte er in die Bucht hinabsteigen und nicht verletzt werden? War er ...?

»Mac. Warst du heute in der Bucht?« Niamh hielt ihre Stimme ruhig, aber ihr Puls raste.

»Ja, ich war dort.«

»Ist ... ist dort etwas geschehen?« Niamhs Stimme wurde so leise, dass sie beinahe flüsterte.

»Ich wurde nicht verletzt, falls du das meinst.«

»Du hast also das kleine Ritual durchgeführt, bevor du den Strand betreten hast?« Wahrscheinlich hatte ihm jemand im Pub gesagt, wie er die Bucht sicher betreten konnte. So musste es sein.

»Nein, Niamh. Mir hat niemand etwas von einem Ritual erzählt.«

»Was ... was ist passiert, während du dort warst?«

»Ich nehme an, du kennst eine Frau namens Fiona?« Macs Augen waren auf ihre gerichtet, und Niamh trank einen großen Schluck von ihrem Wein.

»Sie hat sich dir gezeigt?«

»Ah, du gibst also zu, dass es Geister gibt.«

»Natürlich gebe ich das zu.« Niamh lachte, obwohl dieses Gespräch eigentlich sehr ernst war. »Mac, ich studiere alle möglichen Dinge, die über das hinausgehen, was die meisten Leute zu glauben wagen. Ganz zu schweigen davon, dass Fiona eine Art Verwandte von mir ist und ich sie auch gelegentlich sehe.«

»Sie ist eine nette Frau. Souverän«, sagte Mac mit einem nachdenklichen Gesichtsausdruck.

»Das ist sie. Fiona war ... nun, eigentlich ist sie es immer noch. Sie ist ein echtes Energiebündel.«

»Gracie ist auch zum Strand gekommen. Anscheinend hat ihre Hündin sie gewarnt, dass ich an den Strand gehe.«

»Rosie.« Niamh nickte. »Sie ist eine gute Hündin.«

»Und Gracie ist ein guter Mensch. Sie hat alles stehen und liegen lassen, um sich zu vergewissern, dass mir nichts zugestoßen war. Es ist ein langer Weg, um nach jemandem zu sehen, den sie kaum kennt.«

»Gracie hat ein gutes Herz. Und sie ist Heilerin.« Niamh

ging nicht näher darauf ein, welche Art von Heilerin. »Es liegt in ihrer Natur, sich um die Menschen zu kümmern.«

»Sowohl Fiona als auch Gracie schienen sehr überrascht zu sein, dass ich am Strand war. Sie waren vor allem deswegen überrascht, weil ich nicht verletzt war und keine Wunden davongetragen habe«, fuhr Mac fort. Seine Stimme war ruhig, obwohl seine Augen mit jedem Augenblick stürmischer wurden. Er zog ein kleines Sofakissen auf seinen Schoß und drückte es an sich, als wolle er sich schützen.

»Man sagt, dass der Strand die Seinen wiedererkennt. Aber selbst dann kann das Wasser dort ... heikel sein.« Niamh wählte ihre Worte mit Bedacht, denn langsam schien sie eine Sache zu verstehen. Wenn Mac an den Strand gehen konnte, dann stammte er wahrscheinlich von Grace O'Malleys Blutlinie ab. Das bedeutete ...

»Ja. So wurde es mir gesagt.« Mac trank einen großen Schluck von seinem Bier.

»Mac. Mac, sieh mich an.« Niamh zerrte an seinem Arm und zwang ihn, wieder zu ihr zu schauen. »Hast du eine übersinnliche Fähigkeit? Ist es das, was du mir sagen willst? Denn du musst doch wissen, dass dies ein sehr sicherer Ort ist, oder?«

»Ich weiß.« Macs Stimme war eindeutig nervös.

Niamh ließ zu, dass sich das Schweigen zwischen ihnen ausbreitete, sie wollte ihn nicht drängen, aber auch zu nichts zwingen. Sie fiel fast von der Couch, als der Timer für die Pizza ertönte.

»Ich werde nur eben ...« Mac sprang auf und ging in die Küche, um die Pizza aus dem Ofen zu holen. Niamh wartete, während ihr eine Million Fragen durch den Kopf gingen. Hatte Mac Kräfte? Bedeutete das, dass sie auf irgendeine entfernte Weise miteinander verwandt waren? Und falls ja ... was würde das bedeuten? Sie würde jegliche Gefühle, die sie für ihn hegte, unterdrücken müssen.

»Ist es für dich in Ordnung, auf der Couch zu essen?«
Mac kam mit zwei Tellern und der Weinflasche unter dem
Arm zurück ins Zimmer. Niamh war sich nicht sicher, wie sie
überhaupt einen Bissen herunterbekommen sollte, nicht,
solange er ihr immer noch nicht genug Informationen
gegeben hatte.

»Sicher, das ist in Ordnung.« Niamh nahm den Teller
und stellte ihn beiseite, ohne auch nur einen Blick auf die
Pizza zu werfen.

»Soll ich dir noch nachschenken?« Mac deutete auf ihr
Glas, das zu Niamhs Überraschung leer war.

»Sicher.« Niamh wartete, während er ihr Glas füllte, sie
wartete, während er sich setzte, und wartete, während er einen
Bissen Pizza nahm. Schließlich, als sie kurz davor war, vor
Nervosität zu explodieren, sah er zu ihr auf.

»Bist du denn nicht hungrig?«

»Mac.« Niamh warf ihm nur einen Blick zu, und er
seufzte, bevor er das Pizzastück zurück auf seinen Teller legte.

»Es wäre mir lieber, wenn wir daraus keine große Sache
machen würden. Also, iss bitte deine Pizza. Es ist mir unangenehm, wenn du mich anstarrst, als wäre ich einer deiner
Probanden oder so. Ich ... ich bin es nicht gewohnt ...« Mac
stieß einen genervten Atemzug aus. »Das ist nicht leicht für
mich.«

»Oh. Natürlich, richtig!« Niamh schüttelte den Kopf,
um ihre Gedanken zu ordnen. Das hatte sie in ihren Kursen an
der Uni gelernt. Sie ließ ihre eigenen persönlichen Interessen
in den Prozess einfließen, sodass er sich unbehaglich fühlte.
»Die Pizza sieht großartig aus. Es ist nirgendwo auch nur eine
schwarze Stelle zu sehen.«

»Da habe ich dir wohl nicht zu viel versprochen, was? Ich
bin der Pizza-Meister.«

»Das bist du. Hey, Mac. Danke für das Essen.« Sie hob
ihr Glas und stieß prostend gegen seine Flasche, bevor sie in

die Pizza biss. Sie verfielen für einen Moment in geselliges Schweigen, während sie beide aßen. »Das schmeckt wirklich hervorragend. Pizza ist eine meiner Lieblingsspeisen, aber erzähl das bloß nicht meiner Mutter.«

»Ich verspreche es.« Mac hatte bereits vier Stücke gegessen, sie eines. Für einen Moment stellte Niamh ihren Teller zur Seite, ließ ihr Essen ruhen und trank einen weiteren Schluck ihres Weins. Die Nacht hatte einen warmen, unscharfen Glanz angenommen, was wahrscheinlich an den drei Gläsern Wein lag, und sie ließ sich noch tiefer in die Couch sinken. Mac stand auf und durchquerte den Raum, stocherte im Feuer herum und legte noch ein paar Holzscheite nach, bevor er lässig über seine Schulter blickte.

»Ich habe Fähigkeiten. Ich kann Dinge ein paar Augenblicke, bevor sie passieren, spüren.«

Niamh erstarrte, wobei ihr Blick auf Macs Rücken gerichtet war, der weiter im Feuer herumstocherte, wahrscheinlich damit seine Hände etwas zu tun hatten, denn es loderte bereits vor sich hin. In der Ferne ertönte ein leichtes Donnergrollen, und der Regen nahm an Intensität zu.

»Das klingt nach einer sehr interessanten Fähigkeit. Bist du bereit, mir ein wenig mehr darüber zu erzählen ... zum Beispiel, wie sich das bei dir genau manifestiert?« Niamh versuchte, ihre Stimme so neutral wie möglich zu halten.

Mac drehte sich um, hob die Augenbrauen und sah sie einfach nur an.

»Was ist?«, fragte Niamh.

»Hör zu, Niamh. Wenn ich darüber spreche ... würde ich es wirklich zu schätzen wissen, wenn du nicht deine Arztstimme benutzen würdest, als wäre ich jemand, der analysiert werden muss. Sprich einfach mit deiner normalen Stimme mit mir. So, wie du auch mit einem Freund sprechen würdest.«

»Oh.« Niamh stieß die Luft, die sie angehalten hatte, aus.

»Ich habe nur versucht, so offen und ermutigend zu klingen, wie ich konnte.«

»Du klangst irgendwie klinisch.«

»Okay, tut mir leid«, sagte Niamh lachend. »Diese Fähigkeit, die du hast, klingt auf jeden Fall erstaunlich. Erzähl mir alles darüber. Wenn ich zum Beispiel etwas werfen ...« Niamh sah sich um und warf ein Sofakissen nach ihm, aber seine Hände waren schon in der Luft, um es aufzufangen.

»Ja, so ähnlich.« Mac grinste. »Und diese Stimme gefällt mir viel besser. Ich bevorzuge die echte Niamh.«

»Oh, alles klar, kein Problem. Du magst es nicht, wenn ich alles, was ich in der Uni gelernt habe, benutze, um mit dir zu sprechen, aber wenn ich fluche und dir ein Kissen an den Kopf werfe, ist alles gut?«

»Ganz genau.« Mac kam langsam auf sie zu.

»Aber ... nun ja. Woher hast du diese Fähigkeiten? Das frage ich mich wirklich. Einiges davon ist einfach so, wie es ist. Manche dieser Kräfte werden auf magische Weise durch die Blutlinien weitergegeben.« Niamhs Puls beschleunigte sich, als Mac seine Annäherungsversuche fortsetzte und sich über sie beugte. Er stützte seine Arme auf beiden Seiten von ihr ab und hielt inne.

»Fiona und Gracie glauben anscheinend, dass diese Fähigkeiten von einer Tochter stammen, von der ein Mann namens Dillon nichts wusste.«

»Oh ...« Es war ihr nie in den Sinn gekommen, dass die große Grace O'Malley ihren Zauber auch auf andere Menschen ausgedehnt haben könnte, die ihr wichtig waren. »Wir sind also nicht verwandt.«

»War das deine größte Sorge?« Ein raubtierhafter Blick huschte durch Macs Augen. »Dass wir verwandt sein könnten?«

»Na ja, ich meine ... es ist mir zumindest in den Sinn gekommen. Ganz kurz, natürlich.« Niamhs Puls begann zu rasen, und ihr Magen fing an zu kribbeln, als Macs Blick zu ihren Lippen wanderte und dann an ihrem Körper entlangglitt.

»Und es stört dich nicht ... dass ich Fähigkeiten habe? Oder *Kräfte*, wie du sie nennst? Denn wenn du dir mehr Sorgen darüber machst, dass wir verwandt sind, dann vermute ich, dass deine Gedanken vielleicht um andere Dinge kreisen ...« Macs Stimme wurde leiser, seine Lippen waren nur noch wenige Zentimeter von ihren entfernt, und für einen Moment verlor sich Niamh in seinen Augen.

»Kräfte?«, fragte Niamh, der es plötzlich schwerfiel, einen klaren Gedanken zu fassen und Mac lachte.

»Niamh.«

»Ja?«

»Willst du, dass ich dich küsse?«

»Oh ...«, hauchte Niamh und versuchte, den Bann zu brechen, den seine bloße Anwesenheit auf sie ausübte. »Ja, ich glaube, das will ich.«

»Lass mich nur noch eine Sache klarstellen ...« Mac beugte sich vor und strich mit seinen Lippen ganz sanft über die ihren. »Du bist die einzige Person außer meinem Vater, der ich offen von meinen übersinnlichen Kräften erzählt habe. Fähigkeiten. Gaben. Von meinem Fluch. Wie auch immer du es nennen willst. Ich vertraue dir ... auch, weil Gracie gesagt hat, dass ich das tun sollte. Dass ich dir gegenüber offen sein muss, wenn ich will, dass aus uns etwas wird.« Er berührte ihre Lippen erneut sanft, um sie zu kosten.

»Warte, du hast vor mir mit Gracie darüber gesprochen? Sie weiß also, dass du Kräfte hast?« Abgelenkt zog sich Niamh zurück und legte ihre Hand auf seine Brust.

»Sie hat mich unverletzt in der Bucht gefunden, während ich mit einem Geist gesprochen habe. Sie hatte also ein paar Fragen.«

»Natürlich. Ähm, okay. Also gut. Also, um deine Frage zu

beantworten – nein, es stört mich nicht im Geringsten. Ich finde es faszinierend. Und ich weiß es zu schätzen, dass du diese Informationen mit mir teilst.« Niamh legte ihren Finger auf Macs Lippen, als er sich wieder zu ihr beugen wollte. »Als Freundin mit einem tadellosen Ruf, kann ich dir zudem sagen, dass ich niemandem von dir erzählen werde, Mac. Dein Geheimnis wird bei mir immer sicher sein.«

»Niamh«, Macs Stimme war nur noch ein Flüstern an ihren Lippen. »Ich sehne mich nach dir.«

»Oh ...« Niamh keuchte. »Ich dachte ... ich ...«

»Du musst wissen, dass ich deinetwegen in Grace's Cove bin, Niamh.«

»Aber du wolltest doch weg ...« Niamh blinzelte zu ihm auf.

»Niamh. Ich kann überall auf der Welt hingehen. Wann immer ich will. Ich habe Freunde, die Privatinseln besitzen. Ich kann so weit weg gehen, wie ich will, und so oft verschwinden, wie ich muss. Hast du wirklich geglaubt, dass das kleine Grace's Cove ein echtes Versteck sein könnte?«

»Ich schätze, ich habe nicht wirklich nachgedacht ...« In diesem Moment erinnerte sie sich an Gracies Worte. *Ein Mann packt nicht seine Sachen und fährt mit einer Frau quer durchs Land, wenn er nur befreundet sein will.*

»Ich habe versucht, geduldig mit dir zu sein. Ich habe dir deinen Freiraum gegeben. Ich habe mich nicht mit deinen Freundinnen getroffen. Ich habe dir mein tiefstes Geheimnis anvertraut. Wenn du mich nicht willst, Niamh, dann sag es mir jetzt, denn es gibt nichts anderes, was ich tun kann, um dir zu zeigen, wer ich wirklich bin. Ich werde deine Entscheidung respektieren, aber du musst ehrlich zu mir sein. Denn obwohl du mir von Anfang an gesagt hast, dass du nur mit mir befreundet sein willst, habe ich das Gefühl, dass da mehr ist. Falls nicht ... dann entschuldige ich mich von ganzem Herzen dafür, dass ich die Situation falsch eingeschätzt habe, und ich hoffe, du hasst mich nicht dafür, dass ich das Thema noch einmal anspreche. Ich schätze, ich musste es einfach noch einmal versuchen, um zu sehen, ob du mir eine Chance geben würdest, wenn du mich als Person besser kennen würdest.«

Niamh blieb fast das Herz stehen, während dieser umwerfende Mann, dessen Augen warm vor Rührung waren und der sein Herz auf der Zunge trug, über ihr lehnte. Ein Hauch von Beklommenheit durchfuhr sie, denn sie wusste, dass es schwierig sein würde, seine feste Freundin zu sein – wenn sie sich in aller Öffentlichkeit verabredeten. Aber würde es das wert sein? Wenn es bedeutete, dass sie mit ihm zusammen sein konnte? Es fühlte sich ein bisschen so an, als würde sie sich ins Ungewisse stürzen. Niamh wurde klar, wie verletzlich Mac sich für sie gemacht hatte. Sein ganzes Leben lang hatte er ein Geheimnis gehütet, das er erst jetzt mit einer einzigen Person teilte. Ihr. *Männer tun solche Dinge nicht, wenn sie dich nicht schätzen*, sagte sich Niamh.

»Ich mag dich, Mac. Sehr sogar. Ich habe versucht, dich nur als einen Freund zu sehen, aber ...« Niamh schenkte ihm ein verlegenes Lächeln. »Es funktioniert nicht. Egal, wie sehr ich es versuche. Ich will ... ich will mehr, Mac ... ich will *dich*.«

»Nun, dann bin ich dir wohl einen Kuss schuldig, nicht wahr?« In Macs Stimme lag ein gefährlicher Ton, der Niamh vor Erwartung erzittern ließ. Plötzlich stürzte er sich beinahe verzweifelt auf ihre sanften Lippen und saugte an der unteren, bis sie anschwoll. Mac ließ sich vor ihr auf die Knie fallen, schob Niamh in Position, als wäre sie eine Puppe, und rutschte zwischen ihre Beine. Er küsste ihren Mund immer wieder. Sein unerbittliches Drängen und seine intensive Aufmerksamkeit ließen die Lust durch ihren ganzen Körper schießen. Niamh drückte ihre Lippen keuchend gegen seine und war schockiert über die Gefühle, die sie durchströmten. So etwas hatte sie noch nie für jemanden empfunden.

Nach einer Weile hielt Mac inne und lehnte sich zurück,

um mit seinen Händen über ihre Arme, an ihren Seiten hinunter, bis hin zu ihren Beinen zu streichen. Einen Moment lang kniete er vor ihr, wie ein vergoldeter gefallener Engel – voller Muskeln und Sünde – bevor er nach ihren Socken griff. Niamh lachte ein wenig, als er ihr die Socken auszog und die kühle Luft ihre Zehen berührte. Mit sanften Fingern strich Mac über ihre Knöchel, bevor er seine Hände unter die Jogginghose schob und ihre Waden massierte.

»Ich möchte dir diese Hose ausziehen. Ich möchte dich ansehen. Die hinreißende Niamh. Das Mädchen von nebenan mit dem umwerfenden Verstand. Willst du dich mir zeigen?«, fragte Mac, während er mit seinen Händen weiter ihre Beine hinauffuhr, bis er die weiche Haut ihrer Oberschenkel erreichte. Niamh war sich nicht sicher, ob sie noch dazu fähig war, Worte zu formulieren, also hob sie nur eines ihrer Beine an und Mac lachte. Er küsste sie noch einmal, bevor er aufstand und Niamh hochhob, als würde sie nichts wiegen. Er zog ihr sowohl die Jogginghose als auch die Unterhose von den Beinen, bevor er sie wieder auf die Couch sinken ließ. Niamh quietschte, als das kühle Leder ihre nackten Beine berührte. Sie hatte nicht damit gerechnet, dass er ihr auch die Unterwäsche ausziehen würde, und jetzt fühlte sie sich entblößt, wie sie da saß, mit gespreizten Beinen, nur mit seinem Trikot bekleidet. Sie fühlte sich verletzlich … und unheimlich erregt. Niamh wollte, dass er sie eroberte.

»Du bist unglaublich.« Macs Stimme war heiser, und sein Atem ging schnell, als wäre er mehrere Kilometer gelaufen. »Ein Traum, Niamh. Du bist ein wahr gewordener Traum.« Seine Worte schickten Hitze durch Niamhs Körper und sie wälzte sich auf der Couch, wollte ihn näher bei sich haben … sie wollte so viel mehr mit ihm machen. Als seine Lippen die Haut ihres Innenschenkels berührten, zuckte sie zusammen, und ein Kichern entwich ihr.

»Bist du etwa kitzelig?«, fragte Mac und lehnte sich zurück, um sie anzuschauen.

»Oh, ich bin nur ... nervös. Nein, ich bin aufgeregt«, korrigierte sich Niamh sofort, als sie die Sorge in seinen Augen aufblitzen sah.

»Ich werde es ganz langsam angehen lassen, Niamh.«

»Oh, aber ich wünschte, du würdest es nicht tun.« Niamh schockierte sie beide mit diesen Worten. Sie schlug sich eine Hand vor den Mund, da sie nicht glauben konnte, dass dieser Satz einfach so aus ihr herausgesprudelt war. Andererseits krümmte sie sich geradezu vor Verlangen, und der Mann hatte sie kaum berührt.

»Ach nein? Mag die Dame es etwa schnell?« Sie war schockiert, als Mac seinen Kopf zu ihrem Intimbereich neigte und an ihr saugte. Ein Blitz der Lust durchzuckte sie und brachte sie dazu, ihren Rücken vor Verlangen von der Couch zu wölben. Die Lust durchfuhr sie und Niamh wölbte ihren Rücken ein weiteres Mal, als er einen Finger in sie schob.

»Mac ... bitte ...« Niamhs Schreie verwandelten sich in einen leisen, klagenden Ton, während er sie langsam in einen silbernen Pool der Lust stürzte.

»Niamh. Warte. Warte kurz.« Mac erhob sich eilig und rannte in sein Schlafzimmer, bevor er mit einem Kondom in der Hand zurück ins Wohnzimmer rannte. Niamh starrte ihn einfach nur an, als er sich auszog, und bewunderte seinen muskulösen Körper. Sie blinzelte ihn an, als er sich wieder hinkniete, bevor er laut fluchte.

»Was ist los?« Niamh fühlte sich fast wie betäubt, so losgelöst war sie von den kleinen Schauern der Lust, die sie immer noch durchliefen.

»Vergiss es. Niamh, sieh mich an.« Mac strich über den Saum des Trikots, bevor er seine Hände darunter schob. Er ließ seine Hände sanft über die weiche Haut ihres Bauches wandern, bevor sie ihre Brüste umfassten. Niamh beugte sich vor, warf den Kopf zurück und gab sich seinen vorsichtigen Bewegungen hin, während er sie immer weiter reizte. Als er sein hartes Glied an sie drückte, beugte sich Mac über sie und leckte an ihrem Hals, wobei er einen sanften Lufthauch gegen ihre empfindliche Haut blies. Niamh, die nun verzweifelt nach ihm verlangte, schob ihre Hüften vor und versuchte zu nehmen, was sie so sehr wollte.

»Niamh. Sieh mich an.«

Niamh begegnete seinem Blick und konnte erkennen, dass er in diesem Moment vollkommen ehrlich zu ihr war.

»Du bist mir wichtig. Wichtiger als jede andere Person in meinem Leben. Es tut mir leid, dass unser erstes Mal auf einer Couch im Wohnzimmer stattfindet, aber ich glaube, ich habe noch nie jemanden so sehr gewollt wie dich ... niemals.« Macs Stimme klang ein wenig abgehackt, als ob ihn die Anstrengung, sich zurückzuhalten, beinahe umbrachte.

»Bitte, Mac. Ich will dich auch. So, *so* sehr.« Niamh schrie auf, als er in einem einzigen langen Stoß in sie eindrang, und sie verschmolzen miteinander. Der Regen prasselte draußen gegen die Fenster, das Licht des Feuers flackerte sanft über sie hinweg, während sie sich gegenseitig Versprechen gaben, immer und immer wieder, bis sie beide vor Erleichterung zitterten.

Anschließend drückte Mac sie einfach an sich, während er versuchte, seinen Atem zu beruhigen, und Niamh versuchte, all ihre Gefühle zu verarbeiten. Eine Sache war ihr besonders im Gedächtnis geblieben.

»Weshalb hast du vorhin geflucht?« Niamh hob den Kopf, um Mac anzusehen, und ein Grinsen blitzte in seinem hübschen Gesicht auf.

»Ich habe mich in die Pizza gekniet.«

Niamh konnte nicht anders als zu lachen und beugte sich vorsichtig vor, um zu sehen, dass Mac immer noch auf ihrem längst vergessenen Pizzateller kniete.

»Und du hast dich nicht vom Fleck bewegt?« Niamh hob eine Augenbraue und sah ihn an.

»Du hast verlangt, dass ich mich beeile. Das wollte ich mir nicht entgehen lassen, meine Liebe. Aber nur fürs Protokoll ... beim zweiten Mal werden wir uns mehr Zeit lassen.«

Niamh quietschte vor Lachen, als er sie hochhob und ins Schlafzimmer trug.

KAPITEL ZWEIUNDZWANZIG

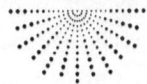

Die nächste Woche verging für Niamh wie im Flug, denn sie hatte Mühe, sich auf ihr Forschungsprojekt zu konzentrieren und sich nicht in dummen Tagträumen von Mac zu verlieren. Ihre Eltern hatten nicht ein einziges Mal gefragt, warum sie an den meisten Abenden nicht nach Hause kam, und sie hatte mehr als eine Nacht in Macs gemietetem Haus verbracht. Nicht jede Nacht, denn Niamh war immer noch etwas ängstlich, sich zu schnell auf ihn einzulassen. Je mehr Zeit sie jedoch mit Mac verbrachte, desto mehr verstand sie, was für ein Wunder es war, dass er sich zu dem gutherzigen und aufrichtigen Menschen entwickelt hatte, der er heute war.

»Oh, dich hat es aber ganz schön erwischt.« Gracies Stimme riss sie aus ihren Gedanken, und sie blinzelte zu Kira und Gracie, die sie über den langen hölzernen Küchentisch in Gracies Haus hinweg angrinsten. Obwohl Gracie und ihr Mann Dylan sich eine Villa hätten leisten können, hatte Gracies Sturheit gesiegt, und sie lebten zusammen in dem kleinen Haus, das an den Klippen der Bucht lag. Dylan stillte sein Bedürfnis nach mehr Platz, indem er Gracie gelegentlich auf Reisen zu exotischen Orten mitnahm, und soweit Niamh es einschätzen konnte, waren die beiden glücklich und zufrieden …

»Lass das arme Mädchen in Ruhe, sonst vergraulst du sie noch«, sagte Dylan, der in einem hölzernen Schaukelstuhl am kleinen Feuer in der Ecke saß und auf sein iPad starrte. »Du bist zu aufdringlich.«

»Oh, ich bin aufdringlich? Nun, du kannst dich gerne verziehen, damit wir unseren Mädelsabend genießen können. Du ruinierst die Energie mit deinen nutzlosen Kommentaren«, schoss Gracie zurück.

… zumindest wenn sie nicht gerade stritten. Niamh war sich sicher, dass sie diese Streitereien als Vorspiel betrachteten, denn die Funken, die zwischen den beiden sprühten, wenn Dylan Gracie einen Blick zuwarf, reichten aus, um den ganzen Raum zu erhitzen.

»Ich war gerade auf dem Weg nach draußen, meine Liebste. Ich treffe mich mit Liam und Brogan drüben im Naturzentrum. Wir gehen ein Pint trinken.«

»Im Naturzentrum? Mitten im Winter?«

»Natürlich. Es ist toll dort. Außerdem gibt es dort ein Café und … na ja, warum nicht?«

»Dann geh. Du brauchst uns nicht weiter vollzuquatschen.« Gracie grinste breit, als Dylan ihr einen Kuss auf den Mund drückte und ihr dann etwas ins Ohr murmelte, bevor er sich von den anderen Frauen verabschiedete.

»So, dann können wir unseren Mädelsabend ja beginnen«, sagte Gracie und hob ihr Weinglas. Die drei Frauen stießen an und blickten dann auf den Tisch, auf dem Gracie eine Reihe von Gläsern aufgestellt hatte.

»Wenn das hier ein Mädelsabend ist – warum arbeiten wir dann? Für dich? Das fühlt sich an wie unbezahlte Arbeit«, meckerte Kira.

»Stell dich nicht so an. Das sind doch nur ein paar Cremes und Tonics, die wir abfüllen müssen. Du wirst doch jetzt sicher nicht wegen einer so schweren Arbeit ins Schwitzen kommen, oder?« Gracie verdrehte die Augen. Ihr Haar war zu einem komplizierten Knoten geflochten, und sie trug eine Lederschürze, die sie locker über ihren Pullover gebunden hatte.

»Mich stört es nicht. Das riecht alles himmlisch.« Niamh schnupperte an einer der Cremes und seufzte glücklich, als ihr der frische Duft von Meersalz in die Nase stieg.

»Siehst du? Manche von uns können sich eben an den kleinen Dingen erfreuen.« Gracie blickte zu Kira, die nur grinste.

»Wie läuft es im Naturzentrum?«, fragte Niamh, während sie etwas Creme in ein Glas löffelte. »Ich nehme an, im Winter ist nicht viel los?«

»Brogan liebt es. Ihr solltet sehen, wie sehr er bei der Gestaltung neuer Ausstellungsstücke und dem Hinzufügen neuer Dekorationen mitfiebert. Es gibt immer etwas zu tun, zu reparieren oder zu aktualisieren, und er könnte wirklich nicht glücklicher sein. Und obwohl Winter ist, kommen die Leute trotzdem gern zu unseren Kursen und verbringen ihren Tag bei uns. Ich habe bereits einige Fotokurse geleitet, die sehr gut besucht waren. Ein paar Leute haben über Vogelbeobachtung und Ähnliches referiert. Eine Sache kann ich euch sagen, Vogelbeobachter sind wirklich ganz besondere Menschen.« Kira lachte und schüttelte den Kopf. »Ich hatte keine Ahnung, was für eine riesige Gemeinschaft das ist. Sie sind wie besessen! Und ich muss zugeben – meine Vogelfotos verkaufen sich sehr gut. Ein wenig kann ich die Aufregung also verstehen.«

»Vögel sind toll«, sagte Gracie mit einem kleinen Achselzucken, »aber ich liebe Fergal auf jeden Fall mehr.«

»Geht es ihm jetzt im Winter denn gut?« Niamh blickte besorgt auf. Fergal, der Otter, war durch Kiras lustige Instagram-Fotos von ihm und seiner kleinen Otterfamilie berühmt

geworden. Der Account hatte dazu beigetragen, die Besucher-
zahlen des Naturzentrums zu erhöhen, und jetzt war Fergal
das offizielle Maskottchen des Zentrums geworden.

»Oh ja, es geht ihm hervorragend. Er und seine Familie
halten sich warm.«

»Das freut mich, zu hören. Sie sind wirklich niedlich,
nicht wahr? Ich ...« Niamh blickte auf und sah, wie die beiden
Frauen sie anstarrten. Sie schaute nach unten und sah, dass sie
viel zu viel Creme ins Glas gefüllt hatte und es bereits überlief.
»Oh! Gracie! Das tut mir so leid. Ich wollte nichts vergeu-
den ... das bezahle ich dir natürlich.«

»Ach was, ich kann in kurzer Zeit sehr viel davon machen.
Aber genug von Ottern, Niamh. Erzähl uns davon, was bei dir
los ist.« Gracie reichte ihr ein Handtuch.

Niamh atmete aus, während sie ihre Gedanken ordnete.
Sie musste vorsichtig sein, wie sie über Mac sprach, denn Kira
kannte sein Geheimnis nicht.

»Wie hast du dich gefühlt, als er dir von seinen Kräften
erzählt hat?«, fragte Kira. Niamh ließ das Handtuch fallen
und warf Gracie einen wütenden Blick zu.

»Wie konntest du nur?«, flüsterte Niamh.

»Ich habe nichts gesagt!« Gracie legte eine Hand auf ihr
Herz. »Ich schwöre auf Fiona, dass ich nichts gesagt habe.«

»Aber woher ...« Niamh sah Kira an und machte sich
Sorgen, dass Macs Geheimnis sich bereits rumgesprochen
hatte.

»Rosie.« Kira zuckte mit den Schultern und nickte der
Hündin zu, die auf ihrem Bett neben dem Feuer schlummerte.
Als sie ihren Namen hörte, stand sie auf und kam zum Tisch
hinüber, um die Gruppe neugierig anzusehen. »Sie hofft auf
ein Leckerli.«

Eine von Kiras stärksten übersinnlichen Fähigkeiten war
es, mit Tieren zu kommunizieren, was sich perfekt mit
Brogans Liebe zur Natur und zum Naturzentrum vereinbaren

ließ. Niamh hatte diese Eigenschaft immer bewundert, denn wen interessierte es nicht, was Tiere zu sagen hatten? Es war, als ob man seinem Freundeskreis eine zusätzliche Schicht von Intrigen hinzufügen würde. Allerdings war es nie gut, wenn Geheimnisse ausgeplaudert wurden. Darüber war Niamh ganz und gar nicht glücklich. Sie sah zu Rosie hinunter.

»Du warst keine brave Hündin, Rosie. Du solltest keine Geheimnisse teilen«, tadelte Niamh die Hündin sanft. Rosie drehte ihren Kopf, um Niamh für einen Moment mit ihren süßen braunen Augen anzusehen, bevor sie sich auf den Boden legte und ihre Schnauze unter den Pfoten vergrub, als wollte sie sich verlegen die Augen zuhalten. Sofort bekam Niamh ein schlechtes Gewissen.

»Sie sagt, dass sie nicht wusste, dass es ein Geheimnis war. Rosie fand es einfach schön, mehr Leute zum Spielen am Strand zu haben«, sagte Kira und übersetzte die Gedanken des Hundes für die Frauen.

Zerknirscht ließ sich Niamh auf den Boden fallen und umarmte Rosie.

»Es tut mir leid, ich hätte dich nicht ausschimpfen sollen. Natürlich verstehst du nicht, warum es ein Geheimnis sein sollte.« Rosie leckte Niamh über das Gesicht, und Niamh lachte, rieb sich mit dem Handrücken über die Wange und saß dann einfach nur da und kuschelte ein wenig mit dem Hund.

»Falls es irgendetwas besser macht ... ich weiß nicht, welche Kräfte er hat. Nur, dass er sie hat und dass er in die Bucht gehen kann. Sehr zur Überraschung aller, wie es scheint.« Kira zuckte mit den Schultern.

»Das ist wirklich eine große Sache für ihn. Du darfst es *wirklich* niemandem erzählen. Und du auch nicht, Gracie. Du hast es Dylan doch nicht erzählt, richtig? Oder stimmt es, dass Verheiratete wirklich alle Geheimnisse teilen?«

»In diesem Fall habe ich Dylan nichts gesagt, da Mac mich höflich gebeten hatte, seine Privatsphäre zu respektieren. Ich weiß so gut wie jeder andere, was zusätzliche Fähigkeiten für den Ruf einer Person bedeuten können«, sagte Gracie.

»Ich bin die einzige Person, mit der er ganz offen darüber geredet hat ... zumindest hat er das gesagt«, sagte Niamh. »Es war eine wirklich große Sache für ihn, es mir zu sagen, also nehme ich an, dass du ihn dazu überredet hast, mit mir darüber zu sprechen?«

»Das habe ich. Ich hatte das Gefühl, dass er, wenn er wirklich eine Chance bei dir haben will – so wie er mir gesagt hat –, sich dir gegenüber verletzlich zeigen muss. Da du dich wie eine Idiotin benommen und ihn auf Abstand gehalten hast und so weiter. Er musste deine Mauern niederreißen, verstehst du?«

»Ich habe mich nicht wie eine Idiotin benommen!« Niamh warf Gracie einen angewiderten Blick zu. »Ich war ihm eine Freundin. Nur weil ein Mann Interesse an einem bekundet, muss man das nicht erwidern, nur um seine Gefühle zu schützen, Gracie.«

»Ich glaube nicht, dass sie damit sagen wollte, dass ...«, unterbrach Kira sie hastig, bevor das Gespräch in einen Streit ausarten konnte. »Was sie wahrscheinlich sagen will, ist, dass du Gefühle für ihn hattest. Du warst also weder dir selbst noch ihm gegenüber ehrlich, als du gesagt hast, dass du nur mit ihm befreundet sein willst.«

»Bei euch klingt das alles so einfach.« Plötzlich wurde Niamh wütend und sie zog Rosie näher an sich heran. »Ich hätte also einfach zu dem berühmten Rugby-Star gehen sollen, dem eine Million Models hinterherlaufen, und ihm sagen, dass ich auf ihn stehe? Glaubt ihr nicht, dass er das schon tausendmal gehört hat?«

»Du hast also nur ein Spiel mit ihm gespielt? Wolltest du die Unnahbare mimen?«, fragte Gracie und in diesem Moment hätte Niamh sie erdrosseln können.

»Ich habe *kein* Spiel gespielt. Wie hätte ich denn wissen können, dass dieser Mann mir quer durchs Land folgen würde? Ich kenne ihn noch gar nicht so lange, Gracie. Ich bin immer noch dabei, herauszufinden, was ich für ihn empfinde.«

»Das ist ein gutes Argument«, warf Kira wieder ein, bevor Gracie etwas erwidern konnte. »Die beiden kennen sich noch nicht lange. Sie sind noch dabei, herauszufinden, was das zwischen ihnen ist. Lass sie.«

»Gut. Wenigstens hast du deinen Kopf aus deinem Arsch gezogen und ihn endlich gevögelt. Ich denke mal, dass es gut war, da du in letzter Zeit kaum noch einen Satz zustande bringst, weil du mit deinen Gedanken woanders bist und ständig mit einem verträumten Ausdruck auf dem Gesicht herumläufst.« Gracie trank ihren Wein in einem Schluck aus.

»Habe ich irgendwann mal gesagt, dass ich dich mag? Ich kann mich nicht mal mehr erinnern, warum.« Niamh starrte Gracie an.

»Weil wir verwandt sind und du mich lieben musst. So sind die Regeln.«

»Nein, das ist nicht wahr, wie du sehr wohl weißt«, sagte Niamh. Rosie bewegte sich in ihren Armen und Niamh ließ sie los, damit sie zu ihrem Bett am Feuer zurückgehen konnte. Niamh stand auf, klopfte ihre Hose ab, bevor sie zu ihrem Platz zurückkehrte und nach ihrem Weinglas griff.

»Wenn ihr es unbedingt wissen wollt ... ich mag ihn wirklich. Er ist ... er ist großartig«, sagte Niamh. Sie suchte nach den richtigen Worten, um ihre Gefühle Mac gegenüber auszudrücken. »Ich ... er ist nicht nur ein dummer Sportler. Er ist sogar richtig klug. Er interessiert sich für meine Arbeit, und jetzt kann ich sogar noch besser verstehen, warum er sich dafür interessiert. Außerdem ist er äußerst belesen, hat einen trockenen Sinn für Humor und sucht verzweifelt nach ... na ja, Liebe, denke ich. Sein Vater ist ein ziemlicher Idiot, und das ist alles, was ich dazu sagen werde.«

»Er hat also keine Mum mehr?«, fragte Kira und ihre Augen füllten sich mit Mitleid.

»Nein. Es kostet mich all meine Kraft, meine Mutter davon abzubringen, ihn zu adoptieren. Ihr wisst ja, wie sehr sie auf alles reagiert, was verwaist ist, wegen ihrer eigenen Vergangenheit. Es macht mir Angst ...« Niamh legte eine Hand auf ihre Brust und versuchte, ihre Atmung zu beruhigen. »Es macht mir Angst, wie schnell er in mein Leben getreten ist und ... falls er wieder verschwindet ... das wäre einfach ... er würde einfach dieses riesige Mac-große Loch in meinem Herzen hinterlassen. Davor habe ich wirklich Angst.«

»Warum glaubst du, dass er dich verlassen wird?« Gracies Stimme war dieses Mal sanft.

»Seht euch doch sein Leben an! Er wird ständig zu schicken Veranstaltungen eingeladen. Er steht in allen Zeitungen. Er reist um die Welt. All diese Aufregung und dieser Rummel. Wie soll ich da überhaupt reinpassen? Ich bin weder glamourös noch weltgewandt. Ich möchte mich auf meine Bücher konzentrieren und mir eine Karriere aufbauen – eine, die für mich von Bedeutung ist. Ich möchte Menschen helfen. Ich bin nicht daran interessiert, prominent zu sein oder der Armschmuck eines berühmten Mannes.«

»Habt ihr schon darüber gesprochen? Wie eure Zukunft aussehen könnte?«

»Bisher wurde nicht besonders viel geredet.« Niamh wurde rot, als ihre Freundinnen mit ihr abklatschten. »Das ist alles noch so neu und frisch, wisst ihr?«

»Ah, ich liebe diese Phase«, seufzte Kira. »Es ist, als ob man süchtig nach dem anderen ist.«

»Ich denke, dass ich immer noch in dieser Phase bin«, murmelte Gracie und schürzte nachdenklich die Lippen.

»Wie hat er es aufgenommen, als du ihm von deinen eigenen Kräften erzählt hast?«, fragte Kira und steckte sich ein Stück Käse in den Mund.

»Das habe ich bisher nicht erwähnt.« Das war ein weiterer Grund, warum Niamh sich große Sorgen darüber machte, wie ihre Zukunft aussehen würde. Jedes Mal, wenn sie versucht hatte, den Mut aufzubringen, ihm von sich zu erzählen – und von der Geschichte der Frauen in der Bucht –, hatte sie entweder gekniffen oder war von Macs Küssen abgelenkt worden.

»Wie bitte?«, fragte Gracie mit durchdringender Stimme. Rosie sprang von ihrem Bett auf und lief aufgeregt zum Tisch hinüber. Kira schob dem Hund heimlich ein kleines Stück Käse zu, während Gracie Niamh anstarrte. »Du willst mir also sagen, dass der Mann dir seine Seele offenbart hat und du nicht erwähnt hast, dass du genau wie er bist?«

»Ähm, nein. Es ist noch nicht zur Sprache gekommen.« Niamh glättete eine Falte im Tischtuch vor ihr.

»Du machst dir Sorgen um deine Zukunft mit ihm, und ich kann dir versprechen, dass du keine haben wirst, wenn du ihm nicht die Wahrheit sagst, Niamh. Männern wie Mac ist Vertrauen sehr wichtig.« Gracies Tonfall enthielt eine warnende Note.

»Es gibt keinen Grund, warum er mir nicht trauen sollte. Ich lüge ihn nicht an«, protestierte Niamh – wobei sie selbst wusste, dass es ein schwacher Protestversuch war.

»Aber du bist auch nicht vollkommen ehrlich zu ihm. So baut man sich keine Vertrauensbasis mit jemandem auf, Niamh. Ich bin enttäuscht von dir. Du hast so ein tolles Psychologiestudium absolviert und erkennst nicht einmal, warum das ein Problem ist?« Gracies Worte verletzten sie, aber nicht, weil sie ihre Intelligenz infrage stellten. Sie hatte recht – Niamh musste Mac gegenüber offen sein.

»Besonders, wenn er eine harte Kindheit hinter sich hat, Niamh.« Kira griff über den Tisch und drückte ihren Arm. »Er muss wissen, dass er eine Person in seinem Leben hat, auf die er zählen kann. Diese Person könntest – nun ja, je nachdem, wie das hier läuft – du sein.«

»Ihr habt recht. Ihr habt beide absolut recht. Große Göttin, wann bin ich nur so ein Feigling geworden?«, murmelte Niamh.

»Du stammst aus einer wilden Kriegerfamilie, Niamh«, sagte Fiona über ihre Schulter hinweg, woraufhin Niamh aufsprang und fast ihr Weinglas umstieß, während Gracie der alten Frau einen finsteren Blick zuwarf.

»Wie oft haben wir dieses Gespräch nun schon geführt, Fiona? Wenn du in dieses Haus kommen willst, musst du dich vorher bei mir anmelden.«

»Ich bin hier«, sagte Fiona mit einem zuckersüßen Lächeln im Gesicht.

»Ein bisschen spät, oder? Sie hat fast ihren Wein über meine Cremes gekippt.«

»Genug mit deinem Geschwätz. Ich bin gerade sehr beschäftigt und kann mich nicht mit Leuten wie dir herumärgern.« Der Geist wandte sich an Niamh. »Niamh. Die Wahrheit ist der einzige Weg nach vorn. Liebe ist ein Geschenk, das manche nur einmal im Leben erhalten. Sie ist anfällig und etwas, das leicht zerbrechen kann. Sei vorsichtig mit den Gefühlen dieses Mannes – du könntest ihm für immer schaden.«

»Aber ... ich ...« Niamh starrte auf die leere Stelle vor ihr.

»Sie liebt ihre dramatischen Abgänge«, knurrte Gracie fast schon. »Aber sie hat nicht unrecht.«

»Das habe ich gehört ...«, sagte Fionas körperlose Stimme über ihnen.

»Verdammt«, zischte Gracie und grinste dann.

»Okay, okay. Ihr habt alle recht.« Niamh atmete tief durch und trank den Rest ihres Weins aus. »Das nächste Mal, wenn ich ihn sehe, werde ich ihm sagen, wer ich bin.«

»Je früher, desto besser. Das kann dir alles um die Ohren fliegen«, warnte Gracie.

»Das werde ich. Versprochen. Ich treffe ihn morgen.«

»Schick mir danach eine Nachricht und sag mir, wie es gelaufen ist. Na ja, falls du nicht *unpässlich* bist.« Gracie zwinkerte ihr anzüglich zu, und Niamh lachte, obwohl sie immer noch daran zweifelte, ob das wirklich die richtige Entscheidung war.

Würde Mac sie genauso akzeptieren, wie sie ihn akzeptierte?

KAPITEL DREIUNDZWANZIG

Niamh hatte an diesem Morgen erst spät mit ihren Experimenten begonnen, da sie dringend ein wenig Schlaf nachholen musste. Nachdem sie von Gracie nach Hause gekommen war, hatte es eine Ewigkeit gedauert, bis sie endlich eingeschlafen war, und sie hatte ihren Wecker, der sie am frühen Morgen so unsanft geweckt hatte, einfach ignoriert. Jetzt war bereits früher Nachmittag und sie hatte gerade mit dem ersten Test des Tages begonnen.

Bei diesem Experiment wollte Niamh herausfinden, ob sie den Abdruck ihrer Energie, die durch die Luft projiziert wurde, um ein Objekt zu bewegen, registrieren konnte. In ihrem Kopf stellte es sich Niamh so ähnlich vor wie die Bilder, die eine Person mit einer Motion-Sensor-Brille sah. Da sie sich nicht sicher war, wie psychische Energie gemessen werden würde, fragte sie sich, ob sie eine Wärmesignatur abgeben würde. Das war unwahrscheinlich, aber wie bei allem musste sie jegliche Möglichkeiten ausschließen, um diese Daten ihren Notizen hinzuzufügen. Niamh bereitete ihre Ausrüstung vor und trat zurück. Sie notierte sich die Zeit und schaltete auch ihre Videokamera ein, um alle visuellen Elemente aufzuzeichnen, die sie bei der Verlangsamung der Bilder einfangen konnte. Niamh sprach in die Kamera und nannte Datum und Uhrzeit, dann trat sie zurück und konzentrierte sich auf den Teller, der auf dem Tisch auf der anderen Seite des Raumes stand.

Wenn Niamh gewollt hätte, hätte sie den Teller sofort schweben und mit hoher Geschwindigkeit durch den Raum fliegen lassen können. Aber für dieses Experiment wollte sie ihre Fähigkeiten auf langsame und stetige Weise einsetzen. Es war fast schon lustig, darüber nachzudenken, mit etwas zu experimentieren, das ihr so natürlich vorkam. Niamh konzentrierte sich noch einmal und schickte einen kleinen mentalen Energieimpuls auf den Teller und hob ihn vom Tisch. Dann ließ sie den Teller langsam durch die Luft bis zur Mitte der Hütte fliegen, wo er etwa einen Meter über dem Boden schwebte. Niamh ließ sich Zeit und hielt den Teller gedanklich in der Luft, während sie ein paar Einstellungen an ihrer Ausrüstung vornahm. Langsam drehte sie den Teller.

Als Niamh aus dem Augenwinkel eine Bewegung wahrnahm, blickte sie zu dem kleinen Fenster in der Schuppentür. Das Fenster, dessen Vorhang sie vergessen hatte zuzuziehen, denn zum ersten Mal seit Tagen drang sanftes Sonnenlicht durch die dünnen Wolken am Himmel. Niamh hatte sich nach Licht gesehnt. Aber jetzt packte sie die Angst.

Sie sah Macs Gesicht auf der anderen Seite des Fensters, der sie schockiert anstarrte. Dann drehte er sich um.

Der Teller fiel zu Boden und zerbrach, als Niamh zur Tür sprang und sie aufstieß.

»Mac! Warte!«

Mac wirbelte zu ihr herum; Wut hatte den Schock auf seinem Gesicht ersetzt. Sein Mund bewegte sich, als ob er um Worte rang, und in Niamhs Magen kribbelte es.

»Mac. Ich kann das erklären.«

»Du ... du ...« Mac hielt eine braune Tüte in seinen

Händen. »Ich wollte dir ein spätes Mittagessen bringen. Deine Mutter hat gesagt, du hättest noch nichts gegessen. Sie meinte, ich könne einfach zu dir gehen. Ich habe gedacht ...«

»Mac ...« Niamhs Stimme zitterte, als Mac sie so anblinzelte, als hätte er gerade einen harten Schlag auf dem Spielfeld abbekommen.

»Du ... du warst allein da drin«, sagte Mac. »Richtig?«

»Ja, Mac, hör mir zu ...« Niamh kam auf ihn zu, aber er wich einen Schritt zurück und streckte die Hände aus, als wollte er sich vor ihr schützen. Die Bewegung versetzte Niamh einen Stich ins Herz. »Ich wollte es dir noch sagen.«

»Du ... du wolltest es noch ...« Mac schüttelte den Kopf. Er blinzelte schnell, bevor er sie wieder ansah. »Du wolltest es mir also noch sagen? Wann, Niamh? Und was genau wolltest du mir sagen? Dass du so bist wie ich? Dass du auch Kräfte hast? Hmm, ich frage mich, wann ein guter Zeitpunkt für dieses Gespräch gewesen wäre?«

Niamh keuchte, als Mac die Tüte mit dem Essen gegen die Seite des Schuppens warf, die daraufhin aufplatzte. Die Pommes flogen überall herum.

»Ich ... es ging alles so schnell. Wir haben in letzter Zeit nicht viel miteinander geredet.«

»Wir reden die *ganze Zeit*, Niamh. Das ist eine beschissene Ausrede und das weißt du.« Mac schritt im Garten umher und zitterte vor Wut. »Ich ... ich habe mich dir gegenüber geöffnet. Habe ein Geheimnis mit dir geteilt, das außer meinem beschissenen Vater niemand auf der Welt kennt. Ich habe dir vertraut. Und was machst du? Hast du dich etwa die ganze Zeit nur über mich lustig gemacht?«

»Nein, Mac. Ich verspreche dir, dass ich das nicht getan habe. Ich denke, du bist unglaublich. Du bist etwas ganz Besonderes.« Niamh blinzelte gegen die Tränen an, die in ihre Augen stiegen.

»Oh, sicher, das habe ich schon mal gehört. Das *besondere*

Kind. Weißt du, was das bedeutet? Es bedeutet *merkwürdig*, Niamh!«, rief Mac, dessen Gesicht sich rot verfärbte. »Das merkwürdige Kind, das an Weihnachten nirgendwo hingehen kann. Das niemanden hat, der zu den Elternabenden in der Schule erscheint. Das niemanden hat, der ihm neue Kleider kauft. Das niemandem hat, der ihm beibringt, wie man Fahrrad fährt oder ein verdammtes Auto lenkt, Niamh. Das ist das *besondere* Kind, Niamh. Und weißt du was? Weißt du was, Niamh?« Mac blieb nun direkt vor ihr stehen, seine Brust hob sich vor Wut.

»Was, Mac?« Niamhs Stimme war nur noch ein Flüstern.

»Ich dachte, du wärst anders. Ich dachte, dass ich – *endlich* – meine Person gefunden hätte. Dass ich diejenige gefunden hätte, die mich durch und durch akzeptieren würde. Ich hätte nie gedacht, dass das für mich möglich ist. Bis ich dich traf. Ich hätte nie gedacht, dass ich diese Art von Liebe und Akzeptanz jemals in meinem Leben erfahren könnte. Bis ich dich traf, Niamh. *Dich.* Du warst diejenige, die mich so wahrgenommen hat, wie ich bin. Und jetzt, nun ja, jetzt sehe ich, dass ich dir nie wichtig genug war und du mir nie vertraut hast ... offenbar war ich die ganze Zeit ein Idiot.«

»Nein, Mac.« Niamh ließ ihren Tränen nun freien Lauf. »Du bist kein Idiot. Das war meine Schuld.«

»Was bin ich dann? Bin ich nur jemand, mit dem du dich ein bisschen austoben kannst, bevor du weiterziehst? Mit dem du ein bisschen Spaß haben kannst? Damit du deinen Freundinnen erzählen kannst, dass du einen berühmten Kerl gevögelt hast? Ich habe alles mit dir geteilt, Niamh. Meine ganze Welt. Und du hast von Anfang an nichts anderes getan, als mich wegzustoßen. Ich dachte, dass ich endlich deine Mauern durchbrochen hätte. Ich dachte, ich würde dich wirklich kennen, Niamh. Und jetzt erkenne ich, dass das alles für dich die ganze Zeit über bedeutungslos war.«

»Das ist nicht wahr, Mac.« Niamh griff nach seinem Arm, aber er riss ihn weg.

»Du solltest mich jetzt lieber nicht berühren.« Seine Stimme war ein gefährliches Flüstern.

»Ich ... ich hatte einfach Angst, Mac. Ich hatte Angst vor *dir*. Vor *dem hier*. Vor *uns*. Davor, was das alles bedeuten könnte. Ich verspreche dir, dass ich es dir heute sagen wollte. Du kannst sogar Gracie fragen ...« Kaum hatte sie die Worte ausgesprochen, wusste Niamh, dass sie es vermasselt hatte.

»Das ist ja wunderbar. Du hast dich also mit deinen Freundinnen über mich unterhalten? Habt ihr euch über mich lustig gemacht? Du hast es getan, obwohl ich dich ausdrücklich darum gebeten habe, nicht über das zu sprechen, was ich dir erzählt habe?«

»So war es nicht, Mac, das verspreche ich dir. Gracie war wütend, weil ich dir noch nichts erzählt hatte – von meinen Kräften. Mir wurde klar, dass sie recht hatte. Dass es dumm von mir war, dir das vorzuenthalten. Ich bin es ebenfalls gewohnt, sie zu verheimlichen, weißt du. Es ist nicht leicht, es einfach jemandem zu sagen.«

»Denkst du, das weiß ich nicht?«, zischte Mac. »Ich muss jede Woche zu Pressekonferenzen gehen oder gebe Interviews für Zeitschriften. Ich werde ständig von Leuten verfolgt, die mir alle möglichen aufdringlichen Fragen stellen. Ich habe dieses Geheimnis mein ganzes Leben lang für mich behalten. Bis ich dich traf. Ich dachte, du wärst anders. Ich dachte, ich könnte dir vertrauen. Und doch bist du nicht bereit, diese Seite von dir mit mir zu teilen?«

»Es tut mir sehr, sehr leid, Mac. Bitte, du musst verstehen, wie leid es mir tut. Ich weiß, ich war schwach. Ich hätte es dir sofort erzählen sollen. Mir ... mir war noch nie jemand wichtiger als du. Das ist alles so schnell passiert. Es hat mir Angst gemacht. Ich habe immer noch Angst.« Niamh legte eine Hand auf ihr pochendes Herz.

»Keine Sorge, Niamh.« Macs Blick war eisig, als er sein Kinn hob und sie ansah. »Du brauchst keine Angst mehr zu haben. Wir sind hier fertig.« Mit diesen Worten machte Mac auf dem Absatz kehrt, ging am Haus vorbei und verschwand hinter der Gartenmauer, während der Himmel sich öffnete und es zu regnen begann. Niamh stand wie erstarrt da und versuchte zu atmen, während sie zusah, wie er vor ihr davonlief und ihr Herz mitnahm.

Kurz darauf fand Morgan sie dort, immer noch im eisigen Regen stehend, mit Tränen in den Augen. Morgan zog sie zu sich und hielt Niamh fest, während ihr Schmerz sie aufzufressen drohte.

»Wir werden das in Ordnung bringen, Niamh. Das verspreche ich dir.« Morgan wiegte ihre Tochter in ihren Armen und versuchte, sie zu beruhigen, während Niamh an ihrer Schulter schluchzte.

»Ich glaube nicht, dass ich das wieder in Ordnung bringen kann«, wimmerte Niamh.

»Du wirst es nicht herausfinden, wenn du es nicht versuchst. Wenn du ihn liebst, wirst du einen Weg finden.«

»Woher weiß ich, ob ich ihn liebe?«, fragte Niamh.

»Du weißt es, wenn es sich so anfühlt, als würde sein Verlust eine Lücke in deinem Leben hinterlassen, die du niemals füllen kannst.«

»Ich glaube, genauso fühlt es sich an«, gab Niamh zu. »Ich hasse es, dass ich ihn verletzt habe.«

»Dann musst du es in Ordnung bringen, Niamh. Nimm dir etwas Zeit, um zur Ruhe zu kommen und darüber nachzudenken, was du wirklich willst. Denn wenn du zu ihm gehst, solltest du dir verdammt sicher sein, dass du weißt, was du willst, Niamh. Entweder du willst ihn oder du musst ihn in Ruhe lassen. Du darfst nicht mit seinem Herzen spielen.«

»Ich hatte nicht die Absicht, mit ihm zu spielen. Das wollte ich wirklich nicht.«

»Vielleicht wolltest du es nicht, aber du warst zu sehr damit beschäftigt, dich und dein Herz zu schützen, um zu erkennen, dass du deine Beziehung zu Mac hättest schützen sollen. Denn wenn man jemanden liebt, geht es nicht mehr nur um einen selbst, mein Schatz. Dann trägt man eine Verantwortung für die Beziehung. Im Moment sieht es so aus, als hättest du es ziemlich vermasselt, auch wenn ich die Details nicht kenne oder kennen will. Aber bevor du versuchst, es in Ordnung zu bringen, bist du es dir selbst schuldig, dir darüber klar zu werden, was du für deine Zukunft willst, denn nach Macs Reaktion auf dich zu urteilen, will er eine langfristige Beziehung mit dir. Du musst also eine Entscheidung treffen. Eine wichtige Entscheidung.« Damit gab Morgan ihr einen kleinen Schubs in Richtung Bad, und Niamh verkroch sich in die Ecke der Dusche und heulte sich die Augen aus dem Kopf, während der heiße Wasserstrahl auf ihren Kopf traf, bevor sie sich schließlich zusammenriss.

Ihre Mutter, Gracie und Kira hatten absolut recht. Niamh hatte noch nie eine richtige Beziehung gehabt, und sie war es gewohnt, dass die Jungs an der Universität mit ihrem Kopf und ihrem Herzen spielten. Aber Mac war keiner dieser Jungs, und seine Gefühle für sie waren sehr echt und fast überwältigend. Er hatte ihr sein Herz geschenkt, und darauf vertraut, dass sie darauf Acht gab, und sie hatte das Geschenk nicht als das verstanden, was es war.

Sie wollte, nein, sie *musste* das in Ordnung bringen.

KAPITEL VIERUNDZWANZIG

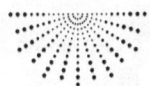

Mac fuhr wütend den Hügel hinauf und wich nur knapp einem Paar aus, das gerade die Straße überquerte. Er lenkte den Wagen scharf in eine Parklücke und stürmte über die Straße, wobei er es schaffte, sich noch ein wenig zu beruhigen, bevor er die Tür zu Gallagher's Pub aufriss. In diesem Moment machte sich seine jahrelange Erfahrung mit der Öffentlichkeit bemerkbar, und er tat sein Bestes, um seine Gefühle zu beherrschen.

Aber offenbar schaffte er es nicht gut genug. Cait warf nur einen Blick von der anderen Seite des Raumes auf ihn, als er sich auf den Weg zum Hof machte, um seine Arbeit für den Tag zu beenden, und fing ihn ab.

»Warum setzt du dich nicht hin?«, fragte Cait und wischte sich die Hände an einem Geschirrhandtuch ab.

»Ich will nicht sitzen«, sagte Mac. Er wollte nicht unhöflich zu Cait sein, aber Höflichkeit war das Letzte, worum er sich in diesem Moment scherte. Tatsächlich war ein Hammer in der Hand und etwas gute körperliche Arbeit genau das, was er brauchte, um seine Wut abzubauen.

»Nun, wir alle müssen Dinge tun, die wir nicht wollen,

nicht wahr? Da ich diejenige bin, die dich für deine Arbeit bezahlt, werde ich auch diejenige sein, die die Anweisungen gibt.« Cait nahm seinen Arm und führte ihn zum anderen Ende der Bar, an dem auch Mr. Murphy saß. Abgesehen von ein paar Gästen, die gerade ein spätes Mittagessen beendeten, und einem Mann, der am anderen Ende der Bar saß, war es im Pub ruhig.

»Hi, Mac. Schön, dich zu sehen.« Mr. Murphys Lächeln erstarb, als er Macs Gesicht sah. »Du siehst aus, als hätte man dir den Wind aus den Segeln genommen.«

»Seien Sie einen Moment still, Mr. Murphy«, sagte Cait mit leiser Stimme, und obwohl Mr. Murphy normalerweise einen Kommentar erwidert hätte, verstand er den Blick, den sie ihm zuwarf und schwieg. Mac stand einfach nur da, schaute zwischen den beiden hin und her und versuchte, geduldig zu sein, obwohl er am liebsten jede Schnapsflasche in diesem Laden zerschlagen hätte.

»Mac. Ich möchte, dass du mir zuhörst.« Cait tippte ihm auf den Arm, um seinen Blick auf den ihren zu lenken. »Sieh nicht hin. Aber der Mann am Ende der Bar ist ein Reporter.«

»Scheiße«, murmelte Mac. *Als wäre der Tag nicht schon schlimm genug*, dachte er. Einen Moment lang war er versucht, zu dem Mann hinüberzugehen und ihm die Geschichte zu liefern, die er suchte – Macs Ausraster im Kleinstadt-Pub.

»Es ist offensichtlich, dass du dich wegen irgendetwas aufregst, aber du kannst hier gerade keinen Dampf ablassen. Nicht, wenn du nicht willst, dass es in den Zeitungen landet«, fuhr Cait fort. Sie fing an, die Theke abzuwischen, als wäre das gerade die oberste Priorität.

»Ich ...« Mac war immer noch zu wütend, um zu sprechen.

»Warum zeige ich dir nicht mein Gemeindezentrum, Junge? Erinnerst du dich noch daran, dass ich dir davon erzählt habe? Jetzt ist ein guter Zeitpunkt, um es zu besichtigen.« Mr. Murphy rutschte bereits langsam vom Hocker.

»Das ist eine großartige Idee. Kannst du ihn stützen, Mac? Vorsichtig, er ist ein bisschen wackelig auf den Beinen.«

»Dafür habe ich ja meinen Spazierstock.« Mr. Murphy sah Cait mit zusammengekniffenen Augen an.

»Und ich habe gedacht, das wäre der Stock, der ständig in Ihrem Hintern steckt«, witzelte Cait, und Mac musste vor Schreck lachen. Wie konnte er in so einem Moment überhaupt lachen? Cait nickte zustimmend und deutete an, dass sie gehen sollten.

»Wir sehen uns später. Danke, dass du Mr. Murphy abgeholt hast, Mac.«

Mac sah den Reporter absichtlich nicht an, als er Mr. Murphy nach draußen half, obwohl er ziemlich sicher war, dass sie leicht zu verfolgen sein würden, da der alte Mann sich im Schneckentempo bewegte.

»Mein Auto steht gleich dort. Sollen wir?« Mac zeigte auf seinen Geländewagen, der am Bordstein stand.

»Ja, wir sollten uns beeilen, wenn du dich rechtzeitig aus dem Staub machen willst. Ich sehe, dass der Mann versucht, seine Rechnung zu begleichen, aber Cait quatscht ihn voll.«

»Gute Frau.«

Sobald Mac Mr. Murphy auf den Beifahrersitz verfrachtet hatte, fuhr er los, ohne ein bestimmtes Ziel vor Augen zu haben, und verfiel in seine Gewohnheit, lange Autofahrten zu unternehmen, wenn ihn etwas beschäftigte. Erst als sie eine gute Viertelstunde gefahren waren, ergriff Mr. Murphy das Wort.

»Heute ist ein schöner Tag für eine kleine Rundfahrt, aber falls du das Zentrum sehen willst, liegt das in der anderen Richtung.«

»Oh!« Mac schlug mit der Faust gegen das Lenkrad. »Das tut mir leid.«

»Das ist doch kein Problem. Warum biegst du nicht hier links ab und folgst dieser Straße? Sie schlängelt sich ein wenig um die Hügel herum, bevor sie wieder in die Stadt führt. Ich war schon lange nicht mehr hier oben, und ich vermisse die Hügel.«

»Sind Sie sicher?« Mac warf ihm einen kurzen Blick zu.

»Natürlich. Wenn ich etwas habe, dann ist es Zeit, mein Junge. Und sieh mal, der Regen hat gerade aufgehört. Ich wette, wenn wir auf die Spitze der Hügel kommen, sehen wir einen Regenbogen über dem Wasser.«

Mac wollte jetzt keine Regenbögen sehen. Der Regen hatte zu seiner Stimmung gepasst, aber es gab keinen Grund, seine Wut an dem alten Mann auszulassen. Stattdessen bog er wie angewiesen links ab und folgte der kurvenreichen Straße durch die Hügel hinter dem Dorf.

»Hast du Probleme mit deiner Frau?«, fragte Mr. Murphy und brach damit erneut das Schweigen.

»Warum sagen Sie das?«

»Ich habe meine Frau geliebt, Mac. Bis zu ihrem letzten Atemzug. Ich habe sie mehr geliebt als das Leben selbst.« Mr. Murphys Augen funkelten und er lächelte, als er sich erinnerte. »Aber es gab niemanden auf dieser Welt, der mich wütender machen konnte als sie.«

Mac lachte und zuckte mit den Schultern.

»Aye, dann ist das wohl eine Sache, die alle Frauen gemeinsam haben.«

»Ich wusste es. Du hast diesen Blick aufgesetzt. Ich nehme an, dass es um Niamh geht?«

»Das ist richtig.«

»Willst du darüber reden?«, fragte Mr. Murphy.

Mac dachte einen Moment lang darüber nach. Wollte er darüber reden? Normalerweise redete er nie, wenn er wütend war. Er ging einfach auf den Platz und trainierte, bis sich die Wut tief in ihm vergraben hatte. So war er schon immer gewesen. Es juckte ihn förmlich in den Fingern, aus diesem Auto auszusteigen und über die Hügel zu rennen, bis er so erschöpft war, dass er nicht mehr geradeaus sehen konnte. Das war für ihn die einzige Möglichkeit, mit seinen Gefühlen umzugehen. Aber jetzt, als er mit Mr. Murphy in seinem Geländewagen saß, begann er sich zu fragen, ob es einen anderen Weg gab.

»Ich bin mir nicht sicher, ob ich weiß, wie man das macht«, gab Mac zu.

Mr. Murphy schien zu verstehen, was er zu sagen versuchte.

»Du triffst dich mit vielen Frauen, nicht wahr?«, fragte Mr. Murphy stattdessen.

»Hin und wieder.« Mac zuckte erneut mit den Schultern und richtete seinen Blick auf die nasse Straße vor ihm.

»War irgendetwas Ernstes dabei?«

»Nein.« Macs Magen drehte sich um, als hätte er versucht, das verbrannte Hähnchen zu essen, das er vergangene Woche probiert hatte zuzubereiten.

»Ah. Dann hattest du wahrscheinlich eine Menge Spaß … aber hast dich nicht viel gestritten?«

»Nein, nicht wirklich. Man sollte sich nicht mit seinem Partner streiten. Was soll das bringen? Verabredungen sollten Spaß machen«, sagte Mac, als sie den Gipfel eines großen Hügels hinauffuhren.

Mr. Murphy lachte und schlug mit der Hand auf sein Bein.

»Natürlich sollten Verabredungen Spaß machen. Aber in dieser Anfangsphase scheint die andere Person keine Fehler zu haben, oder? Sie scheint einfach der Vorstellung zu entsprechen, die man von ihr im Kopf hat, statt so zu sein, wie sie wirklich ist. Aber so funktioniert die Liebe eigentlich nicht.«

Mac schnaubte. Liebe. Er liebte Niamh nicht. Oder doch? Ein eisiger Schauer der Angst lief ihm über den Rücken.

»Dann ist es ja gut, dass das keine Liebe ist.«

»Ach nein? Ich muss sagen ... als ihr miteinander getanzt habt, habt ihr ziemlich verliebt ausgesehen. Und du bist jeden Tag summend zur Arbeit gekommen. Sie hat auch immer gelächelt, wenn ich sie gesehen habe. Wenn es nach Liebe aussieht und wie Liebe klingt ...« Mr. Murphy hob seine Hände in die Luft.

»Ich glaube, Sie interpretieren zu viel in die Sache hinein, Mr. Murphy. Das glaube ich wirklich.«

»Da, mein Junge. Halt mal an«, sagte Mr. Murphy und zeigte auf eine steinerne Bank auf der Spitze des Hügels. »Das ist eine Stelle, an der ich schon lange nicht mehr war.«

»Es könnte jeden Moment wieder zu regnen beginnen«, sagte Mac, verlangsamte jedoch das Tempo und hielt an.

»Na und? Was ist schon ein bisschen Regen?«

Mac umrundete das Auto und half Mr. Murphy auf die Bank, wo sie sich ungeachtet des nassen Steins niederließen.

»Siehst du? Habe ich es dir nicht gesagt?« Mr. Murphy klopfte ihm auf den Arm und zeigte auf die Stelle, wo sich ein doppelter Regenbogen in einem weiten Bogen über die Bucht spannte. »Ist das nicht wunderschön?«

»Ist das der Moment, in dem Sie etwas Inspirierendes sagen, wie zum Beispiel, dass es ohne Regen keine Regenbögen gäbe und wir alle das Gute mit dem Schlechten nehmen müssen?«

»Das ist ein schöner Gedanke, nicht wahr?« Mr. Murphy nickte. »Aber ich denke, ich würde eher sagen, dass es wichtig ist, das zu schätzen, was man gerade vor sich hat, denn das kann im nächsten Moment alles weg sein.«

Als hätten Mr. Murphys Worte den Regen herbeigezaubert, zogen weiter draußen in der Bucht Wolken auf, und der Regenbogen verschwand.

»Sie hat mich angelogen«, sagte Mac.

»Das tut mir leid, wirklich«, sagte Mr. Murphy nach

einem Moment. »Das scheint gar nicht zu Niamh zu passen, oder?«

»Ich hatte es nicht erwartet.« Ärger durchfuhr ihn. Die Regenwand über dem Wasser kam nun immer näher, aber keiner der beiden Männer bewegte sich.

»Hat es denn einen guten Grund dafür gegeben?«, fragte Mr. Murphy. Mac wusste es sehr zu schätzen, dass er nicht versuchte, die Details aus ihm herauszupressen. Vielleicht fühlte er sich deshalb plötzlich wohl genug, um sich dem alten Mann zu öffnen.

»Vielleicht. Vielleicht aber auch nicht. Das ist schwer zu sagen. Ich war so wütend, dass ich ihr nicht viel Raum für Erklärungen gegeben habe. Es ... Es fällt mir nicht leicht, mich Menschen gegenüber zu öffnen. Nein, lassen Sie es mich anders ausdrücken ...« Mac hob seine Hand. »Ich lasse Menschen nicht so leicht an mich heran. All diese Fotos, die Sie in den Zeitschriften sehen? All die Frauen? Ich kenne kaum ihre Namen. Ich habe ein paar wirklich gute Freunde. Und ich habe viele Bekannte. Aber ich halte sie auf Abstand.«

»Gibt es dafür einen besonderen Grund?«

»Man hat es mir nicht anders beigebracht. Mein ganzes Leben lang ...« Mac lachte und schüttelte den Kopf, während er beobachtete, wie die Regenwand immer näher kam. »Mein ganzes Leben lang wurde mir beigebracht, wie man in einem Team spielt. Wie man Spielzüge ausführt. Wie man gut im Rugby ist. Aber niemand hat mir beigebracht, wie man eine Beziehung führt.« Seine Stimme wurde brüchig. »Wie man liebt.«

»Da hast du aber Glück, mein Junge. Mit mir hast du den richtigen Lehrer an deiner Seite.« Zu Macs Überraschung legte Mr. Murphy ihm kurz den Arm um die Schultern. »Deine erste Lektion ist: Es gibt keine richtige Antwort, wenn es um die Liebe geht.«

»Was soll das überhaupt bedeuten?« Mac war auf eine

seltsame Weise gerührt von der Geste des alten Mannes und lehnte sich einen Moment lang in seinen Arm.

»Damit meine ich nur, dass man Liebe nicht wirklich lehren kann. Sie ist bei jedem Menschen anders. Vielleicht liebst du, indem du einem Mädchen Blumen bringst oder ihr ein Lied schreibst. Eine andere Person liebt vielleicht, indem sie sich an das Krankenbett von jemandem setzt, wenn diese Person in Not ist. Liebe ist keine endliche Ressource. Lieben kann man nicht nur auf eine Art und Weise oder nur eine bestimmte Person oder Sache. Es gibt viele Möglichkeiten, zu lieben.«

»Woher weiß man, dass es sich lohnt, für eine bestimmte Person zu kämpfen?«, fragte Mac. Die Regenwand hatte sich ihren Weg zum Fuß der Hügel gebahnt und drang nun ins Dorf vor. Währenddessen frischte der Wind auf und brachte den salzigen Geruch des Meeres mit sich.

»Ich glaube nicht, dass du hier wärst und mir diese Frage stellen würdest, wenn es nicht so wäre.«

Die Wahrheit dieser Worte traf Mac wie ein Schlag ins Gesicht, und er tat das Einzige, was ihm einfiel: Er sprang auf und fluchte laut. Der Regen kam schnell näher; er war schon auf halber Höhe des Hügels, und Mac wandte sich an Mr. Murphy.

»Wir sollten wohl wieder ins Auto steigen.«

»Ja, wahrscheinlich.« Keiner der beiden Männer bewegte sich.

»Ich möchte ihr vertrauen können«, sagte Mac.

»Meines Erachtens ist Vertrauen nie gegeben, wenn nicht beide Parteien an einem Tisch sitzen. Sprich mit ihr, Mac.«

»Aber das will ich nicht. Es ist viel einfacher, wütend zu sein.«

»Natürlich, denn dann musst du dich nicht verletzlich zeigen.«

Mac verengte die Augen, als Mr. Murphy ihn fröhlich

angrinste, und die ersten Regentropfen ihm in den Nacken
fielen.

»Sie können ganz schön nervig sein«, entschied Mac.

»Dann scheinst du mich wohl auch zu lieben«, sagte Mr.
Murphy, und Mac warf den Kopf zurück und lachte, als sich
der Himmel über ihnen öffnete.

»Kommen Sie schon, alter Mann. Cait wird mir den Kopf
abreißen, wenn Sie sich wegen dieses Regens eine tödliche
Erkältung einfangen.« Mac eilte mit Mr. Murphy zum Geländewagen und warf ihm ein Handtuch vom Rücksitz zu.

»Willst du immer noch das Zentrum sehen?«, fragte Mr.
Murphy mit einem schüchternen Unterton in seiner Stimme.

»Das würde ich wirklich gern.«

Als sie den Rundgang beendet hatten, hatte sich Macs
Wut gelegt, auch wenn das Feuer noch immer tief in seinem
Bauch brannte. Mr. Murphys Gemeindezentrum machte
rasch Fortschritte, und Mac hatte bereits einige Ideen, wie er
helfen könnte, wenn Mr. Murphy damit einverstanden wäre.
Sie einigten sich darauf, an einem Tag, an dem er keinen
Wutanfall hatte, über seine Ideen zu sprechen, bevor Mac Mr.
Murphy wieder am Pub absetzte.

»Bist du sicher, dass du nicht mit reinkommen willst?«

»Ja, ich werde nach Hause fahren und ein wenig trainieren. So werde ich hoffentlich den Rest meiner Wut abbauen.«

»Trink nicht zu viel. Das ist nie die Lösung.« Mr. Murphy
zwinkerte ihm zu.

»Hey«, sagte Mac, und Mr. Murphy hielt inne, bevor er
die Tür schließen konnte. »Danke für heute. Das habe ich
gebraucht.«

»Du musst nicht alles allein bewältigen, Mac. Dafür sind
Freunde doch da.« Mr. Murphy schenkte ihm ein freundliches Lächeln und ging, eine beschwingte Melodie pfeifend,
über den Bürgersteig in den Pub. Mac schürzte die Lippen
und fuhr die Straße hinauf, wobei er spürte, wie sich Erleichte-

rung in ihm ausbreitete. Vielleicht lag ein Teil seines Problems
auch darin, dass er seine eigenen Mauern aufrechterhalten
hatte. Vielleicht hatte er in seinem Leben viele Gelegenheiten
auf die Liebe verpasst, weil er die Menschen einfach auf
Abstand gehalten hatte. Darüber dachte Mac nach, als er aus
dem Geländewagen stieg. Er zuckte zusammen, als er plötzlich
eine Stimme hinter sich hörte.

»Hallo, Mac.«

Als Mac sich umdrehte, kam Kristie, Fintans feste Freundin, mit einem Lächeln und ausgebreiteten Armen auf ihn zu.

»Kristie ... was machst du hier?«

»Ich musste dich einfach sehen. Oh, Mac!« Kristie warf
sich in seine Arme und begann zu weinen.

»Komm schon. Komm mit, wir müssen aus diesem Regen
raus.«

KAPITEL FÜNFUNDZWANZIG

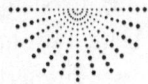

Glaub es nicht.

Niamh schielte im frühen Morgenlicht, das durch einen Spalt in den Vorhängen ihres Schlafzimmers fiel, auf die Nachricht auf ihrem Handy. Sie hatte eine schreckliche Nacht hinter sich, und sie hatte sich mehr als einmal aus dem Bett geschleppt und begonnen, sich anzuziehen, bevor sie sich selbst stoppte. Sie hatte den Rat ihrer Mutter befolgt, Mac ein wenig Zeit zu geben, um sich zu beruhigen, bevor sie mit ihm reden wollte. Trotz dieses Ratschlags hatte Niamh ihm eine Nachricht geschickt, in der sie ihm mitgeteilt hatte, dass er ihr sehr wichtig war und sie mit ihm reden wollte. Niamh war sich nicht sicher, ob völliges Schweigen von ihr die richtige Botschaft übermitteln würde, und sie wollte auch nicht, dass Mac dachte, sie würde ihn im Stich lassen.

Hatte sie eine Antwort erhalten? Nein. War sie deswegen wütend? Ein klein wenig. Sie würde sich selbst belügen, wenn sie sagen würde, dass sie es nicht wäre. Vielleicht wäre sie nicht so wütend, wenn sie ein besserer Mensch wäre? Aber anscheinend war sie das *nicht*, denn sie hatte Mac verletzt und nun war er so wütend, dass er nicht mit ihr reden wollte.

Gefühle waren heikel, und Niamh stellte langsam fest, dass sie trotz ihres Studiums noch viel über Beziehungen zu lernen hatte.

Jetzt blinzelte Niamh über Gracies Textnachricht, und ihr Gehirn erwachte nur langsam. Was sollte sie nicht glauben?

Was meinst du?

In diesem Moment klingelte Niamhs Handy und sie nahm ab, obwohl sie eigentlich keine Lust hatte, mit Gracie zu sprechen. Wenn sie es täte, müsste sie zugeben, dass sie Gracies Rat nicht befolgt und ein großes Chaos angerichtet hatte.

»Was ist los?«, fragte Niamh und zog die Decke noch fester um ihren Körper. Vielleicht war es das Beste, wenn sie heute einfach im Bett blieb und sich vor der Welt versteckte. Auf diese Weise wäre die Wahrscheinlichkeit, dass sie etwas anderes vermasselte, gering.

»Ich nehme an, du hast die Blogartikel noch nicht gesehen.«

Plötzlich überkam Niamh ein ungutes Gefühl und sie ließ das Handy sinken, um auf das Display zu sehen, wo sie mehrere Benachrichtigungen auf ihren Apps registrierte. Sie hielt das Handy wieder ans Ohr. »Nein, das habe ich nicht. Ich habe nicht gut geschlafen. Bin gerade erst aufgewacht.«

»Soll ich es dir sagen oder willst du sie dir selbst ansehen?«

»Ich werde sie mir ohnehin ansehen, also kannst du es mir auch gleich sagen.« Niamh schloss ihre Augen und wartete ab.

»Es gibt Fotos, die Mac dabei zeigen, wie er diese Kristie erst in den Arm nimmt und sie dann in sein Haus führt.«

»Oh.« Niamh fühlte sich, als hätte ihr das alte Maultier unten auf der Farm in den Bauch getreten. »Oh. Okay. Gut.«

»Niamh. Du darfst nicht glauben, was die Presse schreibt.«

»Okay. Okay.« Da Niamh nicht wusste, was sie sagen sollte, wiederholte sie sich einfach. »Gut.«

»Hör mir zu. So ein Typ Mann ist er nicht. Das musst du doch wissen.«

»Okay«, sagte Niamh, als eine Welle der Übelkeit sie überrollte. Gracie wusste nicht, wie sehr sie Mac verletzt hatte. Er hatte jedes Recht, sich an jemand anderen zu wenden, um sich besser zu fühlen.

»Verdammt noch mal, Niamh. Du klingst wie ein Papagei. Sag doch was!«

»Ich glaube, mir wird schlecht«, flüsterte Niamh und legte auf, bevor sie ins Bad rannte und sich in die Toilette erbrach. Es war nicht viel, denn sie hatte gestern nichts gegessen, nachdem Mac hinausgestürmt war. Sie hustete so lange, bis sie wieder zu Atem kam. Schließlich stand Niamh auf, spritzte sich kaltes Wasser ins Gesicht und nahm einen Schluck Mundwasser. Sie hatte dunkle Ringe unter den Augen, und ihre Haut sah blass und fahl aus. Sie sollte sich ein Stück Toast und vielleicht eine Tasse Tee gönnen. Das wäre es, was eine Erwachsene tun würde. *Selbstfürsorge und so*, dachte Niamh, als sie zurück ins Bett kroch und sich die Decke über den Kopf zog. Sie stellte ihr Handy auf lautlos und ignorierte Gracies nächste Anrufe, während sie sich die Promi-Klatsch-Blogs ansah.

Mac und Kristie – Wiedervereint.

Macs neue Geliebte? Das Mädchen des Mannschaftskapitäns.

Kristie flieht zurück in Macs Arme, nachdem Fintan sie verlassen hat.

Mac & Kristie – das neue Power-Paar?

Niamh spürte, wie ihr erneut die Galle in die Kehle stieg und sie schluckte, während sie die Bilder betrachtete. Und tatsächlich, da war Kristie, die umwerfend aussah, als hätte sie das Weinen vor dem Spiegel geübt. Niemand sah so aus, wenn er weinte – Niamhs Gesicht war der eindeutige Beweis dafür. Einzelne Tränen liefen über Kristies Wangen und ließen ihre

Augen leuchtend und schön aussehen. Niamhs Augen hingegen waren blutunterlaufen und geschwollen, nachdem sie eine Nacht lang in ihr Kissen geschluchzt hatte. *Kristie scheint gar nicht so traurig zu sein, dass sie Fintan verloren hatte*, dachte Niamh schniefend, *sonst wäre sie sicher nicht sofort zu Mac gefahren.* Es war egal, ob sie hinterhältig oder einfach nur opportunistisch war – wichtig war nur, dass die Männer darauf hereinfielen. In diesem Fall Mac.

Sie hatte Mac praktisch grünes Licht gegeben, mit einer anderen zusammen zu sein. Warum sollte er auch nicht mit Kristie ausgehen? Nach allem, was sie wusste, könnte Kristie genau die Art von Frau sein, die Mac brauchte. Wenigstens nahm sie sich einfach, was sie wollte, während Niamh mit gebrochenem Herzen unter ihrer Bettdecke schmollte. Selbst Niamh war von sich selbst angewidert.

»Also gut. Das reicht jetzt.« Ihre Mutter kam mit einem Tablett ins Zimmer und stellte es auf den Nachttisch neben dem Bett, bevor sie die Vorhänge aufzog und das graue Winterlicht hereinließ. Der strömende Regen draußen passte perfekt zu Niamhs Stimmung. Niamh richtete sich auf, sodass sie am Kopfende des Bettes saß, und betrachtete das Essen, das ihre Mutter ihr gebracht hatte. Eine kleine Schüssel mit Gemüsesuppe, ein paar Scheiben Toast und eine Tasse Tee standen auf dem Tablett, und Niamh spürte, wie ihr wieder die Tränen kamen. Womit hatte sie nur so eine nette Mutter verdient?

»Hör auf zu weinen, Niamh. Iss etwas.« Morgans Stimme klang scharf und Niamh kniff die Augen zusammen, befolgte aber ihre Anweisungen und nahm einen Bissen Toast.

»Danke«, sagte Niamh, nachdem sie einen Moment schweigend gegessen hatte. Ihr Magen knurrte immer noch vor Angst, aber wenigstens hatte sie nicht mehr das Gefühl, sich übergeben zu müssen.

»Gracie hat mich angerufen. Sie macht sich Sorgen um

dich. Anscheinend wurde Mac mit einer anderen Frau fotografiert?«

»Ja, das stimmt.« Niamh riss eine Ecke von einer weiteren Scheibe Toast ab und schob sie sich in den Mund.

»Nun, das muss ein großes Missverständnis sein.«

»Ist es das? Er hat sie schon mal geküsst. Du hast gehört, wie er mich gestern angeschrien hat. Der Mann war wütend.«

»Das war er.« Morgan seufzte und setzte sich auf das Bett neben Niamh, kuschelte sich an sie und zog sie in ihre Armbeuge, als wäre sie wieder ein kleines Mädchen. »Lass mich dir nur eine Sache sagen, Niamh. Ich kann mir einfach nicht vorstellen, dass er so etwas tun würde.«

»Wie kannst du dir sicher sein?«, fragte Niamh. Sie lehnte sich an ihre Mutter, nahm den Duft von Zitrusfrüchten auf und genoss die Wärme, die sie ausstrahlte.

»Nun, Niamh. Du weißt, dass ich sehr viel Macht habe. Und eine meiner Fähigkeiten ist es, Menschen wirklich gut einschätzen zu können. Mac ist ein Mann, der sein Herz nur einmal verschenkt. Das war's. Er war zu verzweifelt über das, was gestern passiert ist, um sofort mit der nächsten Frau ins Bett zu springen. Das würde gegen sein eigentliches Wesen als Mann verstoßen. Du kennst ihn, Niamh. Glaubst du wirklich, dass er mit Kristie geschlafen hat?«

Niamh konnte sich nicht entscheiden, was sie mehr anwiderte – das Gerede ihrer Mutter über Sex oder das Bild von Mac mit Kristie im Bett – und sie rümpfte angewidert die Nase.

»Nein«, sagte Niamh schließlich, nachdem sie einen Moment darüber nachgedacht hatte. »Ich denke, es wäre zu leicht, all das zu glauben. Die Zeitschriften sind nur auf Drama aus. Ich glaube nicht, dass er das tun würde. Aber ich könnte mich irren. Ich hoffe natürlich, dass dem nicht so ist.«

»Du irrst dich nicht. Es muss eine andere Erklärung

geben. Warum hältst du diese Geschichte überhaupt für wahr?«

»Ich ...« Niamh fuhr mit dem Finger über das Rosenmuster auf der Steppdecke. »Ich schätze, weil ich das Gefühl habe, dass ich jemandem wie Kristie nicht gewachsen bin.«

»Das ist ein Haufen Scheiße.«

»Mutter!« Niamh lachte leise.

»Was? Das ist die Wahrheit. Ich verstehe es natürlich, Niamh. Ich weiß, wie es ist, sich unsicher zu fühlen oder zu denken, dass andere Frauen hübscher oder besser sind als du. Aber ich sage dir, dass du diese Unsicherheiten beiseiteschieben musst. Denn du, meine liebe Tochter, du bist genauso gut, wenn nicht sogar besser, als all die hübschen Menschen in den Zeitschriften. Vielleicht haben sie mehr Geld, um sich schicke Klamotten und glamouröse Partys leisten zu können, aber ich garantiere dir, dass sie nicht netter oder glücklicher sind als du. Diese Kristie ist eindeutig unglücklich, wenn sie jedem reichen Kerl hinterherläuft, der sie auch nur einmal ansieht. Für mich klingt das so, als hätte sie selbst mit einigen Unsicherheiten zu kämpfen – zum Beispiel scheint sie zu denken, dass sie einen Mann braucht, der sich um sie kümmert. Das denkst du nicht, Niamh. Du weißt, was du vom Leben willst, und das ist, Menschen zu helfen. Aber jetzt musst du dir selbst helfen. Du hast es ganz schön vermasselt, und dieses Chaos ist deine Schuld. Das bedeutet auch, dass es nun deine Aufgabe ist, alles wieder in Ordnung zu bringen.«

»Aber was, wenn ... was, wenn ich alles ruiniert habe? Was, wenn er mich nicht zurücknehmen will?« Niamh drehte sich um und sah zu ihrer Mutter auf. »Dazu hätte er jedes Recht. Ich habe sein Vertrauen gebrochen.«

»Du hast es nicht gebrochen, aber du hast es beschmutzt. Auch wenn du nicht direkt gelogen hast, ist es immer noch verletzend, dass du ihm nicht alles erzählt hast, und du musst dir das eingestehen. Es ist eine harte Lektion, aber ich glaube nicht, dass du jemals wieder einen solchen Fehler machen wirst.«

»Ich wünschte nur, ich hätte diesen Fehler nicht mit jemandem begangen ...« Niamhs Stimme brach und sie war kurz davor, wieder in Tränen auszubrechen. »Mit jemandem, der mir etwas bedeutet.«

»Ich denke, wir sollten jetzt vollkommen ehrlich sein, oder Niamh? Immerhin sind wir ja unter uns ...« Morgan drückte sie noch fester an sich. »Natürlich könnte ich das auch alles falsch verstehen, aber ich denke, er bedeutet dir sogar sehr viel.«

»Ja. Ich kann es nur nicht laut aussprechen, Mum. Das erste Mal, dass ich es sage, muss für ihn sein.«

»Dann sag ihm das. Komm, wir machen uns einen schönen Nachmittag und bereiten dich auf deinen Besuch bei ihm vor.«

»Aber ... was, wenn Kristie immer noch bei ihm ist?«

»Dann tritt ihr in den Hintern, damit sie verschwindet, Niamh. Jetzt komm schon. Du hattest vierundzwanzig Stunden Zeit, Trübsal zu blasen. Du weißt, dass das mein Limit ist.« Ihre Mutter hatte Niamh immer erlaubt, einen ganzen Tag lang in ihren Gefühlen zu schwelgen, wenn sie sich über etwas aufgeregt hatte, aber nach dieser Zeit hatte Morgan Niamh stets dazu ermuntert, die Traurigkeit hinter sich zu lassen und etwas dagegen zu tun.

»Du hast recht. Ehrlich gesagt, ärgere ich mich hauptsächlich über mich selbst. Ich habe Mist gebaut, und ich bin Frau genug, um das zuzugeben. Verdammt, wenn es sein muss, werde ich mich sogar auf Knien bei ihm entschuldigen. Allerdings hat mich Fiona auf nicht ganz so subtile Art und Weise daran erinnert, dass in unseren Adern Krieger-Blut fließt. Es wird Zeit, mir meinen Mann zu holen.«

»Das ist mein Mädchen!« Morgan blickte auf die

schmale, goldene Uhr an ihrem Handgelenk. »Nun, vermutlich nur nicht jetzt sofort. Er arbeitet wahrscheinlich noch im Pub, und wenn du nicht willst, dass das ganze Dorf euer Gespräch belauscht, schlage ich vor, dass du noch ein paar Stunden wartest.«

»Was soll ich bis dahin tun?«

»Wir werden ein umwerfendes Outfit für dich aussuchen, das Mac den Atem verschlagen wird. Ansonsten schlage ich vor, dass du ein wenig Zeit in deinem Schuppen verbringst und deine Gedanken aufschreibst. Oder dir zumindest darüber klar wirst, was du ihm sagen willst. Das könnte deine einzige Chance sein, und ich will nicht, dass du es wieder vermasselst.«

»Ich glaube langsam, du willst Mac wirklich adoptieren, ob ich nun mit ihm zusammen bin oder nicht ...«, grummelte Niamh.

»Nun, dieser Junge braucht dringend ein wenig mütterliche Liebe. Ich glaube nicht, dass ich in nächster Zeit aufhören werde, ihn zum Essen einzuladen. Wir sind auch befreundet, weißt du.« Morgan stand vom Bett auf und durchquerte das Zimmer, um Niamhs Kleiderschrank zu öffnen.

»Ach so ist das also, was? Meine eigene Mutter fällt mir in den Rücken«, sagte Niamh und hielt sich den Handrücken an die Stirn wie eine Jungfrau in Nöten.

»Wir leben in einer rücksichtslosen Welt, Niamh. Gewöhn dich besser daran.«

KAPITEL SECHSUNDZWANZIG

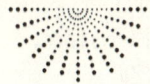

Niamh drehte sich der Magen um, als sie das Auto ihrer Mutter vor Macs gemietetem Haus zum Stehen brachte. Einen Moment lang saß sie einfach nur da und wünschte sich, dass er mit einem Lächeln auf dem Gesicht nach draußen rennen würde, damit sie sich die ganze Schleimerei sparen konnte, auf die sie sich nicht gerade freute. *Das ist alles Teil meines persönlichen Wachstums*, erinnerte sich Niamh. Das Schwierigste daran, Fehler zu machen, war, sie sich selbst einzugestehen. Niamh klappte die Sonnenblende herunter, überprüfte noch einmal ihr Make-up und lächelte, um sich zu vergewissern, dass sie in den zehn Minuten seit dem Zähneputzen nicht auf mysteriöse Weise etwas zwischen ihre Zähne bekommen hatte.

Ursprünglich hatte Niamh sich glatte Lederleggings, die jeden Zentimeter ihrer Kurven umschmeichelten, und ein Spitzentop ausgesucht, aber Morgan hatte ein Veto eingelegt. Ihre Begründung war gewesen, dass Niamh nicht so aussehen sollte, als sei sie auf der Jagd – stattdessen solle sie warm und freundlich wirken. Gemeinsam hatten sie sich für ein Vintage-

Wickelkleid mit einem zarten Blumenmuster in gedeckten Gold-, Rosa- und Rottönen entschieden. Dazu hatte sich Niamh einen breiten braunen Ledergürtel um ihre Taille geschlungen und klobige kniehohe Stiefel angezogen. Sie hatten ihr Haar so gestylt, dass es lässig über ihre Schultern und ihren Rücken fiel, und große goldene Ohrringe ausgesucht. Morgan hatte ihr eine Rosenquarz-Halskette umgehängt, die angeblich die Liebe fördern sollte, und Niamh hatte sich sorgfältig um ihr Make-up gekümmert. Alles in allem konnte sie sich zwar nicht die neuesten und ausgefallensten Designerklamotten leisten, aber Niamh fühlte sich schön, weil dieses Outfit genau widerspiegelte, wer sie war. Ihr waren weder Trends noch Markennamen wichtig, aber sie nahm sich Zeit für die gewissenhafte Auswahl ihrer Kleidung.

Ganz ähnlich wie bei Männern, dachte Niamh, während ihre Gedanken zu all den Jungs wanderten, mit denen sie früher ausgegangen war. Und es waren Jungs gewesen – oder etwa nicht? Verglichen mit Macs Männlichkeit und seiner Bereitschaft, ihr gegenüber offen und verletzlich zu sein, verblassten die Typen, mit denen sie an der Universität ausgegangen war. Dieser Mann war echt, er gehörte ihr, und sie wusste aus tiefstem Herzen, dass sie keinen anderen haben wollte. Niamh atmete tief durch, straffte die Schultern und stieg aus dem Auto aus. Die Nacht war kühl, aber zum Glück trocken, und ein paar Sterne funkelten bereits in der Dämmerung.

Bevor sie einen Rückzieher machen konnte, marschierte Niamh zur Tür und klopfte fest. Während sie wartete, sah sie sich um. Sie lächelte, als sie sah, dass Mac die Fahne seines Teams in eines der Fenster gehängt hatte. Niamh klopfte erneut und wartete. Als einige Minuten vergangen waren, rutschte ihr das Herz in die Hose. Sie hatte sich nicht überlegt, was sie tun sollte, wenn der Mann nicht zu Hause war. Sollte sie einfach auf seiner Türschwelle warten? Niamh blinzelte auf ihr Handy und rief dann seinen Kontakt auf, um ihn anzurufen.

Der Anruf wurde auf die Mailbox umgeleitet, und Niamh zögerte eine Sekunde, bevor sie anfing zu sprechen.

»Hallo, Mac. Ich bin es. Niamh. Ähm ... ich bin hier. Vor deiner Tür. Ich musste dich sehen. Ich muss mit dir reden. Ich weiß, du willst mich nicht sehen und ich weiß, ich habe dir wehgetan und bin der schlechteste Mensch der Welt. Aber ... ich muss dir einfach etwas sagen. Persönlich. Das will ich dir nicht auf die Mailbox sprechen. Ich hoffe wirklich, dass du mir die Chance dazu gibst. Falls nicht, muss ich das wohl auch respektieren. Ich ... Ich vermisse dich einfach ...« Niamh legte auf, bevor sie weiter ausholen konnte, und fluchte dann. Das war vermutlich nicht die eloquenteste Mailboxnachricht. Seufzend tat sie das Einzige, was man tun konnte, wenn man in Grace's Cove Liebeskummer hatte – Niamh fuhr zu Gallagher's Pub.

Warum ist in diesem verdammten Pub nur immer so viel los?, dachte Niamh, während sie einigen Leuten, die sie kannte, zunickte und sich in die Ecke der Bar begab, wo nur noch ein paar Hocker standen.

»Was treibt ein so schönes Mädchen an einem kalten Winterabend her? Komm zu mir und erhelle den Tag eines alten Mannes.« Mr. Murphy klopfte auf den Stuhl neben sich, und Niamh setzte sich zögernd zu ihm. Sie war nicht gerade in der Stimmung zu reden, aber manchmal musste man bei Mr. Murphy einfach nur nicken und zuhören, wenn er in Erinnerungen schwelgte und die eine oder andere Geschichte erzählte. Niamh hoffte, dass dies einer dieser Abende war.

»Whiskey. Green Spot. Ohne Eis«, sagte Niamh zu dem Barkeeper, der kurz darauf vor ihr stehenblieb. Cait war nirgends zu sehen, aber Niamh nahm an, dass die Frau hin und wieder einen freien Abend verdiente. »Möchten Sie auch einen?«

»Nein, ich bleibe lieber bei Bier. Trotzdem danke.«

Niamh nickte nur und verfiel in Schweigen. Als ihr Drink kam, hob sie einen Finger und kippte den Inhalt des Glases in einem Schluck herunter.

»Mehr davon. Bitte«, fügte Niamh schnell hinzu, als sie merkte, dass sie ein wenig fordernd klang.

»Harter Tag?«, fragte Mr. Murphy. Er sah heute Abend in einer grauen Tweedweste über einem erdbraunen Wollpullover besonders adrett aus.

»Sie sehen gut aus heute Abend, Mr. Murphy. Haben Sie ein heißes Date?«, fragte Niamh, um das Thema zu wechseln. Sie nickte dankend, als der Barkeeper mit der Flasche zurückkam und einfach dastand, während Niamh ein weiteres Glas in einem Schluck austrank und es wieder auffüllen ließ, bevor er wegging.

»Immerhin sitze ich neben dir, nicht wahr?« Mr. Murphy zwinkerte ihr zu und Niamh lächelte.

»Nun, da ich ungebunden bin, sieht es so aus, als hätten Sie hiermit ihr Date für den heutigen Abend.«

»Ich bin wirklich ein Glückspilz.« Von der anderen Seite des Raumes ertönte eine leichte, beschwingte Melodie, und Niamh drehte sich um, um festzustellen, dass sich ein Trio von Musikern am vorderen Tisch niedergelassen hatte. *Wunderbar*, dachte sie. Konnte eine Frau heutzutage nicht einfach eine Weile im Stillen grübeln? Obwohl der Whiskey wie ein heißer Feuerball in ihrem Magen brodelte, trank Niamh ein weiteres Glas leer und gab dem Barkeeper ein Zeichen. Sie ignorierte die Magenschmerzen, um die betäubende Wirkung zu genießen, die der Alkohol allmählich entfaltete.

»Du musst Niamh sein.«

Niamh warf einen Blick auf die Frau, die sich auf den Stuhl neben ihr setzte, und verzog das Gesicht.

»Verdammt noch mal«, murmelte Niamh in ihr Glas.

»Ja, ich bin auch nicht besonders glücklich darüber, noch eine weitere Nacht in dieser langweiligen Kleinstadt festzusitzen«, sagte Kristie und lächelte zum Barkeeper hoch. »Wodka Soda mit einer Scheibe Limette, bitte.«

»Gibt es keinen anderen freien Platz, auf den du dich setzen kannst?«, fragte Niamh. Kristies Haar glänzte im Licht der Deckenlampen, und auch ihre Finger waren perfekt maniкürt. Niamh blickte auf ihre eigenen abgesplitterten Nägel hinunter und vergrub ihre Finger in den Handflächen.

»Es gibt keine langweiligen Orte – nur langweilige Menschen«, sagte Mr. Murphy mit einem leichten Lächeln. Niamh wartete darauf, dass Kristie etwas Unhöfliches erwiderte, damit sie sie ausweiden konnte, aber stattdessen sah die Frau ausgesprochen peinlich berührt aus.

»Was willst du?«, fragte Niamh, ohne das Bedürfnis zu verspüren, höflich zu sein. Das könnte am Whiskey liegen. Oder daran, dass diese Frau sich Mac einfach an den Hals geworfen hatte. Wahrscheinlich war es eine Kombination aus beidem.

»Hör zu, Niamh ...« Kristie drückte ihre Limette in ihr Getränk und wischte sich dann vorsichtig die Finger mit einer Barserviette ab. »Ich kenne dich nicht.«

»Und ich möchte, dass das auch so bleibt.« Ihre Mutter wäre sicherlich entsetzt über ihre Manieren in diesem Moment, aber Niamh war es vollkommen egal.

»Ich glaube nicht, dass wir in denselben Kreisen verkehren, Darling.« Kristie musterte sie von oben bis unten, und Niamh verdrehte nur die Augen.

»Im akademischen Bereich, meinst du? Nein, das tun wir ganz sicher nicht.« Niamh trank einen weiteren Schluck von ihrem Whiskey, während Kristie die Nase rümpfte und über Niamhs Worte nachdachte.

»Wie auch immer. Der Punkt ist, du hast gewonnen.«

»Mir war gar nicht klar, dass wir ein Spiel spielen.« Jetzt drehte sich Niamh ganz zu Kristie um und schwankte ein wenig auf ihrem Stuhl, als sie ein Anflug von Schwindel überkam. Sie hätte definitiv mehr als nur eine Scheibe Toast essen sollen.

»Oh bitte, tu nicht so, als ob du nicht versucht hättest, mir die Schlagzeilen streitig zu machen«, erwiderte Kristie lachend und schüttelte dabei ihre glänzende Haarmähne. »Sogar ich erkenne eine Meisterin ihres Faches, wenn ich eine sehe. Du bist einfach cool geblieben, nicht wahr? Mac dazu zu bringen, dir hierher zu folgen, war auf jeden Fall ziemlich clever.«

»Ich ...« Niamh starrte die andere Frau mit offenem Mund an, als die Wut sich ihren Weg durch sie hindurchbahnte. »Ich habe nichts dergleichen getan.« Sie drehte sich um und gab dem Barkeeper ein Handzeichen, nur um in Caits wütendes Gesicht zu blicken, die mit einem Glas Wasser in der Hand auf der anderen Seite der Bar stand.

»Trink das hier«, befahl Cait.

»Ich nehme einen Whiskey, Cait.«

»Den bekommst du. Nachdem du dieses Wasser getrunken hast.«

»Sieht so aus, als würdest du besser tun, was sie sagt, sonst musst du gleich ins Bett.« Kristie kicherte und verstummte, als Cait sich über die Theke lehnte, bis ihr Gesicht nur wenige Zentimeter von dem der jungen Frau entfernt war.

»Du solltest dich in meinem Pub besser benehmen, sonst werde ich dich rauswerfen.«

»Ja, Ma'am.« Kristie senkte augenblicklich ihren Kopf.

Niamh wollte einen bissigen Kommentar erwidern, aber die Wut in Caits Augen ließ sie stattdessen einen Schluck von ihrem Wasser nehmen. Cait warf ihnen beiden einen vernichtenden Blick zu, bevor sie zum anderen Ende der Bar ging.

»Sie ist wirklich angsteinflößend, nicht wahr?«

»Das ist sie. Aber bei einer Schlägerei im Pub ist es gut, sie auf seiner Seite zu haben.«

Kristie schnaubte, und Niamh lächelte, obwohl sie es eigentlich nicht wollte.

»Hör zu, Niamh. Ich will dich nicht mögen, aber da ich nun einmal hier bin und einen Trinkkumpel brauche, muss ich mich wohl mit dir abfinden.«

»Oh, danke. Gibt es nicht noch jemanden, der sich für diesen Posten melden könnte? Ich bin sicher, dass es hier ein paar Jungs gibt, die gern meinen Platz einnehmen würden.«

»Ich mache eine Pause von den Männern. Ich bin nur hergekommen, um Fintan eifersüchtig zu machen.«

»Warum?« Niamh schaute Kristie verärgert an, denn sie sah endlich, was ihre Mutter die ganze Zeit über die Frau gesagt hatte. Eine tiefe Unsicherheit blitzte hinter ihren hellbraunen Augen auf. »Warum bleibst du nicht einfach bei ihm und bist ihm eine gute Partnerin? Es ist offensichtlich, dass der Mann in dich vernarrt ist.«

»Meinst du wirklich?« Kristie zwirbelte eine Haarsträhne um ihren Finger. »Ich hatte einfach das Gefühl, dass er mir nie besonders viel Aufmerksamkeit geschenkt hat.«

»Na ja ... er ist ein viel beschäftigter Mann. Stimmt's? Mit all den Anforderungen an das Team und so. Gehört das nicht dazu?«

»Ich denke schon«, sagte Kristie und zog einen Schmollmund. »Ich möchte einfach mehr Zeit mit ihm verbringen. Mir wird so schnell langweilig.«

»Wie Mr. Murphy so feinfühlig angemerkt hat – ist das nicht *dein* Problem? Nicht das von Fintan?«, fragte Niamh und beobachtete, wie Kristie eine Erleuchtung zu haben schien. Erleichterung machte sich auf ihrem Gesicht breit.

»Du meinst, wenn ich etwas finde, mit dem ich meine Zeit verbringen kann, bin ich nicht mehr so sehr auf Fintan angewiesen?«

»Ja, das denke ich.« Niamh schüttelte den Kopf. »Es liegt in deiner Verantwortung, etwas zu finden, das dich im Leben begeistert.«

»Nun, ich habe eine Leidenschaft für ...«, begann Kristie und Niamh unterbrach sie.

»Sag jetzt nicht Fintan. Wir alle wissen, dass du eine Leidenschaft für Männer hast. Ich spreche von etwas anderem, das nur dir gehört. Ein Studium. Neue Kurse. Ein Hobby. Mode ...« Niamh betrachtete Kristies Outfit. »Du könntest eine Ausbildung als Stylistin oder so etwas machen, wenn dir das Spaß macht.«

»Du meinst, ich könnte dafür bezahlt werden, Leute einzukleiden?« Kristies Augen leuchteten auf, als sie sich umdrehte und Niamh erneut ansah.

»Nicht mich. Andere Leute. Finde reiche Leute, die sich schlecht kleiden. Lass sie gut aussehen. Du wirst dir sicher allein durch Mundpropaganda einen Kundenstamm aufbauen können, wenn du gute Arbeit leistest und aufhörst, dummes Zeug zu machen, wie Männer anzulügen und mit ihren Gefühlen zu spielen.«

»Darüber habe ich nie nachgedacht.« Kristie schürzte die Lippen und tippte mit einem Finger dagegen. Niamh war sich nicht sicher, ob sie sich darauf bezog, Stylistin zu werden oder mit dem Lügen aufzuhören, aber das war ihr egal. Als Cait in die Küche verschwand, deutete Niamh dem anderen Barkeeper an, ihr Glas nachzufüllen.

»Was habe ich denn eigentlich gewonnen?«, fragte Niamh und kippte den Whiskey hinunter, bevor Cait wieder herauskommen und sie belehren konnte. Langsam begann alles vor ihren Augen zu verschwimmen, die Stimmen wurden lauter und die Musik brachte sie dazu, mit ihrem Stiefel im Takt auf die Fußstütze des Hockers zu klopfen.

»Mac, natürlich. Er wollte mich nie, weißt du.«

Niamh zuckte nur mit den Schultern, unsicher, wie sie darauf reagieren sollte.

»Du erinnerst dich sicher an diesen Abend im Club, oder? Ich habe der Presse einen Tipp gegeben und draußen gewartet. Dann habe ich mich einfach auf ihn gestürzt und ihn geküsst. Er war wütend, weißt du. Er ist sofort wieder reingegangen und hat es Fintan erzählt. Mann, habe ich da Ärger bekommen.« Kristie schüttelte den Kopf. »Das war sogar für mich gewagt.«

»Aber warum ... warum bist du jetzt wieder hier?« Niamhs Gedanken wirbelten durcheinander, als ihr klar wurde, dass sie den Kuss zwischen ihnen einfach als Tatsache hingenommen hatte. Das war etwas, das sie von Mac, dem Playboy, erwartet hatte, als sie ihn zum ersten Mal gesehen hatte, bevor sie ihn besser kennengelernt hatte.

»Fintan und ich haben uns ziemlich gestritten. Ich habe gedacht, ich sollte die Dinge ein bisschen aufpeppen.«

»Und wie hat es funktioniert?«

»Nicht besonders gut«, gab Kristie zu, »aber vielleicht war diese Reise doch für etwas gut. Du hast mir einige Dinge zum Nachdenken gegeben. Vielleicht nehme ich mir einfach mal eine Auszeit von Männern und schaue, wohin mich das führt. Ich könnte mich ausnahmsweise mal auf mich selbst konzentrieren.«

»Das ist wahrscheinlich eine gute Idee«, sagte Niamh leise und fragte sich, ob sie das auch tun sollte.

»Wie auch immer, ich sage nur so viel: Der Mann ist vollkommen verrückt nach dir. Wenn ich wirklich in Mac verliebt wäre? Nun, dann wäre ich am Boden zerstört. Sei ein nettes Mädchen und setz das auf deine Rechnung, ja?« Kristie stand auf und klopfte Niamh auf die Schulter, bevor sie aus dem Pub stolzierte. Ein Teil von Niamh – der beschwipste Teil – fragte sich, ob sie sich die ganze Begegnung nur eingebildet hatte.

»War sie gerade ...« Niamh trank einen Schluck von ihrem Whiskey und drehte sich zu Mr. Murphy um. Aber er war nicht mehr da. Stattdessen war Mac da.

Sofort spuckte sie ihren Whiskey aus.

KAPITEL SIEBENUNDZWANZIG

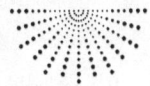

»Was für eine nette Art, jemanden zu begrüßen.« Mac griff nach einer Serviette und versuchte, seine Hose zu trocknen.

Er sieht wunderbar aus, dachte Niamh und ließ seinen Anblick auf sich wirken. Sein Haar war feucht, als hätte er gerade geduscht, und das hellblaue Henley-Shirt, das er trug, brachte die Augen in seinem hübschen Gesicht zum Leuchten. Am liebsten wollte Niamh hier und jetzt auf seinen Schoß krabbeln und ihn nicht mehr loslassen. Stattdessen schaute sie jedoch weg, während ihr Hitze in die Wangen stieg.

»Dafür möchte ich mich entschuldigen.« *Unter anderem*, fügte Niamh in Gedanken hinzu. *Setz es einfach auf meine Liste mit Fehltritten.*

»Und sonst nichts?«, fragte Mac, und Niamh wirbelte zu ihm herum, wobei die Wut, die sie bei Kristie so gut unterdrückt hatte, nun durch ihren Körper schoss.

»Ich habe versucht, mich zu entschuldigen, oder nicht? Aber *jemand* war nicht zu Hause. Und *jemand* hat auch nicht auf meine Nachrichten reagiert. Oder auf meine Anrufe. Oder auf meine Sprachnachrichten. Stattdessen hat mich dieser jemand weinend im Regen stehengelassen.« Niamhs Stimme wurde lauter, aber sie merkte, dass es ihr egal war.

»Nun, ich denke, ich habe das Recht, mir etwas Zeit zum Nachdenken zu nehmen«, sagte Mac mit leiser Stimme, während er die interessierten Gesichter im Pub betrachtete.

»In Kristies Armen?«, blaffte Niamh und zuckte dann zusammen. Sie hob eine Hand, bevor er etwas sagen konnte. »Ich weiß, es war nicht so, wie es schien. Das habe ich verstanden. Aber ganz ehrlich, Mac? Es ist einfach verdammt nervig. Wenn sie es nicht ist, dann wird es irgendein anderes Mädchen sein, oder? Sie folgen dir überall hin, als wärst du der verdammte Rattenfänger dieser Models. Wie zur Hölle soll ich da mithalten können?« Mittlerweile benutzte Niamh definitiv nicht mehr die Stimme, die sie sonst in geschlossenen Räumen benutzte, und die Musik verstummte. Natürlich taten alle so, als würden sie nicht lauschen, taten es aber dennoch.

»Willst du mir wirklich die Schuld für die Taten anderer geben, Darling?«, fragte Mac und verschränkte die Arme vor der Brust, während er sich auf seinem Stuhl zurücklehnte.

»Nenn mich nicht *Darling*. Ich habe es satt, dass mir jeder den Kopf tätschelt, als wäre ich ein kostbares kleines Hündchen. Ich. Bin. Eine. Frau!« Niamh unterstrich die Worte, indem sie Mac gegen die Brust stieß und dann fast von ihrem Stuhl fiel. Mac fing sie rechtzeitig auf und schob sie vorsichtig zurück, sodass sie wieder Halt fand. Allerdings verärgerte sie das aus irgendeinem Grund noch mehr. Sie hatte es nicht nötig, dass er sich um sie kümmerte.

»Ich bin mir sicher, dass ich und jeder andere Mann hier bestätigen kann, dass wir wissen, dass du eine Frau bist. Ist es nicht so, Jungs?«, fragte Mac in die Runde und machte sich nicht länger die Mühe, so zu tun, als wüsste er nicht, dass alle zuhörten. Hinter ihm erklang zustimmendes Gemurmel.

»Nun, ich habe es satt. Ich will nicht, dass sich die Frauen dir an den Hals werfen. Ich will nicht, dass die Reporter uns folgen. Ja und damit meine ich unter anderem dich, Kumpel«, rief Niamh laut in Richtung des Reporters, der am Ende der Bar saß und einen Notizblock vor sich liegen hatte. »Dein Leben muss wirklich sehr einsam und langweilig sein.«

»Okay, lass uns bitte nicht die Reporter beleidigen«, sagte Mac und hob entschuldigend die Hand, während er den Mann ansah. »Sie machen nur ihren Job.«

»Es ist ein schäbiger Job«, sagte Niamh lautstark.

»Niamh. Lass uns dich hier rausbringen. Dann können wir reden«, sagte Mac, dem klar war, dass dieses Gespräch nicht gut enden würde.

»Oh, jetzt will er also reden?«, fragte Niamh an die Menge gewandt. »Dieser Mann hat mich weinend im strömenden Regen stehengelassen. Er hat nicht einmal zugelassen, dass ich mich entschuldige. Ist das zu glauben?«

»Komm schon, Mac. Lass das Mädchen sich entschuldigen«, rief ein Mann aus der Menge.

»Das habe ich vor. Ich werde sie vielleicht sogar zu Kreuze kriechen lassen. Aber nicht hier und nicht, wenn sie ... wie viele Whiskys intus hat?« Mac warf einen Blick in Richtung Bar.

»Sechs?«, rief der Barkeeper und ließ dann die Schultern sinken, als er Caits Blick auf sich spürte.

»Du hast ihr also noch mehr gegeben?«, fragte Cait. »Sie verträgt nicht so viel Alkohol.«

»Ich vertrage ... nein ertrage ...« Niamh stand auf und hielt sich an der Seite der Bar fest, als ihre Knie nachgaben. Das war ja merkwürdig. »Ich ertrage es nicht, wenn ich die Dinge nicht in Ordnung bringen kann. Und dieser Mann will die Dinge nicht in Ordnung bringen. Ich bin ihm vollkommen egal. Ich bin nur eine weitere Frau in seinem Harem.

Mit billigeren Schuhen.« Niamh sah traurig auf ihre Stiefel hinunter und kippte dabei fast nach vorn.

»Das reicht.« Mac stand auf und Niamhs Welt geriet aus den Fugen, als er sie packte und über seine Schulter warf.

»Mac!« Niamh quietschte, ein Anflug von Schwindel ließ sie fast ohnmächtig werden.

»Zeig es ihr, Mac!«

»Lass sie sich entschuldigen!«

»Ich wette, sie wird ...« Dieser Satz wurde durch eine von Caits scharf formulierten Ermahnungen unterbrochen. Kurz darauf spürte Niamh die kühle Nachtluft auf ihrem Gesicht, als sich die Tür unter lautem Jubel schloss.

»Ich kann nicht ...« Niamh tippte schwach gegen sein Bein. »Mir ist schwindlig.«

Sofort wechselte Mac ihre Position und nahm sie stattdessen in die Arme, wie ein Bräutigam seine Braut. Niamh blinzelte in Richtung einer Gruppe von Leuten, die sie unverhohlen anstarrten, und holte ein paar Mal tief Luft, um sich zu sammeln, bis das Schwindelgefühl nachließ. Mac sagte nichts, während er den Hügel auf dem Weg zu seinem gemieteten Haus hinaufging und dabei nicht einmal schwerer atmete. Niamh wurde wieder einmal daran erinnert, wie stark er war, als er sie festhielt, als wäre sie so leicht wie ein Rugbyball.

Mac setzte Niamh nicht ab, als er an seiner Tür ankam, sondern behielt sie im Arm, während er seinen Schlüssel herausholte. Mit einem Bein stieß er die Tür auf, ging hinein und setzte sie auf die Couch, bevor er den Raum durchquerte, um das Licht einzuschalten. Niamh rutschte auf dem Leder hin und her und fühlte sich sofort an das erste Mal erinnert, als sie miteinander geschlafen hatten. Hier. Bei der Erinnerung an das, was sie gehabt hatten, stiegen ihr die Tränen in die Augen.

»Warte, warte, warte. Moment.« Mac sprang auf. Er lief in

die Küche und holte eine Rolle Papiertücher, ein Glas Wasser und einen Pizzakarton. Als er zur Couch zurückkehrte, setzte er sich neben sie und bot ihr alle drei Dinge auf einmal an.

»Pizza?« Niamh schluckte, während die Tränen schneller flossen.

»Vielleicht saugt sie etwas von dem Alkohol auf?« Als Niamh sich kein Stück nahm, schloss er die Schachtel und stellte sie auf den Boden, bevor er ihr ein Papiertuch reichte. Sie nahm es und hielt es sich an die Augen, konnte aber die Tränenflut nicht aufhalten. Blöder Alkohol. Blöde Beziehungen. Blöde Liebe.

»Warum denkst du, dass Liebe blöd ist?«

»Habe ich das etwa laut gesagt?« Niamh keuchte.

»Das hast du, ja.«

»Ich bin nur ... ach Mac. Ich bin ein Wrack. Ich habe es wirklich vermasselt und ich habe Angst, dich zu verlieren, aber ich habe auch Angst davor, wie es sein wird, mit dir zusammen zu sein, und ich weiß nicht, was ich tun soll.« Niamh legte eine Hand auf ihre Brust, wo sich ihr Herz befand. Es fühlte sich an, als würde es tausendmal pro Minute schlagen. »Ich fühle gerade so viel und es tut weh. Ich hasse es, dass ich dich verletzt habe. Du musst wissen, wie leid es mir tut. Es tut mir so unendlich leid.«

»Ich weiß, dass es dir leidtut, Niamh. Du musst dich beruhigen. Hier, konzentriere dich auf deine Atmung.«

Niamhs Brustkorb begann, sich immer schneller zu heben, als sie über die Möglichkeit nachdachte, dass sie ihn endgültig verloren hatte, und Panik machte sich in ihr breit. Als er seine Arme um sie schlang und sie an sich zog, vergrub sie ihr Gesicht an seiner Brust.

Niamh blinzelte gegen das Sonnenlicht, ihre
Gedanken waren träge und klebrig wie Honig, ihre Kehle war
trocken. Sie schluckte, richtete sich auf und versuchte herauszufinden, wo sie war.

Sie war in Macs Bett.

Die Ereignisse der vergangenen Nacht brachen über sie
herein, und Niamh ließ sich auf das Bett zurückfallen und
vergrub ihr Gesicht für einen Moment im Kissen. Zum Glück
war das Bett abgesehen von ihr leer, sodass Niamh einen
Moment Zeit hatte, sich zu sammeln. Sie erschauderte, als ihr
die Szene im Pub wieder einfiel – ganz zu schweigen von dem
Reporter am Ende der Bar. Niamh konnte sich nur vorstellen,
was heute in den Blogs zu lesen war. Der Rest des Abends war
verschwommen, und das Letzte, woran sie sich erinnerte, war,
dass sie auf Macs Couch geweint hatte. Oh nein ... was hatte
sie gesagt?

Niamh setzte sich auf und lauschte einen Moment lang,
bevor sie aus dem Bett schlüpfte und schnell zum Badezimmer ging. Der Anblick, der sie im Spiegel begrüßte, war ...
nun ja, sie hatte eindeutig schon besser ausgesehen. Niamh
blickte auf das einfache graue Sport-Shirt hinunter, das Mac
ihr angezogen haben musste, und starrte auf die dunklen
Wimperntuscheringe, die ihre Augen umrandeten. Der
Mann hatte sie ausgezogen und ins Bett gebracht, und sie
hatte ihn in einem Pub angeschrien und sich dann bei ihm
ausgeheult.

*Nun ja, die Zeit, die wir zusammen hatten, war immerhin
schön*, dachte Niamh, während sie einen Schluck Mundwasser
nahm. Jetzt musste sie nur noch durch die Hintertür
verschwinden und in ein anderes Land ziehen, damit sie sich
vor dieser Blamage verstecken konnte. Zögernd öffnete
Niamh die Tür und hätte fast geschrien, als sie Mac mit einem
Geschirrtuch über der Schulter und einem Glas Wasser in der
Hand davorstehen sah.

»Du wolltest mich wohl zu Tode erschrecken, was?«, keuchte Niamh und legte die Hand auf ihr Herz.

»Hier ist etwas Wasser. Und Tabletten gegen deine Kopfschmerzen.« Mac hielt zwei Tabletten hoch und beugte sich dann vor, um Niamh, zu ihrer eigenen Überraschung, einen sanften Kuss auf die Stirn zu drücken. »Ich habe gerade Frühstück gemacht. Komm einfach zu mir in die Küche. Ich halte deine Kleidung als Geisel gefangen, du kannst also nirgendwo hingehen.«

Niamh starrte auf Macs breiten Rücken, während er sich in seinem lockeren T-Shirt und seiner karierten Schlafhose von ihr entfernte. Konnte der Mann etwa nun auch Gedanken lesen? Niamh schluckte die Tabletten mit dem Wasser hinunter und ging langsam in die Küche, während sie sich daran erinnerte, dass das Weglaufen vor ihren Problemen nie eine Lösung war. Abgesehen von ihren massiven Kopfschmerzen war es im Moment ihr größtes Problem, herauszufinden, was letzte Nacht mit Mac passiert war. Und natürlich musste sie ihm sagen, dass es ihr leidtat. Sie war sich immer noch nicht ganz sicher, ob sie es geschafft hatte, sich offiziell bei Mac zu entschuldigen.

Blöder Alkohol. Niamh hatte noch nie besonders viel davon vertragen, weshalb sie sich meist auf Wein beschränkte und auch nie zu viel davon trank. Genau das hier war der Grund, erinnerte Niamh sich. Immerhin war der Alkohol schuld daran, dass sie ohne Hose in der Küche eines Mannes gelandet war, der ihr Herz in seinen Händen hielt.

»Ich dachte schon, du würdest den ganzen Tag schlafen«, sagte Mac, als Niamh in der Tür erschien. »Saft? Kaffee? Tee?«

»Kaffee, bitte.« Durch das Koffein würden die Tabletten vielleicht schneller wirken. Warum war er so nett zu ihr? Sie war diejenige, die es vermasselt hatte.

»Dann geh schon mal zur Couch, ich bringe dir deinen

Kaffee.« Niamh erinnerte sich daran, wie sehr er seine Küchenstühle hasste.

»Mac ... hatten wir?«

»Sex? Nein, Niamh. Wir haben nur nebeneinander geschlafen.«

»Aber ... ich meine ... was war davor? Habe ich ... haben wir geredet?«

»Setz dich. Wir können gleich reden. So wie ich mich gerade fühle, könnte ich vier Pizzen essen.« Mac begann, Toastscheiben auf ein Tablett zu stapeln, und Niamh tat, was er gesagt hatte. Sie ging zur Couch, zog die flauschige Decke von der Lehne und legte sie über ihre Beine. Einen Moment später erschien Mac mit einem Tablett, auf dem sich das Essen türmte, und stellte es auf das Kissen zwischen ihnen. Niamh nahm ihre Tasse Kaffee und eine Scheibe Toast und sah zu, wie Mac in eine Sausage Roll biss.

»Du kannst mittlerweile kochen?«, fragte Niamh.

»Nein, die habe ich heute Morgen besorgt und gerade aufgewärmt, als ich gehört habe, dass du dich rührst.«

»Oh, du warst also schon unterwegs?«

»Ja. Und ich habe trainiert«, sagte Mac fröhlich.

Wie konnte er so fröhlich sein, wenn sie das Gefühl hatte, dass ihre ganze Welt aus den Fugen geriet? Niamh aß pflicht-bewusst ihre Scheibe Toast, dann lehnte sie sich in die Kissen zurück und beobachtete ihn. Er sah nicht wie ein Mann mit gebrochenem Herzen aus. Entweder bedeutete sie ihm tatsächlich nichts, oder Mac hatte sich bereits über ihre Zukunft Gedanken gemacht – ohne dass sie es wusste. So oder so, sie konnte es nicht ertragen, so unwissend zu sein.

»Mac, ich weiß nicht mehr, was gestern Abend passiert ist, nachdem wir hergekommen sind und ich auf deiner Couch geweint habe. Aber irgendetwas muss passiert sein, sonst wärst du nicht so fröhlich. Ich trinke nicht oft so viel Alkohol, also entschuldige ich mich für alles, was ich gesagt oder getan haben könnte. Haben wir uns unterhalten?«

»Nein, das haben wir nicht, Niamh. Du bist in meinen Armen eingeschlafen und ich habe dich ins Bett gebracht. Du scheinst wirklich keinen Alkohol zu vertragen. Du bist innerhalb von drei Sekunden vom Weinen und Reden zum Schnarchen übergegangen.« Mac grinste sie an, während Niamh die Hitze in die Wangen schoss.

»Wunderbar. Gut, dann bringen wir es einfach hinter uns.« Niamh hatte die Worte einstudiert, die sie zu Mac sagen wollte, seit er sie stehengelassen hatte, und sie musste sie einfach loswerden. Und dann würde sie hoffentlich eine ruhige Ecke finden, um ihre Würde zurückzubekommen.

»Das klingt nicht gerade gut.«

»Mac ...« Niamh zwang sich, ihn anzusehen. Er hielt immer noch die Sausage Roll in der Hand, aber hatte aufgehört zu essen. »Ich habe es wirklich vermasselt. Sehr. Ich wünschte, ich hätte eine bessere Erklärung dafür, oder dass ich meine Beweggründe rechtfertigen könnte, aber das kann ich wirklich nicht. Es gibt keine Entschuldigung dafür, dass ich dir nicht gesagt habe, dass ich ebenfalls Gaben habe, als du dich entschieden hast, offen mit mir zu sein. Ich bin mir nicht einmal sicher, warum ich es nicht getan habe. Vielleicht aus Gewohnheit? Aber ich vermute, das ist nur eine Ausrede. Wenn ich wirklich tief graben würde, und wenn du wirklich eine Erklärung bräuchtest, dann würde ich sagen, dass es wahrscheinlich daran lag, dass die Vorstellung von uns ... von dir ... mir so viel Angst gemacht hat, dass ich mich selbst sabotiert habe. Ich habe nicht an uns geglaubt, also habe ich unbewusst einen Weg gefunden, die Beziehung zu ruinieren, bevor du mich verletzen konntest.«

»Niamh ...«, sagte Mac. Er legte die Sausage Roll beiseite und stellte das Tablett mit dem Essen auf den Boden. Er berührte sie nicht, was sie zu schätzen wusste, sondern sah sie nur geduldig an. »Sag mir, warum du Angst vor mir hast. Vor uns.«

»Ich habe Angst, dass du eines Tages aufwachst, mich ansiehst und merkst, dass ich nicht zu dir passe. Dass ich nicht wirklich Teil deiner Welt bin. Du brauchst jemanden wie Kristie, Mac.« Niamh sprach schnell weiter, als ein Anflug von Verärgerung über Macs Gesicht huschte. »Vielleicht nicht sie, aber *jemanden* wie sie. Jemanden, den du zu schicken Veranstaltungen mitnehmen kannst. Jemanden, der gut an deinem Arm aussehen wird. Der sich mit den richtigen Leuten vernetzt und auf allen Galas und in allen Clubs und was auch immer du sonst noch machst, die richtigen Worte findet. Das ist nicht meine Welt, Mac. Und ich habe einfach Angst davor, dass ... dass du eine Zeit lang denken wirst, dass es okay ist und wir trotzdem Spaß haben können, und dann eines Tages merkst, dass ich nicht das sein kann, was du von mir erwartest, und dann wirst du ...«

»Dann werde ich was?«

»Dann wirst du mich verlassen.« Niamhs Stimme geriet ins Stocken. »Und das ist der Teil, den ich, glaube ich, überhaupt nicht ertragen könnte.«

»Du hast also Angst, dass du ertrinken könntest, und gehst daher nie ins Wasser. Verstehe ich das richtig?«

»So ähnlich.«

»Habe ich da auch ein Mitspracherecht?« Zum ersten Mal an diesem Morgen verließ der fröhliche Ton Macs Stimme. »Oder triffst du einfach die Entscheidungen für uns? *Du* hast beschlossen, dass du weißt, was ich brauche, und da du glaubst, dass du es nicht bist – war's das dann? Du verschwindest einfach und was ist mit mir?«

»Du wirst jemand anderen finden«, sagte Niamh achselzuckend und erschrak, als Mac ein Kissen quer durch den Raum warf. Instinktiv fing Niamh das Kissen mit ihrem Geist auf und stoppte es, bevor es eine hübsche Vase zerschmetterte, die auf einem Beistelltisch neben der Tür stand. Sie starrten beide auf das Kissen, dass immer noch in der Luft schwebte, bevor Niamh es sanft auf den Boden fallen ließ.

»Warum denkst du, dass du einfach so austauschbar bist, Niamh? Wenn du doch eindeutig eine Göttin bist?« Macs Stimme klang aufgewühlt, und Niamh spürte, wie ihr Herz zu brechen begann.

»Mac ...«

»Nein, du hast gesagt, was du sagen wolltest. Jetzt bin ich dran.« Mac stand auf und begann, auf und ab zu gehen, offensichtlich zu aufgeregt, um still zu sitzen. »Alles, was du darüber gesagt hast, was ich brauche, ist falsch. Du denkst immer noch, dass ich der Mac bin, den du aus den Zeitungen kennst, aber nicht die Person, die vor dir steht, Niamh. Sicher, es gibt schicke Veranstaltungen und die Presse jagt mich – das gehört dazu. Aber bei all dem ging es nur um das Aussehen. Dir scheint wichtig zu sein, wie jemand an meinem Arm für die Presse aussieht, aber nicht, was ich in meinem Leben brauche oder will. Das ist mir alles egal – ich gehe gern allein zu den Galas und komme zu dir nach Hause, wenn das nicht dein Ding ist. Und meiner Meinung nach bist du ohnehin die umwerfendste Frau, die ich je in meinem Leben gesehen habe. Ich wäre stolz darauf, dich an meinem Arm zu haben, egal wohin wir auch gehen. Willst du wissen, was ich wirklich brauche? Ich brauche jemanden, der mich unterstützt. Der mich zum Lachen bringt. Der mich mit seinem klugen Verstand und interessanten Studien verblüfft. Eine Frau, die so viel Einfühlungsvermögen und Fürsorge zeigt wie keine andere Frau, die ich kenne. Eine Frau, der ich meine Geheimnisse anvertrauen kann, mein Glück und meine Zukunft. Ich brauche jemanden, der mich nicht für seltsam oder furchterregend hält, wenn ich eine herunterfallende Vase auffange oder ausweiche, lange bevor ein Hund auf die Straße läuft. Ich brauche jemanden, der mich für etwas Besonderes hält, weil ich so bin, wie ich bin und mich deswegen nicht verabscheut.«

Niamh blinzelte zu Mac auf, als er sich vor ihr hinkniete, kurz das Gesicht verzog und ihr dann wieder in die Augen sah. Er legte seine warmen Hände auf ihre Beine, als er sich näher zu ihr beugte.

»Ich brauche eine Frau, der ich mein Herz anvertrauen kann. Du bist diese Frau, Niamh.«

»Ist es dir wirklich egal, wenn ich die VIP-Nächte im Club ausfallen lasse?«, fragte Niamh mit tränenerstickter Stimme.

»Ich muss selbst nie wieder in einen Club gehen. Der einzige Grund, warum ich dort hingehe, ist, damit ich nicht allein sein muss. Aber mit dir – bin ich nie allein.«

»Ich ... ich liebe dich, Mac. Ich kann kaum glauben, wie tief meine Gefühle für dich sind. Es ist erschreckend und unglaublich und ich weiß nicht einmal, wie ich meinen nächsten Atemzug nehmen würde, wenn ich wüsste, dass du nicht in meinem Leben wärst.«

»Ich weiß, dass du mich liebst, Niamh. Eine sehr weise Person hat mir dabei geholfen, zu verstehen, was zwischen uns passiert ist. Es tut mir leid, dass ich nicht auf deine Nachrichten geantwortet habe. Ich brauchte etwas Zeit, um meine Gedanken zu sammeln. Das werde ich dir nicht noch einmal antun, das verspreche ich. Niamh, ich liebe dich. Ich liebe dich wirklich, wirklich sehr. Ich weiß, dass mein Ruhm überwältigend sein kann, aber am Ende des Tages bin ich einfach nur ich selbst. Sag, dass du mir eine Chance geben willst.«

»Natürlich werde ich das, Mac. Ich liebe dich.« Eine seltsame Aufregung durchfuhr Niamh und sie kicherte, als wäre ihr eine Last von den Schultern gefallen. »Ich liebe dich! Oh, es macht Spaß, das zu sagen.«

»Mit dir habe ich gefunden, wonach ich so lange gesucht habe, Niamh. Jetzt werde ich nicht mehr allein sein.« Mac steckte all die Liebe, die er verspürte, in ihren nächsten Kuss und Niamh fühlte sich, als würde sie mit ihm verschmelzen, bis er ein seltsames Geräusch von sich gab.

»Was ist los?«

»Ich, ähm ... ich knie auf den Sausage Rolls.«

Niamh warf ihren Kopf zurück und lachte, als Mac sie hochhob und ins Schlafzimmer trug.

EPILOG

»Ich kann immer noch nicht glauben, dass du auf mich gewettet hast.« Niamh warf Gracie einen ärgerlichen Blick zu. »Das scheint mir kaum fair zu sein. Du hattest Insiderinformationen.«

»Du bist nur wütend, weil ich mir dadurch ein Paar schöne neue Stiefel kaufen konnte.« Gracie sah auf ihre klobigen, glitzernden Doc Martens hinunter und lächelte. »Ich liebe sie.«

»Sie stehen dir, so viel ist sicher.«

Es fiel Niamh schwer, sich über Gracie zu ärgern, weil sie einfach so glücklich war. Nach dem anfänglichen Interesse an ihrer und Macs Beziehung hatte die Presse die beiden weitgehend in Ruhe gelassen, sobald es keine skandalösen Geschichten mehr gab. Jetzt konzentrierten sich die Blogs darauf, mit wem Fintan sich traf – und da der Mannschaftskapitän jede Woche eine neue Frau an seiner Seite hatte, hielt er die Reporter auf Trab. Niamh war dankbar, dass sie relativ schnell in Vergessenheit geriet, denn sie und Mac genossen die Abende, an denen sie zu Hause kochten oder an verregneten Sonntagnachmittagen lange Autofahrten unternahmen.

In den Monaten, die sie zusammen verbracht hatten, hatte Niamh ihr Studium abgeschlossen und ihre Abschlussarbeit bei ihrem Prüfungsausschuss eingereicht. Jetzt wartete sie darauf, ihre Dissertation zu verteidigen, und es war hoffentlich nur noch eine Frage der Zeit, bis es mit ihrer Karriere weiter voranging. Niamh sah sich bereits nach einem kleinen Büro um und war hin- und hergerissen, ob sie in Dublin oder von Grace's Cove aus arbeiten sollte. Mac hatte sich in das Dorf verliebt, nachdem er mehr Zeit dort verbracht hatte, und sah sich derzeit Häuser an, um eines zu kaufen. Niamh wurde immer noch ein wenig schwindlig, wenn sie daran dachte, wie schnell sich ihre Beziehung entwickelt hatte. Letztes Jahr um diese Zeit war sie noch eine einsame Studentin gewesen.

»Ich kann nicht glauben, dass du es geschafft hast, mich zu einem Spiel zu schleppen«, murmelte Gracie schnaubend und sah sich in dem überfüllten Stadion um. Sie saßen in einem abgetrennten Bereich für die Familien der Spieler. Mittlerweile hatte Niamh ein paar der anderen Spielerfrauen kennengelernt. Langsam fühlte sich ihre Gruppe wie eine kleine Familie an, und Niamh hatte sich endlich die Zeit genommen, die Rugbyregeln zu lernen, damit sie sich bei den Spielen nicht wie eine Idiotin vorkam.

»Da ist er. Die Liebe meines Lebens.« Gracie strahlte zu Dylan hinauf, der mit einer Schachtel Popcorn zurückgekommen war.

»Ich finde es wirklich toll, dass du mit Mac zusammen bist«, sagte Dylan grinsend an Niamh gewandt, während er Gracie das Popcorn reichte. »Das macht es viel einfacher, Gracie ab und zu aus unserem Haus in eine richtige Stadt zu schleppen.«

»Das gefällt dir, nicht wahr? Aber ich muss zugeben, dass mir Dublin ein bisschen ans Herz gewachsen ist. Für kurze Besuche, natürlich.«

»Ich denke, ihr beide werdet es schaffen, das Beste aus

beiden Welten mitzunehmen«, sagte Niamh mit einem Lächeln.

»Genau wie du und Mac. Oh, seht mal! Da ist er!« Gracie sprang auf und schrie, wobei sie überall Popcorn verteilte.

»Sie hasst es wirklich, zu diesen Spielen zu gehen, nicht wahr?«, sagte Niamh zu Dylan, der daraufhin lachte.

Als Mac auf das Spielfeld rannte, seine Augen zur Tribüne hinauf schweifen ließ, wo sie saß und sein Lächeln nur ihr galt, setzte ihr Herz einen Schlag aus. Er raubte Niamh immer noch den Atem – selbst wenn er gerade vom Training nach Hause kam und die Wohnung betrat. Jetzt, wo sie ihn auf dem Spielfeld sah, war sie einfach nur schrecklich stolz.

»Eine Sache wollte ich dir schon lange sagen, Niamh. Gracie und ich haben ein wenig nachgeforscht und einige Besuche in vergangenen Leben gemacht, und wir haben meine Tochter aus dieser Zeit entdeckt.« Dylan senkte seine Stimme und lehnte sich näher an Niamh, während er sprach. »Es tat ein wenig weh, herauszufinden, dass sie nicht von mir wusste.«

»Und ... Mac gehört ebenfalls zu dieser Familie?«

»Sieht ganz so aus. Ich denke, wir könnten den Stammbaum bis heute zurückverfolgen. Ich muss natürlich noch ein paar Nachforschungen anstellen und herausfinden, ob Mac bereit wäre, von weiteren Familienmitgliedern zu erfahren.«

»Ich ... Ich denke, er könnte interessiert sein. Das ist ein wunder Punkt in seinem Leben, also muss ich mit ihm reden und sehen, ob er dafür offen ist. Außerdem müssen wir natürlich bedenken, wie das in den Zeitungen aussehen würde. Vielleicht reicht es ihm schon, wenn er weiß, dass er nicht so allein ist. Natürlich kann ich aber nicht für ihn sprechen ...« Niamh zuckte mit den Schultern.

»Nun, es scheint, dass Grace' Liebe zu mir und ihrer Familie so stark war, dass ihre magische Verzauberung weit über das hinausging, was wir je geglaubt haben. Diese Tatsache steigt ihr ganz schön zu Kopf ... das kann ich dir sagen.« Dylan lächelte zu Gracie hinauf, die immer noch stand und nervös in Richtung des Feldes blickte. »Ich glaube, sie denkt, dass sie die Grundlage für euch andere mit besonderen Fähigkeiten ist. Nun, da wir entdeckt haben, dass wir vielleicht einen ganzen Familienzweig übersehen haben, wird es schwer sein, sie davon abzuhalten, Kontakt aufzunehmen. Wenn Mac es ihr verbietet, bin ich mir sicher, dass sie dennoch einen Weg finden wird, ohne natürlich die Verbindung zu Mac preiszugeben.«

»Das würde mich interessieren«, sagte Niamh in ernstem Ton. »Wenn es da draußen Kinder mit Fähigkeiten gibt, die sie nur schwer verstehen können, dann ist das genau mein Ding. Halte mich darüber auf dem Laufenden, ja?«

»Natürlich. Sag mir Bescheid, wenn du mit Mac darüber gesprochen hast.«

»Sicher, das ist kein Problem. Ich werde ihn darauf ansprechen, wenn seine Welt nicht mehr vom Rugby dominiert wird. Was wahrscheinlich nicht so bald der Fall sein wird.« Niamh sprang auf und schrie, als sie ein Tor erzielten.

Nach dem Spiel, das Macs Team gewonnen hatte, verabredete sich Niamh mit Gracie und Dylan zum Abendessen und ging dann in Richtung Umkleidekabine, um im Flur auf Mac zu warten. Als er herauskam, im Trainingsanzug der Mannschaft und mit noch nassem Haar vom Duschen, schlug Niamhs Herz höher.

»Da ist ja mein Mädchen.« Mac packte sie, hob sie hoch und drehte sie im Kreis, bevor er sie festhielt, sodass ihr Körper an seinem muskulösen Körper herunterrutschte. Niamh spürte sofort, wie sich Hitze in ihr ausbreitete und sie errötete, als ihr Verstand für einen Moment aussetzte.

»Tolles Spiel«, sagte Niamh schließlich. Sie lehnte sich in

seinen Kuss, ohne sich darum zu kümmern, ob die Reporter zusahen. Ihr war ein wenig schwindelig, als sie sich schließlich voneinander lösten.

»Wir haben noch viel Arbeit vor uns. Es war ein knappes Spiel. Aber ich bin zufrieden.« Mac nahm ihre Hand und sie schlenderten aus dem Gebäude zu dem Privatparkplatz, auf dem die Spieler parken konnten.

»Mac! Kommst du heute Abend in den Club? Wir werden da sein!«, rief Fintan, der vor einem schnittigen schwarzen Mercedes stand. Die Männer hatten sich ziemlich schnell wieder vertragen, nachdem Mac nach Dublin zurückgekommen war. Ohne Kristie, die anscheinend beschlossen hatte, Abstand zu den Spielern zu halten, war das ganze Team besser dran. Das Letzte, was Niamh gehört hatte, war, dass sie sich als Stylistin durchschlug, und Niamh wünschte ihr viel Erfolg. Zumindest ein wenig. Sie mochte die Frau immer noch nicht. Aber Niamh arbeitete daran, ein besserer Mensch zu sein.

»Nein, ich bin schon zum Abendessen verabredet.« Mac winkte die Einladung einfach ab, und Niamhs Herz machte einen Sprung, als Mac stehen blieb und ihr die Beifahrertür öffnete.

»Das macht dir also nichts aus? Dass du die Zeit mit deinen Kumpels verpasst?« Niamh blieb stehen und sah zu ihm auf.

»Niamh. Ich sehe diese Kerle jeden Tag, und zwar den ganzen Tag. Ich muss sie nicht auch noch jeden Abend sehen.«

»Oh, wie du meinst. Ich will nur nicht, dass die Leute denken, ich hätte dich dazu gezwungen, sesshaft zu werden oder so.« Von Zeit zu Zeit meldete sich immer noch Niamhs Unsicherheit, aber sie arbeitete daran.

»Glaubst du wirklich, dass irgendjemand denkt, dass ich

zu irgendetwas gezwungen werden könnte?«, fragte Mac, dessen Muskeln und Sturheit sie überwältigten.

»Na ja, ich vermute ... die meisten Menschen denken das nicht. Aber ich weiß, dass ich es kann ...« Niamh stellte sich auf ihre Zehenspitzen und flüsterte ihm eine besonders freche Andeutung ins Ohr.

»Ja, das klingt verlockend. Dein Wunsch ist mir Befehl, meine Göttin.«

Ihr Leben war nicht perfekt, und Niamh wollte auch gar nicht, dass es das war, aber in diesem Moment ... konnte sie sich nichts vorstellen, was sie glücklicher machen würde.

»Ich bin so froh, dass du ein so guter Freund bist.« Niamh zog Mac immer noch damit auf, dass sie eine Zeit lang nur mit ihm hatte befreundet sein wollen.

»Du bist wirklich der beste Kumpel, den ich je hatte.«

»Freunde fürs Leben.« Niamh lachte den ganzen Weg zum Restaurant über.

Was denkst du, wie es mit Mac und Niamh weitergeht?
Wird die Bucht für ihre Liebe blau leuchten?

Melde dich für meinen Newsletter an und ich schicke dir eine kostenlose Kurzgeschichte über Mac und Niamh.

»Ein Jahr danach«
... finde heraus, ob er bereit ist, die große Frage zu
stellen oder nicht!

https://www.triciaomalley.com/gratis

Das berühmte Medium Iris Moon sucht Zuflucht in Grace's Cove, nachdem ihr Freund sie betrogen und eine Lügengeschichte an die Boulevardpresse verkauft hat. Nachdem ihr Geschäft und ihr Ruf zu Unrecht zerstört wurden, hofft Iris, einen Ort zu finden, an dem sie sich erholen und herausfinden kann, wie es mit ihrem Leben weitergehen soll.

Der folgende Text ist ein Auszug aus
Wilder irischer Mond
Die Geheimnisvolle Bucht-Serie Band 12

KAPITEL 1

Alle ihre Kunden hatten abgesagt.

Iris Moon Dillon, die von allen nur liebevoll Moon genannt wurde, starrte mit leerem Blick auf ihren Computerbildschirm, während ihr Gehirn sich abmühte, das Geschehene zu verarbeiten. Vor ihrer ersten morgendlichen Tasse Kaffee war Iris nie wirklich auf der Höhe, und so hatte sie Mühe, sich zu konzentrieren, während ihre Finger über die Tastatur flogen. Ihr Handy vibrierte erneut, was sie dazu brachte, einen genaueren Blick auf das Display zu werfen. Normalerweise hasste Iris ihr Handy und tat ihr Bestes, um es um jeden Preis zu ignorieren. Mit ihrem vollgepackten Terminkalender hatte sie schon genug zu tun. Als eines der besten übersinnlichen Medien in den Vereinigten Staaten hatte sie schon vor langer Zeit gelernt, dass, wenn sie ihre Zeit nicht gut einteilte, andere sie ausnutzen würden. Aber jetzt, wo ihre geistigen Begleiter ihr ins Ohr schrien, dass etwas *ganz und gar* nicht stimmte, warf sie einen Blick auf die Benachrichtigungen, die auf ihrem Display auftauchten.

»Was zum Teufel ist hier los?« Iris schob ihre Lesebrille ins

Haar, rieb sich die Augen und zwang sich, sich zumindest einen Moment lang zu konzentrieren. Ihre Gabe funktionierte so, dass ihre geistigen Begleiter direkt in ihrem Kopf mit ihr sprachen, und oft versuchten, ihre Aufmerksamkeit zu erregen. Sie hatte gelernt, sie stumm zu schalten, wenn es nötig war, oder sie in den Vordergrund zu holen, wenn sie bereit war, sich anzuhören, was sie zu sagen hatten. Jetzt, bevor sie das Handy in die Hand nahm, ließ sie sich einen Moment Zeit, um sich auf die geistigen Begleiter einzustimmen, die in ihrem Leben eine zentrale Rolle spielten.

»Wir haben dich davor gewarnt, dass er böse ist«, sagte Lara, eine ihrer wichtigsten geistigen Begleiterinnen, die seit ihrer Kindheit bei ihr war.

»Wir haben dich gewarnt. Aber du wolltest ja nicht auf uns hören«, fügte Ophelia, ihre zweitstärkste Begleiterin, hinzu.

Da niemand gern Dinge hörte wie *»Wir haben es dir ja gesagt«*, beschloss Iris, sie stumm zu schalten und nahm ihr Handy in die Hand. Sie starrte schockiert auf die Textnachrichten, die nun immer schneller eintrafen. Zuerst sah sie nur ein Durcheinander von Wörtern, und dann tauchten sie alle zusammen auf wie eine dieser Wortwolken. *Betrügerin. Hochstaplerin. Schwindlerin.* Die Worte verschwammen vor ihren Augen, während ihr der Schweiß auf der Stirn stand und sich Panik in ihrem Bauch ausbreitete. Die nächste Nachricht, die sie erhielt, war von ihrem Freund John und enthielt die Aufforderung, auf einen Link zu einem Blogbeitrag zu klicken. Ihr Finger schwebte eine Sekunde lang über dem Display, denn sie wusste, dass sich ihre ganze Welt verändern würde, wenn sie auf den Link klicken würde. Ein Teil von ihr wollte das Handy einfach ausschalten und zurück ins Bett gehen, sich das Kissen über den Kopf ziehen und so tun, als würde die Welt da draußen gar nicht existieren.

Aber als dreißigjährige Frau, die sich in dieser Welt weitgehend allein durchgeschlagen hatte, wusste Iris, dass das Universum den Menschen, egal wie sehr sie vor der Realität davonlaufen oder sich vor ihrer Vergangenheit verstecken wollten, so lange auf die Finger klopfen konnte, bis sie die Lektionen gelernt hatten, die sie lernen mussten. Sie vermutete, dass das, was sie gleich lesen würde, eine gewaltige Lebenslektion für sie sein würde. Was, offen gesagt, ziemlich nervig war. Sie hatte endlich eine einigermaßen stabile Beziehung, ein erfolgreiches Geschäft und ein glückliches, nun ja, *manchmal glückliches* Zuhause.

»*Lügnerin*«, flüsterte Ophelia ihr ins Ohr und las ihre Gedanken.

»Ich versuche gerade, euch zu ignorieren«, sagte Iris laut. Und bevor sie sich aufhalten konnte, klickte sie auf den Link, der sie zu einem Online-Klatschblog führte, auf dem *natürlich* ein wenig schmeichelhaftes Foto von Iris zu sehen war. Dieses spezielle Foto war vor einigen Jahren aufgenommen worden, als sie auf einem Renaissance-Festival gewesen war. Eigentlich hatte sie dort gar keinen Stand haben wollen, aber ihr fester Freund Warren hatte darauf bestanden, dass dies ein guter Weg für sie wäre, neue Kunden zu erreichen. Sie hatte sich ziemlich albern gefühlt, in ihrem Kostüm, das sie wie ein Dienstmädchen auf einem Piratenschiff aussehen ließ, aber sie hatte sich darauf eingelassen, was Warren wollte. Ein wiederkehrendes Thema in ihrer Beziehung.

Als sie sich jetzt in diesem lächerlichen Kostüm sah, zusammen mit der Schlagzeile, die verkündete, dass sie nichts als eine Betrügerin wäre, beugte sie sich vor und fasste sich an den Bauch. Galle stieg in ihrer Kehle auf, und es kostete sie jedes Quäntchen Willenskraft, nicht ins Bad zu rennen und sich zu übergeben.

Iris ignorierte das Vibrieren ihres Handys, klickte auf das Symbol ihres Internetbrowsers auf ihrem Laptop und begann, die Klatschseiten zu durchsuchen. Ihr Herz verkrampfte sich schmerzhaft, als sie sah, dass sie es sogar in die normalen Nachrichten geschafft hatte. Es waren nicht mehr nur ein oder zwei beliebige Influencer oder Klatschblogs, die behaupteten, sie sei eine Betrügerin. Auch Mainstream-Seiten wie *Woman Today Magazine* und *Listen Now!* berichteten darüber. In den vergangenen Jahren war ihr Berühmtheitsstatus gewachsen, nachdem sie Sirena, einer der führenden aufstrebenden Musikerinnen der Branche, eine sehr erfolgreiche Lesung gegeben hatte. Als Sirena den Inhalt der Lesung auf Instagram gepostet hatte, war Iris' Geschäft explodiert. Jetzt hatte Iris eine fast einjährige Warteliste für Kunden, die eine Sitzung mit ihr buchen wollten. Als an diesem Morgen die Absagen eintrudelten, wusste Iris, dass sich ihr Leben unwiderruflich verändern würde.

Sie schnappte sich ihr Handy und rief Warren an, ihren festen Freund und Geschäftspartner. Als der Anruf auf die Mailbox weitergeleitet wurde, schrien ihr ihre geistigen Begleiter ins Ohr. Sie ignorierte sie und schrieb Warren, in der Hoffnung, dass er ihr Klarheit darüber verschaffen könnte, was passiert war, eine Nachricht. Sie würden ein Dementi schreiben und vielleicht einen Anwalt einschalten müssen, um diese ungeheuerlichen Behauptungen abzuwehren. Iris war kurz davor, in Tränen auszubrechen, denn ihr Ruf in der Branche war alles für sie. Sie hatte ihr ganzes Leben lang darum gekämpft, sich hochzuarbeiten und versucht, sich eine Existenz aufzubauen, die ihr Sicherheit bot. Ihr Blick fiel auf Warrens Namen in dem Artikel auf dem Bildschirm vor ihr, und sie kniff die Augen zusammen, während sie sich vorbeugte.

»Warren Smith, Iris Moons fester Freund und Geschäftspartner, hat endlich zugegeben, dass das Medium in den vergangenen Jahren hilfsbedürftige, verwundbare Kunden betrogen hat«, las Iris laut vor, und spürte, wie sich Entsetzen

in ihr aufbaute. »Ich konnte mich nicht mehr dazu durchrin-
gen, sie zu unterstützen. Nicht, solange ich weiß, dass dabei
gute Menschen zu Schaden kommen.«

Iris starrte mit offenem Mund auf den Bildschirm, bevor
sie den Laptop zuklappte und von ihrem Schreibtisch
aufstand. Schweiß rann ihr den Nacken hinunter und unter
das verblichene Sweatshirt, das sie trug. Ihr Herz hämmerte
wie wild in ihrer Brust und sie begann, in ihrem Laden herum-
zulaufen, unsicher, wie sie weiter vorgehen oder was sie tun
sollte. Unvermittelt tauchte eine Erinnerung an die Highschool auf, und Iris ließ sich auf den Boden sinken und
schlang die Arme um ihren Bauch, als ihr schließlich die
Tränen über die Wangen liefen.

Sie war fünfzehn Jahre alt gewesen, das unbeholfene Kind
mit der alleinerziehenden New-Age-Hippie-Mutter, die
ausschließlich Secondhand-Klamotten trug. An diesem Tag
hatte sie sich mit den Theaterkids in der Aula versteckt, deren
frenetische Energie und Exzentrik ihr halfen, mit ihrer eigenen
Schüchternheit und ihren unbeholfenen sozialen Fähigkeiten
umzugehen. Damals hatte sie endlich verstanden, was die
Stimmen in ihrem Kopf ihr zu sagen versuchten, und als sie
begriffen hatte, dass sie nicht verrückt war und die Stimmen
nur ihre geistigen Begleiter waren, war sie begeistert gewesen,
diese neu gewonnene Information mit ihrer Gruppe von
Freunden zu teilen. Sie war *so* aufgeregt gewesen, es allen zu
erzählen, und Charlie, der Hauptdarsteller des Stücks, hatte
sie gebeten, ihm eine Lesung zu geben. Als sie erwähnt hatte,
dass seine Eltern sich scheiden lassen wollten und dass er sich
vor ihren Streitereien schützen müsse, war er aufgesprungen
und hatte sie einen Freak genannt. Die anderen Schüler waren
seinem Beispiel gefolgt und hatten gelacht, bis sie sich davon-
gemacht hatte, und sie hatte sich nie wieder mit ihnen getroffen. Es war das erste einer langen Reihe von Erlebnissen, bei
denen sie erfahren hatte, dass es vielen Leuten unangenehm

war, wenn sie einen Blick auf die sensiblen Bereiche ihres Lebens warf.

Jetzt, da ihre Welt um sie herum zusammenbrach, hatte sich Iris von der selbstbewussten Frau, die sie zu sein glaubte, in ein schluchzendes Etwas auf dem Boden verwandelt, nicht stärker als die unsichere Fünfzehnjährige, die an diesem Tag nach Hause gegangen war und sich bei ihrer Mutter ausgeweint hatte.

Iris zuckte zusammen, als es an der Eingangstür ihres Ladens klopfte. Zögernd erhob sie sich vom Boden und ging auf Zehenspitzen zur Eingangstür, wobei sie den Gobelin-Vorhang vor der Scheibe wegschob. Als sie das Gesicht ihres Freundes John auf der anderen Seite sah, stiegen ihr wieder die Tränen in die Augen, und sie öffnete die Tür, nur um von ihm so schnell zurückgestoßen zu werden, dass sie keuchte.

»Beeil dich!«, rief John. Er stürzte hinein, schlug die Tür zu und vergewisserte sich, dass der Vorhang fest zugezogen war. Er drehte sich um, packte sie an den Schultern und betrachtete sie genau. »Tut mir leid, Süße, aber vor deinem Laden sind Paparazzi. Hätte ich früher daran gedacht, hätte ich mir etwas Schickeres angezogen«, sagte John. Er sah mit einem angewiderten Gesichtsausdruck auf seine Jogginghose und Turnschuhe hinab. Iris musste zugeben, dass dieses Outfit für John, der sich normalerweise sehr modisch kleidete, sehr schluderig war, was bedeutete, dass es *wirklich* schlimm sein musste.

»Hast du die Nachrichten gesehen, John? Ich verstehe nicht, was passiert ist.« Iris wischte sich die Tränen aus den Augen. »Wie kann Warren behaupten, dass ich eine Betrügerin bin? *Er* ist derjenige, der die Leute belogen hat. Ich verwische seine Spuren schon seit langer Zeit.«

»Das weiß ich! Und ich habe versucht, dir zu sagen, dass du aufhören sollst, seinen Dreck wegzuräumen.« John packte sie am Arm und zog sie hinüber zu ihrer Sitzecke. Er war einer der wenigen Freunde, die seit der Highschool an ihrer Seite geblieben waren, und sie schätzte seine Meinung mehr als die der meisten.

»Verstehst du denn nicht, was passiert ist?«, fragte John. »Warren hat dich den Wölfen zum Fraß vorgeworfen. Wahrscheinlich hat er gemerkt, dass du kurz davor warst, ihn loszuwerden, und wusste, dass seine Freifahrt zu Ende war. Und weißt du was? Man kann mit dem Verkauf von Geschichten an diese Klatschmagazine eine Menge Geld verdienen.«

»Du glaubst doch nicht wirklich, dass *er* ihnen diese Geschichte verkauft hat, oder?« Iris sah John an, ihr Mund stand vor Schreck offen. »So geldgierig kann nicht einmal er sein, nicht wahr?«

»Oh, meine liebe, liebe Freundin, ich habe dich wirklich lieb. Du willst immer nur das Beste in den Menschen sehen, nicht wahr? Ich weiß nicht, wie du es geschafft hast, all die Jahre zu ignorieren, wie schrecklich Warren war, aber er hat dich nur benutzt. Sag mir bitte, dass du meinen Rat bezüglich deiner Bankkonten befolgt hast.« John packte sie erneut an den Armen, und seine Finger gruben sich in ihre weiche Haut. »Hast du ein separates Konto eingerichtet, wie ich dir geraten habe?«

John war Finanzplaner, und er hatte sie jahrelang gedrängt, nicht zu sorglos mit ihrem Geld umzugehen, jetzt, wo sie endlich eine ganze Menge davon verdiente. Nachdem sie mitbekommen hatte, wie ihre Mutter sich finanziell abgemüht hatte, hatte Iris auf ihn gehört und ihr Geld vorsorglich in verschiedene Wertanlagen investiert und in von ihrem Geschäft getrennte Bankkonten gesteckt. Warren hatte zwar Zugang zu ihren Geschäftskonten, aber nicht zu ihren Privatkonten, und sie hatte jeden Monat gewissenhaft Geld umgeschichtet. Dennoch befand sich auf dem Geschäftskonto eine beträchtliche Summe, und sie wollte nur ungern etwas davon verlieren. Plötzlich packte sie die Angst, und sie sprang von der

Couch auf und rannte zu ihrem Laptop, um sich in ihrem Online-Banking anzumelden. John, der ihr gefolgt war, beugte sich über ihre Schulter, während sie sich einloggte.

»Bitte sag mir, dass du nicht viel Geld auf dem Geschäftskonto hattest«, murmelte John, während sie auf den nun leeren Kontostand auf ihrem Kontoauszug starrten.

»Ich hatte etwa zwanzigtausend Dollar auf dem Geschäftskonto. Ich habe das Geld immer bewegt, wie du gesagt hast. Ich habe es automatisch überweisen lassen, ohne dass Warren Einfluss darauf nehmen konnte. Aber das bedeutet, dass er die zwanzigtausend hat, falls ich davon ausgehe, dass er sie genommen hat.« Iris rutschte das Herz in die Hose, als sie sich durch die letzten Transaktionen klickte und sah, dass das Geld in der Tat erst an diesem Morgen auf Warrens Privatkonto überwiesen worden war.

»Du musst deine persönlichen Konten überprüfen, um sicherzugehen, dass er nirgendwo deine Passwörter gefunden hat, Süße.« Johns Stimme war todernst, und Iris wusste, dass er für sie in die Schlacht ziehen würde, wenn sich herausstellte, dass Warren auch den Rest ihres Geldes gestohlen hatte. Sie hielten beide den Atem an, als Iris sich in ihre persönlichen Konten einloggte, und sie seufzte erleichtert auf, als sie sah, dass alles in Ordnung zu sein schien. Iris loggte sich wieder aus, schloss ihren Laptop und schob ihn über den Tisch. Dann drehte sie sich um und sah John an, der sie mit einem traurigen Blick bedachte. »Was soll ich jetzt nur tun, John?«

»Nun, zunächst einmal, Süße, werden wir einen Publizisten einstellen, der sich mit solchen Dingen beschäftigt. PR-Agenturen auf der ganzen Welt sind es gewohnt, mit weitaus Schlimmerem umzugehen. Und ein Blick auf dein Konto zeigt mir, dass du es dir durchaus leisten kannst, eine solche Agentur zu engagieren. Außerdem möchte ich dir sagen, wie stolz ich auf dich bin, dass du meinen Rat befolgt und dich um deine Finanzen gekümmert hast. Das sollte dir zumindest etwas Luft verschaffen, während wir uns über deine nächsten Schritte Gedanken machen.«

»Ich soll einen Publizisten engagieren? Was um alles in der Welt soll ich mit einem Publizisten anfangen?«, fragte Iris, deren Stimme von Panik erfüllt war. »Verstehst du nicht, dass ich ruiniert bin? Ich habe mein ganzes Leben damit verbracht, mich allein durch mein Wort und meinen Ruf zu profilieren. Und jetzt hat mich dieses Arschloch mit einem Schlag vernichtet. Es spielt keine Rolle, ob es wahr ist oder nicht. Die Leute versuchen immer, Medien zu diskreditieren. Und das sogar, wenn sie eine gute Erfolgsbilanz haben!« Iris warf ihre Hände in die Luft. »Verstehst du das denn nicht? Es spielt keine Rolle, wie sehr ich mich dagegen wehre oder was ich zu tun versuche; das wird mich ab jetzt *immer* verfolgen. Die größten Magazine der Welt werden darüber berichten. Ich muss meinen Namen ändern und irgendwo neu anfangen oder mir einen vollkommen neuen Beruf suchen. Ich weiß nicht einmal, was das sein oder wie das aussehen könnte.« Iris begann schwer zu atmen, als die Panik sie übermannte.

John, der sie kannte, kniete sich vor sie auf den Boden und nahm ihre Hände in die seinen. »Atme mit mir. Ein. Aus.«

John führte sie durch eine Reihe von Atemübungen, die ihr Gesangslehrer ihnen in der Highschool beigebracht hatte. Nicht, dass Iris jemals eine besonders gute Sängerin gewesen wäre, aber sie hatte John zu seinen Proben begleitet. Nachdem er es geschafft hatte, sie davon abzuhalten, in eine ausgewachsene Panikattacke zu verfallen, zwang er sie, ihm in die Augen zu sehen.

»Jetzt möchte ich, dass du in dich hineinhörst. Frag deine geistigen Begleiter oder tu, was immer du tun musst, aber ich werde dir eine Frage stellen, okay?« John wartete, bis Iris nickte.

»Was willst *du* tun?«, fragte John, wobei er jedes Wort sorgfältig aussprach.

Sie kannte ihre Antwort, noch bevor er zu Ende gesprochen hatte.

Vielleicht war die Antwort die ganze Zeit schon da gewesen.

»Ich möchte nach Irland«, sagte Iris.

Wilder irischer Mond

NACHWORT

Ich möchte mich wie immer bei euch bedanken, dass ihr mich in meine fiktive Lieblingsstadt Grace's Cove begleitet habt. Während die Stadt selbst dem wunderschönen Dingle in Irland nachempfunden ist, das am Wild Atlantic Way liegt, ist die Magie meine eigene Erfindung. Oder doch nicht? Wenn ihr etwas Zeit in Irland verbringt, werdet ihr bald feststellen, dass es dort alle möglichen Arten von Magie gibt – von uralten Steinkreisen bis hin zu einem freundlichen Lächeln eines Pub-Besitzers. Ich weiß, dass wir alle gerade jetzt nach etwas Magie in unserem Leben suchen, und ich fordere euch dazu auf, hinauszugehen und eure eigene zu schaffen. Die Welt, in der wir leben, ist zauberhaft – man darf nur nicht vergessen, hin und wieder ein wenig zu träumen.

Habt ihr bereits Bücher aus meinen anderen Serien gelesen? Werdet Teil unserer kleinen Community, indem ihr euch für meinen Newsletter anmeldet. Über den unten stehenden Link erhaltet ihr ein kleines Willkommensgeschenk – eine kostenlose Kurzgeschichte!

Niamh und Mac befinden sich an einem Wendepunkt in ihrer Beziehung. Mac weiß, was er will, aber wird Niamh in der Lage sein, es zuzulassen? Ladet euch diese kostenlose Kurzgeschichte herunter und findet heraus, ob die Bucht für die Liebe der beiden blau leuchten wird.

»Ein Jahr danach«
... findet heraus, ob er bereit ist, die große Frage zu stellen oder nicht!

www.triciaomalley.com/gratis

ANMERKUNG DER AUTORIN

Irland hat einen besonderen Platz in meinem Herzen – es ist ein Land der Träumer und für Träumer. Es gibt nichts Schöneres, als es sich in einer Kneipe am Kaminfeuer gemütlich zu machen und einer Musiksession zuzuhören oder eine Tasse Tee zu trinken, während der Regen vor dem Fenster die Sicht vernebelt. Ich werde für immer von diesen felsigen Ufern verzaubert sein und hoffe, dass Ihnen das Lesen dieser Serie genauso viel Spaß macht, wie ich es genossen habe, sie zu schreiben. Danke, dass Sie an meiner Welt teilnehmen.

Ich hoffe, meine Bücher haben in Ihrem Leben ein wenig Zauber hinterlassen. Wenn Sie einen Moment Zeit haben, um mir davon etwas zurückzugeben, würde ich mich freuen, wenn Sie Ihren Freunden davon erzählen und eine Bewertung hinterlassen. Mundpropaganda ist die wirkungsvollste Methode, um meine Geschichten zu teilen. Danke schön.

DIE INSEL DES SCHICKSALS

Wollen Sie mehr darüber erfahren, wie Bianca & Seamus sich verliebten und auf der Suche nach den vier Schätzen im Kampf gegen die dunklen Fae behilflich waren? Lesen Sie die komplette Insel des Schicksals Serie auf Kindle Unlimited!

Buch 1 - Das Lied des Steins

Buch 2 - Das Lied des Schwerts

Buch 3 - Das Lied des Speers

Buch 4 - Das Lied des Schatzkessels

Jetzt verfügbar

Eine komplette Serie mit vier Romanen von

Tricia O'Malley

"Ein tolles Buch, es greift irische Mythen auf und verbindet diese mit einem spannenden undgefühlvollen Roman. Ich freue mich schon auf das nächste Buch dieser Serie" - Amazon Review

GEHEIMNISVOLLE BUCHT

Von New York Times Bestsellerautorin Tricia O'Malley kommt eine Serie fesselnder Liebesromane, die den Leser zu den felsigen Küsten Irlands entführt.

* * *

Jetzt verfügbar

Eine komplette Serie von

Tricia O'Malley

»Ich liebe alles, was Tricia O'Malley je geschrieben hat, und *Wilder schottischer Ritter* bildet da keine Ausnahme. Der neue Schauplatz für diese magische Reise ist Schottland, die Heimat ihres neuen Ehemanns und Seelenverwandten. Tricias Liebe für das Land ihres Mannes spiegelt sich in jedem Wort wider, das sie schreibt. Ich wollte schon immer einmal nach Schottland reisen, hatte aber nie die Zeit und das Geld dafür. Nachdem ich *Wilder schottischer Ritter* gelesen habe, habe ich das Gefühl, Schottland auf eine Weise zu erleben, wie es nur wenige sehen. Ich bin bereit, Loren Brae, das Schloss und all seine magischen Kreaturen, selbst zu besuchen. Tricia O'Malley lässt die Fantasiewelt von Loren Brae so real erscheinen, dass man das Gefühl hat, man könne sie anfassen!«

Amazon-Rezension

ENGLISH TITLES BY TRICIA O'MALLEY

Tricia O'Malley has over 30 english speaking titles available in paperback, audio, e-book and Kindle Unlimited.

The Siren Island Series*

The Althea Rose Series*

The Isle of Destiny Series*

The Mystic Cove Series*

The Wildsong Series*

The Enchanted Highlands Series

*Complete Series

Love books? What about fun giveaways? Nope? Okay, can I entice you with underwater photos and cute dogs? Let's stay friends, receive my emails and contact me by signing up at my website

www.triciaomalley.com

Or find me on Facebook and Instagram.

@triciaomalleyauthor